Horst Michalowski

Die Silberstraße

Ein Masurenleben

ISENSEE VERLAG
OLDENBURG

Bibliografische Information Der Deutschen Bibliothek
Die Deutsche Bibliothek verzeichnet diese Publikation in der Deutschen Nationalbibliografie; detaillierte bibliografische Daten sind im Internet über <http://dnb.ddb.de> abrufbar.

ISBN 3-89598-902-9

4. Auflage 2002

Gedruckt bei Isensee in Oldenburg

Inhaltsverzeichnis

Vorwort

Jeder von uns hat seine Geschichte. Schöpfer dieser Geschichte sind wir immer selber. Wir gestalten unsere Geschichte mit unserem Dasein. Zu diesem Leben gehört das, was wir mit unserer Inkarnation auf diese Erde mitgebracht haben, was uns durch Erziehung beigebracht oder aufgezwungen wurde, Einfluß der uns umgebenden Gesellschaft und letztendlich unsere Erkenntnis und Entwicklung über unseren Charakter aufgrund der genannten Tatsachen.

Ach wie gerne wär ich weise,
Tun nur das, was sich gebärd,
Schweigend, nachdenklich und leise
Handeln, was die Schöpfung ehrt.

Seit jungen Jahren war es mein innerlicher Wunsch, eine Geschichte zu schreiben über Leute und Menschen, die in einem Dorf im Masurenland leben und arbeiten. Menschen, die öffentlich kaum erscheinen, die von der sogenannten großen Gesellschaft kaum bemerkt werden und die zum Leben dieser Gesellschaft den größten Teil beitragen. Menschen, die schwer und gewissenhaft gearbeitet haben, damit auch andere leben und oftmals ihre Komödie spielen konnten.

Und so sagte schon Kaiser Augustus vor seinem Tode: „Habe ich meine Rolle gut gespielt? Nun, so klatscht Beifall, denn die Komödie ist zu Ende." Ich werde hier schreiben, was ich erlebt, gesehen und gehört habe. Wie es war und sein konnte. Namen der genannten Personen sind von mir geändert oder erfunden worden. Geboren bin ich im Masurenland im Jahre 1937. Aufgewachsen im schönen Dorf Selbongen. Im Jahre 1968 bin ich mit meiner Familie in den Westen ausgewandert.

Um dieses Buch zu schreiben, fuhr ich im Mai 1998 nach Selbongen, wohnte dort in einer Ferienwohnung des Holzschnitzers Grunwald und schrieb während der Sommerzeit. Vieles erinnerte mich an die Zeiten von vor vierzig Jahren, und so lebte ich in Erinnerungen und in meinem Buch.

Die Silberstraße

Ein großer See, über den ein hauchleichter Wind weht. Wind, den man kaum bemerken würde, wenn ihn die kleinen, niedlichen Wellen nicht verraten würden. Über dieses sich leicht bewegende Wasser führte eine deutlich sichtbare Straße, am Ende mit einem großen Haus. Die Straße erweckt den Eindruck, als wäre sie aus Silber. Doch wohin führt sie wohl? In diesem Augenblick klingelt der Wecker und reißt Su aus dem Traum. Dieser alte, unverschämte Wecker treibt mich noch zum Wahnsinn mit seiner Pünktlichkeit. Mit diesen Gedanken reckt und streckt sich Su noch einmal in ihrem Bett und springt auf. Viel Zeit zum Nachdenken hat sie heute nicht, denn ein Blick durch das Fenster bestätigt ihre Vermutung, daß es nachts wieder geschneit hatte, was ihren Weg zur Schule bedeutend erschwert und die Gehzeit um fast eine halbe Stunde verlängert. Doch darüber macht sich Su jetzt keine Gedanken, denn sie ist auch so immer die letzte, die in die Klasse kommt.

Die Lehrerin, eine Dame um die Fünfzig, mochte Su, und übrigens nicht die Pünktlichkeit allein zeichne einen Menschen aus, pflegte sie zu sagen. Begleitet mit solchen und ähnlichen Gedanken verschaffte sich Su Zugang zum Wasser, das über Nacht im Eimer mit einer Eisschicht bedeckt war. Nach kurzer Katzenwäsche mit dem eiskalten Wasser aus der Waschschüssel ist sie nun putzmunter. Für ein warmes Getränk ist es jetzt zu spät, so trinkt sie noch schnell ein Glas Wasser und macht sich auf den Weg, in ihre Jackentasche einige Stücke Knäcke steckend. Während sie sich durch den Schnee in Richtung Schule durchkämpft, muß sie nochmals über ihren Traum nachdenken. Diesen Traum hat sie bereits mehrmals geträumt und er ist für sie immer wieder ein Rätsel. Immer, wenn sie kurz davor ist, dieses Rätsel zu lösen, klingelt der Wecker. So sehr sie sich auch über diesen Wecker geärgert hatte, so ist dieser doch ein Bestandteil ihres Daseins.

Als ihre Ziehmutter, Olga Bromowna, noch lebte, legte sie ihr nahe, diesen Wekker selbst dann nicht wegzuwerfen, wenn dieser die Zeiger nicht mehr bewegen würde. Wenn du diesen Wecker wegwirfst, hast du deine Vergangenheit begraben. Deine Gegenwart steht dann auf wackeligen Beinen, von der Zukunft ganz zu schweigen. Olgas Weisheit will Su auch befolgen, denn sie liebt sie immer noch wie vor zwei Jahren, als diese noch bei ihr war. Der Ziehvater war bereits vor einigen Jahren verstorben. Seine Leber wolle nicht mehr, sagten die Ärzte. Er war als russischer Grenzschutzoffizier an der ostsibirischen Grenze postiert und war nur selten zu Hause. Su hatte ihn gern, weil er ihr immer, wenn er im Hause war, neue Geschichten und

Märchen erzählte. Es waren schöne Märchen und Geschichten. Grausame Geschichten sind nur für grausame Menschen, hatte er gesagt, und unsere Su ist ein schöner Mensch, so muß ich ihr auch schöne Geschichten erzählen. Somit hat Su Erinnerungen, die sie in ihrem Herzen trägt. Olga Bromowna hatte mehrmals betont, so einen Menschen wie ihn gebe es nur einmal.

Wenn du, liebe Su, erwachsen wirst und dich in einen Menschen verliebst, prüfe sein Inneres, denn das Äußere zerfällt und ist nur Zeit. Das Innere bleibt ewig. Achte auf seine Worte, daran erkennst du, wer er ist. Erzählt er nur von sich und seinen Sorgen, so ist es kein Verlust, diesen Menschen nicht wiederzusehen. Fragt er aber nach deinen Sorgen, so schaue ihn dir näher an. Denn wenn auch unser Schicksal vorgezeichnet ist, die dämonischen Kräfte werden es immer versuchen, diese Schicksalsstraße zu kreuzen.

Inzwischen hat Su die Schule erreicht und ist froh, in der Schulbank zu sitzen. Die Bänke sind immer noch dieselben wie im ersten Schuljahr. Su ist jetzt in der zehnten Klasse, sie durfte die siebte überspringen und hat auch jetzt keine großen Schwierigkeiten in der Schule. Olga hatte ihr sehr viel beigebracht. Sie sprach oft von der Kunst des Lebens und Überlebens. In den langen und kalten sibirischen Winternächten saßen sie oft am Fenster, in die Weite schauend, haben den Mond beobachtet, wie er aufging, und solange verfolgt, bis dieser aus dem Blickfeld verschwunden war.

Während diesen Nächten erzählte ihr Olga aus ihren Lebenserfahrungen. Sie erzählte ihr von warmen Ländern, wo Zitronen auf den Bäumen wachsen und die Menschen das ganze Jahr durch nur in leichter Kleidung angezogen sind und trotzdem nicht zufrieden sind. Dabei lehrte sie Su aus einem deutschen Lesebuch lesen. Olga selbst konnte nur wenig Deutsch, doch das, was sie konnte, hatte sie gemeinsam mit Su gepflegt. Als noch Oleg Bromow an der ostdeutschen Grenze postiert war, wohnten sie fast zwei Jahre in Frankfurt an der Oder. Damals hatte Olga fleißig Deutsch gelernt. „Su!“, rief die Lehrerin, „kehr’ in die Klasse zurück.“ Und wieder ist Su mit ihrem Nachdenken aufgefallen. Übrigens ist der Unterricht auch heute langweilig. Täglich fast zwei Stunden Politik. Das kann kaum einer ertragen, wollte man normal bleiben.

Um vierzehn Uhr, nach Unterrichtsschluß, ging es dann nach Hause in die Barackenwohnung. Auf dem Rückwege waren sie zu dritt. Aus derselben Baracke gingen noch zwei Jungs in ihre Klasse – so war der Rückweg lustiger. Doch hatte sich Su mit denen nicht so gern unterhalten. Die redeten ständig von Traktoren, Autos, Gewehren und von Fußball. Diese Dinge interessierten Su nun gar nicht. Und warum auch, es waren nur Dinge für das Äußere, für das Innere konnte Su davon nichts verwenden. Trotzdem versuchte sie mit den Jungs gut auszukommen.

Als die drei die Baracke erreichten, war es fast dunkel. So ging denn jeder in seine Tür. In ihrem Raum angekommen brühte sich Su zuerst einen warmen Tee, dazu etwas Sauerkraut, angewärmt mit getrockneten Kartoffeln, so war der Hunger gestillt. Dadurch, daß der Ziehvater von Su hoher Offizier war, durfte Su auch jetzt, nach dem Tode der Eltern, die Barackenwohnung behalten. Kleidung und Essen durfte sie aus der ehemaligen Arbeitsstelle ihrer Ziehmutter bestreiten. Außerdem hatte ihr Olga etwas Silber, Gold und anderen Schmuck hinterlassen. So war sie gegenüber den anderen Barackenbewohnern fast noch am besten dran.

Bevor Olga starb, hatte sie ihr ans Herz gelegt, sie solle versuchen, so schnell wie möglich nach Schulabschluß von hier wegzukommen. Dieser Gedanke gab Su die Kraft zum Leben und zum Weitermachen. Oft unterhielt sie sich auch jetzt mit Olga, denn diese versicherte ihr, daß sie auch nach dem irdischen Weggang bei ihr sein werde. So war es denn Sus Wunsch, nach der zehnten Klasse eine Schule für Kunstwesen zu besuchen. Um das zu verwirklichen müßte sie dann von hier weg. Ihre Hoffnung war groß, denn sie war eine gute Schülerin und ihre Lehrerin sagte ihr volle Unterstützung zu. Der Parteisekretär war auch ein netter Mensch; so sollte wohl ihre Bewerbung angenommen werden, wenn es denn so weit ist.

Ihr Kunststudium im Visier, beteiligte sich Su auch ehrenamtlich in mehreren Organisationen. Auch dabei dachte sie an Olgas Wegweiser. Tue nicht mehr, als man von dir verlangt, soweit das Verlangte vertretbar ist. So fiel es auch Su nicht schwer, diese Tätigkeiten auszuüben, denn nach ihrem Innern hat ja keiner gefragt. Und dieses Innere trug sie in sich, wohlwissend, daß es ihr Kostbarstes ist. Durch diese Tätigkeiten war sie auch nicht einsam. Die Zeit verging, und mit sechzehn sah Su mehr einer Frau als einem Mädchen ähnlich. Ihr langes, dunkles Haar, die dunkelbraunen Augen, die mehr rund als oval wirkten; im Gesicht mit den etwas breiteren Wangenknochen und spitzer Nase, dazu die einmetersiebzig große Figur verliehen ihr ein sicheres, selbstbewußtes Auftreten.

Glücklicherweise gab es in der Schule sehr hübsche weibliche Personen. So war es nicht ganz so schwer, sich gegen die aufdringliche heranwachsende Männerwelt zu behaupten. Doch für Su war das kein Problem. Die Härte des Lebens gab ihr Selbstbewußtsein, und es war ihr auch klar, wenn sie hier eine Bindung mit einem Mann eingeht, bleibt ihr Ziel, von hier wegzukommen, nur ein Traum. Diese Gedanken mit sich tragend lebte sie von einem Tag zum andern. Die ehrenamtliche Tätigkeit hat ihr dabei sehr geholfen.

In einigen Monaten war auch das Schuljahr zu Ende. In einigen Fächern haben die Abschlußprüfungen begonnen. In dieser Zeit ist die Stimmung in der Schule bei den Lehrkräften und Schülern angespannt, und es gibt nur ein Thema. Daß Su sich bei einer Kunstschule bewerben wollte, versuchte sie für sich zu behalten. Allein ihre Lehrerin wußte darüber Bescheid. Inzwischen war der Winter vorüber, und der kurze sibirische Frühling brachte Leben in das Land. Der Sommer ließ darauf nicht lange auf sich warten. Die Prüfungen waren nun weitgehend abgeschlossen, und Su war mit ihrem Prüfungsergebnis zufrieden.

Für die Sommerferien ist sie mit anderen jungen Leuten in andere Regionen gefahren, um bei der Feldarbeit zu helfen. Ihre Bewerbung an die Kunstakademie in Leningrad hat sie bereits abgeschickt. Von den Schulbehörden wurde ihr gesagt, daß sie eine Antwort vor zwei Monaten nicht zu erwarten braucht. Feldarbeit war für sie nicht neu, denn sie war des öfteren beim Ernteeinsatz auf dem Land. Mitte September ist sie von der Landarbeit nach Tschersk zurückgekehrt. Sie war gesund und fühlte sich recht unternehmungslustig.

Leider hielt diese Vitalität nicht lange an, denn zu Hause wartete die Absage von der Kunstakademie auf sie. Ungeduldig riß Su den Brief auf und begann zu lesen: „Aus organisatorischen Gründen müssen wir ihre Bewerbung zurückstellen, wir haben keine Zweifel, daß sie in ihrer Siedlung gebraucht werden, um dort, dem Sozialismus dienend, ihre Aufgabe zu erfüllen." Das war ein Schlag ins Gesicht, damit hatte sie nicht gerechnet. „Wer mag wohl dahinter stecken", fragte sich Su. Aufgeregt steckte sie den Brief in ihre Jackentasche und lief damit zum Ersten Sekretär. Es ist zwar später Nachmittag, doch das ist ihr jetzt auch egal. Der wird schon wissen, wer dahinter steckt. Aufgeregt betrat sie die Wohnung des Herrschers. „Aaach, wen sehe ich da! Nadia, komm schau, wer uns besuchen kam", und die Frau des Sekretärs erschien in der Tür von nebenan. „Was soll das heißen?", dachte Su, ihre Hand der Frau zur Begrüßung reichend. „Was sind die heute so freundlich zu mir?"

„Bitte nimm doch Platz", sagte der Sekretär, Su einen Stuhl weisend. „Nein, danke, ich will auch gleich gehen." – „Aber, aber, so eilig wirst du es doch nicht haben", erwiderte dieser. „Nadia, mach uns doch einen Tee." Die Frau verließ den Raum, und Su setzte sich auf den ihr angebotenen Stuhl, ihre Aufregung beherrschend. Indem erscheint in der Tür der zwanzigjährige Sohn des Sekretärs. „Sdrastwuitje panienka! Kak wam idiott?" – „So also ist es", dachte Su, daran hatte sie gar nicht gedacht. Na, das kann ja lustig werden, und bei diesem Gedanken spürte sie ihre innerliche Kraft, von der ihr Olga so viel erzählt hatte. Sie pflegte ihr zu sagen: „Man kann noch soviel lesen, ohne Erkenntnis ist alles umsonst, und man kann jeden Planeten am Himmelszelt mit dem Namen kennen, wenn das schweigende Herz nicht dabei ist, ist auch das umsonst. Ist es aber dabei, so hast du die Kraft, unmögliche Dinge zu bewältigen."

Jetzt ist sie stark und kann allem entgegentreten, was da kommen mag. Den Gruß des Jungen hat sie erst gar nicht beantwortet. Dieser schien auch gar nicht sprechen zu wollen. Dafür ergriff sein Vater das Wort. „Was bedrückt dich denn?" Als Antwort gab Su ihm den Brief, ihm die Absage unter die Nase schiebend. Dieser tat so, als würde er die Absage lesen, dabei wußte er genau Bescheid, was Su seinem Gesichtsausdruck entnehmen konnte. „Wenn es nur das ist?", äußerte er, seine innerliche Regung nicht ganz verbergen zu können und die Absage zur Seite schiebend. Energisch nahm Su ihm das Papier weg. „Ja, nur das!", gab sie ihm zur Antwort. „Ich dachte, es wäre Schlimmeres", fügte dieser hinzu. „Und an was dachten Sie denn?", fragte ihn Su. „Na ..., sagen wir, Schlimmeres wäre, wenn du die Zusage bekommen hättest. Dann wäre unsere Siedlung um eine schöne Frau ärmer geworden, und unser", dabei schaute er zu seinem Sohn, „Wassim hätte keine Frau. Das wäre doch viel schlimmer."

Das war Su doch zu viel. „Ihr Wassim soll sich doch seine Frau holen, woher er will, und ich werde ihm dazu viel Glück wünschen", antwortete Su, vor Aufregung halbschreiend. „Du solltest wissen, Su, daß du auf diese Art gar nichts erreichen kannst", kam die nur anscheinend ruhige Antwort. Sie wußte jetzt, daß es nun zwecklos war, noch weiter zu diskutieren. Es ist ihr auch klar, daß man sie von nun an überwachen würde. Ohne sich zu verabschieden stand sie auf und verließ die Wohnung des Sekretärs. Es ist ihr zu Mute, als hätte sie jetzt ihr Leben verspielt. Als würde sie niemals aus diesem abscheulichen Kaff rauskommen. Jetzt ist sie verloren.

Gegen diesen Unmensch hatte noch keiner aus der Siedlung gewonnen. Resigniert schritt Su zu ihrer Baracke. Sie setzte sich ans Fenster, schaute nach draußen. So viel sie auch denken mochte, es fiel ihr nichts ein, was ihr helfen könnte. Weder weglaufen noch sich zu irgendwem beklagen! Jetzt wurde ihr deutlich, daß sie hier wie Gefangene auf einer Insel lebten.

Mittlerweile ist es spät geworden. Der Mond ist aufgegangen, und die ersten Nachtfröste fingen an, ihre Kraft zu zeigen. Müde und erschöpft ist sie so am Fenster eingeschlafen. Als sie erwachte, war es kurz nach Mitternacht. Den Mond bedeckten jetzt graue Wolken, und es begann leicht zu schneien. In knapp einer halben Stunde war die Landschaft mit einer Schneedecke bedeckt. Der Mond schien wieder wie am Abend, und an ihrer Lage hatte sich nichts geändert.

Aus der Ferne war das klagende Heulen der hungernden Wölfe zu hören, das immer näher kam und immer lauter wurde. Dieses Heulen kannte Su, und es regte hier auch keinen auf. Doch heute nervte es sie gewaltig. Sehen konnte sie die Tiere nicht, denn sie waren auf der anderen Barackenseite. So stand Su auf und ging vor die Barackentür. In einigen hundert Metern von ihr entfernt saß auf einem Hügel ein Wolf und heulte, als wollte er den Mond anklagen, weil dieser unerträglich den grausamen Frost unterstützte, anklagen für seinen Hunger, für die Einsamkeit und letztendlich für sein Schicksal. Als er Su stehen sah, drehte er sich um und kam langsam und unsicher in ihre Richtung gelaufen. In einer Entfernung von vielleicht hundert Metern setzte sich dieser Wolf und begann abermals zu heulen.

An der Gestalt und an der Bewegung des Tieres erkannte Su, daß es noch jung war. „Dir geht es noch dreckiger als mir“, dachte sie, „bist jung und allein, ohne Eltern, wie auch ich in dieser Einsamkeit und hast dazu noch riesigen Hunger. Du kannst mir leider nicht helfen. Aber ich kann dir vielleicht helfen, daß du für immer aus dieser Einsamkeit verschwindest und nicht mehr hungern und frieren brauchst.“ Der Wolf stellte sein Heulen ein, als hätte er die Gedanken von Su erraten. Mit diesen Gedanken ging Su in die Baracke, holte die Flinte, die hier viele Einwohner zum Schutz hatten, und legte an, den Wolf als Zielscheibe. Noch einmal dachte sie nach – und dann krachte es. Ein Aufspringen, Aufheulen, und der Körper des Tieres lag regungslos in der schneebedeckten Landschaft. Am nächsten Morgen konnte man diese Stelle nur noch durch einige Blutspuren im Schnee erkennen.

Durch dieses Sterben haben seine Brüder Leben. Der Mond schien weiter, als wäre nichts geschehen. Zitternd und mit Tränen in den Augen kehrte Su in ihre Behausung zurück. Sie bebte am ganzen Körper, es war ihr, als hätte sie in den vergangenen zehn Minuten in der Welt was bewegt oder auch angehalten. Sie hatte was vollbracht, wovon sie kurz davor nichts wußte. Es ist ihr ein Rätsel, wie solche Dinge passieren; man handelt, als wäre man ein Werkzeug einer bestimmten Macht. Su legte die Flinte ab und setzte sich auf die Ofenbank.

In ihrer Verzweiflung bittet sie Olga um Hilfe. Und jetzt fällt ihr ein, daß Olga vor ihrem Tod ihr sagte, daß sie im großen Karton unter den Papieren für sie zwei Umschläge hinterlassen hatte. Sollte sie in Not sein, so könnte ihr einer der Umschläge helfen. Schnell sprang Su auf, wühlte unter den Papieren im Karton und fand auch die zwei Umschläge. Auf einem stand drauf: „Nur öffnen, wenn Du mit Behörden in

Konflikt kommst." Auf dem zweiten stand: „Nur öffnen, wenn Du diesen Ort für immer verläßt." Somit öffnete Su den ersten Umschlag. Auf einem Zettel stand geschrieben: „Liebe Su! Dein Ziehvater hatte im Grenzschutzdienst einmal die Gelegenheit, einen hohen Regierungsbeamten aus den Händen Aufständischer zu befreien. Dieser Beamte hatte danach deinem Ziehvater versprochen, ihm oder auch seiner Familie dann zu helfen, wenn er darum gebeten würde. Wir haben diese Hilfe nicht in Anspruch zu nehmen brauchen. Melde Dich beim Parteisekretär für einen Arztbesuch in der Stadt an und schicke bei dieser Gelegenheit einen Brief an folgende Anschrift: Hier die Anschrift: ‚…' Schildere genau Dein Anliegen. Ich bin bei Dir, Deine Olga."

Nun war für Su die Welt wieder in Ordnung. Mittlerweile war auch der Mond vom Himmelszelt verschwunden, und es dämmerte der Morgen. Erschöpft legte sich Su schlafen und wachte erst mittags wieder auf. Noch am selben Tage bat sie beim Sekretär um einen Arztbesuch in der Stadt, den sie auch für eine Woche später erhielt. Nur langsam verging diese eine Woche. Doch endlich war es so weit. Es klappte alles so, wie von Su geplant; der Brief wurde abgeschickt und nun hieß es warten und nochmals warten. So verging ein Monat und auch der zweite. Doch dann kam eines Tages die Nachricht. Der Parteisekretär persönlich kam sie besuchen. „Liebe Su, du scheinst ja Karriere zu machen. Ich habe den Auftrag, dich nach Moskau zu einem Jugendkongreß für zehn Tage zu entsenden. Dieser Kongreß beginnt in vierzehn Tagen. Zehn Tage sollen vergehen, bis du wieder bei uns bist."

Bei so einer Anordnung wagte es der Sekretär nicht, die Abzuordnende mit Fragen zu belästigen, denn wer weiß es schon, welchen Posten Su in Zukunft bekleiden würde. Dies ist die Geschicklichkeit der Parteileute, vorauszuschauen, was die Zukunft bringen könnte, um dann in der Brühe der Verlogenheit, Herrschaft und Macht weiter zu schwimmen. So höflich wie an diesem Nachmittag hatte sich der Funktionär noch niemals bei Su verabschiedet. Als der Mann draußen war, fiel Su auf die Knie und dankte allen guten, übersinnlichen Kräften für die Mithilfe an dieser Tat. Immer wieder dachte sie dabei an Olga, die an dieser Tat wohl den größten Anteil hatte.

Am nächsten Tag erzählte sie voller Freude allen Vertrauten von ihrem Jugendkongreß in Moskau.

Ihre Sachen, die sie besaß, waren längst im Rucksack reisefertig untergebracht. Was macht sie nur mit dem zweiten Brief, den sie öffnen sollte, wenn sie die Siedlung für immer verläßt? Wer weiß, ob diese Reise die letzte von hier ist? Sie beschloß, den Brief nicht zu öffnen und ihn mit ihren anderen Wertsachen nach Moskau mitzunehmen. Sobald sie erfährt, daß sie nicht mehr zurückkommen sollte, öffnet sie den Brief eben in Moskau. Ihr Bekanntenkreis hat sie um diese Reise beneidet; denn von hier nach Moskau zu fahren ist der Traum vieler junger Leute. Nur mit Einwilligung des Parteisekretärs durften die Einwohner die Siedlung zum Einkaufen oder zum Arzt verlassen. Die Ausweise waren auch beim Sekretär unter Verschluß gebracht.

Endlich ist der Abreisetag gekommen. Für Su war es davor eine schlaflose Nacht. Gegen zehn Uhr stand der Jeep des Sekretärs vor ihrer Tür. Fast alle Bekannten kamen, um Su zu verabschieden, als wüßten diese, daß sie in diese Siedlung nicht mehr zurückkommt. So gern Su von hier weg wollte und sich lange zuvor für diese Reise vorbereitet hatte, so schwer fiel ihr der Abschied von dieser Gemeinschaft doch. Diese Menschen läßt sie alle hinter sich. Es sind Menschen, die ihr immer zur Seite standen. Sei es beim Tod von Olga oder auch ihres Ziehvaters. Immer, wenn die Not am größten, waren diese Menschen ihr am nächsten, und jetzt verläßt sie diese. Bei der Abfahrt rief sie: „Ich denke an euch!“, setzte sich danach neben den Fahrer, und erst langsam und dann schneller ging es los über die holprige Straße in Richtung Krasnojarsk. Von dort aus soll es dann mit der Transsibirischen Eisenbahn weitergehen. Einladung, Fahrkarten und den Berechtigungsschein zum Verlassen der Siedlung hatte sie bei sich.

Und sie hat noch vieles mehr, Mut und Hoffnung. Es ist eine abenteuerliche Fahrt. Nur langsam konnte sich der schrottreife Jeep auf der schnee- und eisbedeckten Straße bewegen. In Pelze und Decken gehüllt verfolgte Su die Fahrkünste des Fahrers, dabei noch einmal an ihre Gemeinschaft in Tschersk zurückdenkend. Dabei mußte sie wieder an ihre Träume mit der Silberstraße denken, an Olga, die ihr versicherte, daß sie eines Tages über diese Straße näheres erfahren würde und daß auch der alte Wecker mit dieser Straße zu tun hat. Vielleicht steht in dem Brief näheres über ihre Vergangenheit? Ob sie irgendwann erfahren würde, wer ihre Mutter sei, wo überhaupt ihre Muttererde sei? Diese und noch viele andere Fragen gingen Su während der Fahrt durch den Kopf.

Kurz nach vierzehn Uhr am Bahnhof in Krasnojarsk angekommen verabschiedete sie sich vom Jeepfahrer, welcher ihr mit traurigem Blick nachsah, als sie in die Bahnhofshalle ging. Auch er wußte, hier ist eine Geschichte zu Ende und es beginnt eine neue. Er dachte über sein Leben nach, an das Leben seiner 35jährigen Ehefrau, die in ihrem Leben erst zweimal in dieser Stadt war. Von den beiden Söhnen war nur der

15jährige hier, der 13jährige darf noch nicht. Wie sollen sich diese jungen Menschen entwickeln, wenn sie von klein auf so beherrscht und gehalten werden? Und sollten sie auch einmal die Freiheit erlangen, so sind sie kaum in der Lage, diese Freiheit leben zu können. Kaum zu glauben, daß Menschen überall reisen dürfen, wohin sie auch wollen. Er setzte sich in das rostverzierte Fahrzeug und fuhr davon, zurück in Richtung Siedlung Tschersk.

Kapitel 1

Die Großstadt in Sibirien

Krasnojarsk ist in dieser Region eine der größten Städte an der Transsibirischen Eisenbahn. Holzverarbeitende Industrie und das größte Kraftwerk im Lande am Jenissey-Fluß machen diese Stadt mit rund 900 000 Einwohnern zum Knotenpunkt dieser sibirischen Region. Leute, die hier leben, haben große Sorgen, zu überleben. Besonders nach dem Zweiten Weltkrieg wurde die Stadt ausgebaut. Infolge der langen Winter geht die Entwicklung dieser Stadt nur langsam voran. Die Eisenbahnverbindung beschert der Stadt überdurchschnittlich viel Durchreisende. Am Ausbau der Stadt sind hier auch viele Gefangene beteiligt. Überwiegend Menschen aus Ostpreußen, die nach hier verschleppt wurden. Viele mußten dabei ihr Leben lassen, nur wenige hatten das Glück, in ihre Heimat, die längst keine mehr ist, zurückzukehren. Diejenigen, die es am härtesten getroffen hat, sind heute noch hier. Es sind unter ihnen Frauen, die besonders fleißig waren, in der Hoffnung, daß sie als Belohnung schneller nach Hause, zu ihren Kindern, kommen würden. Das Gegenteil war der Fall. Hier sind auch die einzigen Krankenhäuser dieser Region untergebracht. Die vielen Unfälle lassen besonders den Chirurgen keinen Stillstand.

Kapitel 2

Die Frau im Zug

Su betrat den Bahnhof in Krasnojarsk mit einer gewissen Unsicherheit, die sie nach außen zu verbergen versuchte. Hier, in dieser großen Stadt, war sie noch mehr als in der Siedlung auf sich allein gestellt. Am Schalter erkundigte sie sich nach ihrem Zug, der bereits am Bahnsteig stand. Er war nicht so überfüllt, wie Su das befürchtet hatte, und als sie einen Platz am Fenster im Großraumwagen gefunden hatte, war sie gleich gut gelaunt.

Nach knapp einer Stunde fuhr der Zug von Krasnojarsk ab. Su betrachtete die verschiedenen Leute mit ihren Bündeln und Koffern, die in diesem Wagen Platz genommen hatten. Seelisch auf tagelange Fahrt vorbereitet, holte sie ein Buch aus ihrem Rucksack und fing an, daraus zu lesen. Sie war jetzt froh, Richtung Sonnenuntergang zu fahren. Durch das Gerüttel mußte sie ihr Lesen mehrmals unterbrechen, um es letztendlich ganz aufzugeben. Das viele Reden der Mitreisenden lenkte zu sehr ab, und so war es besser, das Buch zur Seite zu legen.

Langweilig war diese Reise auf keinen Fall. Unter den Reisenden schienen besonders viele Marktleute zu sein, was man aus den Gesprächen entnehmen konnte. Ihr gegenüber, auf der anderen Seite des Großraumwagens, saß ein Holzfäller, der einer Frau lebhaft seine Erlebnisse aus seiner täglichen Arbeit schilderte: wie er und seine Arbeitskollegen von wilden Tieren bei der Arbeit begleitet und beobachtet wurden, wie ihn schon einmal ein Wolf überfallen hatte und er doch noch davongekommen sei. Die Frau, die dem Holzfäller mit betonter Aufmerksamkeit zuhörte, interessierte Su besonders. „Was für eine kluge Frau", dachte Su, indem sie diese unauffällig betrachtete. „Die muß doch ein Riesenherz haben, welches so eine Menge fremder Sorgen aufnehmen kann und die ganze Zeit diesem Mann zuhören kann, ohne dabei Unmut zu zeigen." Das Leben stand dieser Frau im Gesicht geschrieben. Ihr volles, schneeweißes Haar verlieh ihrem Aussehen die Vollständigkeit. Wer weiß, was diese Frau so alles erlebt hat? Dabei würde man ihr Alter auf höchstens 50 Jahre schätzen.

Sie hörte auch teilweise den anderen Gesprächen zu und dachte dabei an den Brief ihrer Ziehmutter, dann an den bereits geöffneten Brief. Daß sich ihr Schicksal so schnell ändern sollte, konnte sie noch nicht recht glauben und begreifen. Und vielleicht sollte sie doch den Brief öffnen? Vielleicht steht in diesem Brief irgendetwas drin, was sie auf der Reise gebrauchen könnte? Wenn sie aber doch nach Tschersk zurück muß? Nein, nochmals nein, der Brief bleibt geschlossen.

Inzwischen sah sie, daß diese wunderbare Frau in ihre Richtung schaute und kaum bemerkbar lächelte. Su erwiderte dieses Lächeln mit einem freundlichen Blick. Es kommt ihr vor, als würde sie diese Frau von irgendwoher kennen. Doch woher? Eventuell im Traum? Ein ohrenbetäubendes Quietschen der Bremsen unterbrach jegliches Nachdenken, und in wenigen Minuten stand der Zug an einer Haltestation. Wie schade, daß diese freundliche und rätselhafte Frau jetzt aussteigen muß. Sie drehte sich auf dem Gang zur Tür noch einmal um und lächelte Su zu, diese lächelte zurück, und eine Begegnung besonderer Art war abgeschlossen. Eine Begegnung, die in beiden Herzen viel hinterließ. Und Su spürte, daß diese Begegnung nicht alltäglich war. Ob sie dieser Frau im Leben nochmals begegnen würde?

Olga hatte einmal gesagt, Menschen und Leute können sich im Leben mehrmals begegnen, doch der Geist der Begegnung sei immer ein anderer. Nach stundenlanger Fahrt und der aufregenden Begegnung mit der seltsamen Frau ist Su erschöpft eingeschlafen. Mit kleinen Unterbrechungen schlief sie so einige Stunden, den Kopf auf ihren Rucksack gelehnt.

Zur nächsten Umsteigestation waren es noch einige Stunden. Von zuhause hatte sie sich Brot, getrocknete Kartoffeln und Saft für die Reise mitgenommen. Jetzt ist sie bereits mehr als zehn Stunden unterwegs. Endlich die Umsteigestation, wo es Zeit zum Erholen gibt. Menschen und Leute steigen aus und ein. Je näher Richtung Westen, um so enger wird es im Zug. Su hatte Glück und einen schönen Sitzplatz erwischt. Lange konnte sie diesen Platz leider nicht für sich allein beanspruchen; sie bot ihn einer älteren Dame an, die das Angebot gern annahm und ihr gleich versicherte, daß sie sich dann auf der Fahrt gegenseitig abwechseln könnten. Die weitere Fahrt verlief ähnlich wie bisher. An einigen Stationen, wo der Zug längeren Aufenthalt hatte, konnte man sich die Beine vertreten. Die ältere Dame wechselte mit Su nicht nur den Sitz- und Stehplatz, sie übernahmen auch gegenseitig die Aufsicht über die Gepäckstücke.

Allein diese Reise mit der Bahn war für Su sehr nützlich. Sie hatte vieles dazugelernt, neue Erfahrungen und Erlebnisse gesammelt, insbesondere wie unterschiedlich Leute eine bestimmte Sache sehen und beurteilen. Und so konnte Su auch erfahren, daß eine Tatsache, sei sie noch so gut und nützlich für die Menschheit, zerredet, kaputt- und schlechtgemacht werden kann. Andererseits kann die vernichtende Tatsache so gut und verschönert werden, daß dieses Böse am Ende im Glanze steht. „Man muß doch viel Selbstbewußtsein und starke Hilfe aus dem Übersinnlichen haben, um zu erkennen, wo die Wahrheit liegt", überlegte Su.

Wenn diese Fahrt auch so lang und beschwerlich ist, so ist sie doch wie ein Seminar fürs Leben. In Omsk gesellte sich zu ihr und der älteren Dame eine interessante, junge Frau. Sie schien sehr gesprächig und aufgeschlossen zu sein. So waren sie jetzt zu dritt. Es dauerte nicht allzulange, da übernahm die Zugestiegene die Gesprächsleitung. Sie erzählte, daß in ihrer Siedlung merkwürdige Dinge passierten. So sei vor einigen Jahren ein junges Mädchen in ihrer Siedlung gewesen, welches gerne zum Tanz ging. Das Mädchen tanzte für ihr Leben gern. An einem Sonnabend war sie auch zum Tanzvergnügen gegangen. Da sie gut ausgesehen habe, wurde sie zu jedem Tanz von jungen Männern aufgefordert. Nach Sitte und Gebrauch wurde nur bis Mitternacht getanzt. Kurz vor Mitternacht sei sie wieder von einem netten Herrn zum Tanzen aufgefordert worden. Es tanzten mehrere Paare. Als die Kapelle sah, daß der Herr, der mit diesem Mädchen tanzte, einen Pferdehuf statt eines Beines hatte, hörten sie auf zu spielen. Darauf sei dieser Mann mit dem Mädchen zum Fenster hinausgeflogen, und niemand habe sie mehr gesehen.

Und in einer Baracke würden zwei ältere Leute wohnen, doch an bestimmten Tagen seien in dieser Wohnung Eßgeräusche zu hören, als würden dort hundert Leute essen. Im Fluß Ob gäbe es auch Seenixen. Eine Bekannte hätte einmal an einem schönen, warmen Sommertag beobachtet, wie aus dem Fluß eine Nixe stieg und sich am Ufer sonnte. Als sie bemerkte, daß sich in der Nähe Leute aufhielten, sei sie blitzschnell verschwunden. Sie selbst würde nach Kuibyschew zu einer Kartenlegerin fahren, um sich dort die Zukunft sagen zu lassen. Es sei eine ganz berühmte Legerin, die auch Chruschtschow die Zukunft voraussagte. Man könnte sich heute auf keinen verlassen, da müßte man schon wissen, was die Zukunft mit uns vor habe. Glücklicherweise ist diese Frau bald ausgestiegen, und es wurde ruhiger. „Auch diese Frau hat ihre Geschichte", dachte Su, sich zu einem Nickerchen vorbereitend.

An einem späten Nachmittag war endlich Moskau in Sicht. Die Millionenstadt machte auf Su einen großen Eindruck. Wenn sie auch etwas ängstlich und unsicher ist, so war dieses doch eine Herausforderung für sie. Doch wie es jetzt im einzelnen ablaufen wird, darüber hat sie keine Vorstellung. Sie hatte zwar die Anschrift von einem Hotel, aber das war auch alles. Und wieder einmal, und hoffentlich zum letztenmal, das Bremsenquietschen, und der Zug steht in Moskau auf dem Hauptbahnhof. Unsicher steigt Su mit ihrem Rucksack aus, von ihrer Mitfahrerin verabschiedet steht sie auf dem Bahnsteig und schaut sich prüfend um.

Als der Andrang der Ein- und Aussteigenden vorüber ist und Su etwas verlassen dasteht, kommt ein junger Mann auf sie zu und fragt, ob sie Su Bromowna sei. Erschrocken antwortete Su mit Ja. Darauf legte der Mann ihr einen Zettel vor, auf dem dieselbe Unterschrift zu erkennen war wie die auf ihrem Schreiben. Das beruhigte sie, und sie folgte dem Herrn. Sie stiegen in einen Militärjeep, der vor dem Bahnhof wartete, und fuhren davon. Während der Fahrt durch Moskau erklärte der junge Mann Su einiges über Moskau. Er sagte ihr, daß sie jetzt zu dem Hotel fahren würden, dessen Anschrift sie hätte, und versuchte Su auf das gefährliche Stadtleben in Moskau aufmerksam zu machen. Es sei wirklich nicht leicht, als einzelne Frau in diesem Gewühle zurechtzukommen. Aber wie er sehe, habe sie ja Bekannte oder Verwandte hier, die sie unterstützen würden, sonst wäre er ja auch nicht hier, um sie abzuholen.

Nach mehr als einer halbstündigen Fahrt hielt der Jeep vor dem genannten Hotel. Der junge Mann, der sich Su mit Jemgin vorstellte, nahm Sus Gepäck, begleitete sie damit bis zum Portier und verabschiedete sich höflich. „Seltsam, alles sehr seltsam", dachte Su, „sollte es Wirklichkeit sein oder nur ein Traum wie die Silberstraße?" Es ist beinahe zu viel, um alles zu begreifen. „Wer weiß, wie es mir wohl morgen ergeht, doch jetzt muß ich mich allem stellen, was auf mich zukommt“, dachte Su. Nachdem der Portier ihre Personalien überprüft hatte, erklärte er Su den Weg zu ihrem Zimmer und händigte ihr die Zimmerschlüssel aus. Sie betrat das bescheidene Zimmer, und als sie das Bett sah, ließ sie sich darauf fallen und fing laut zu weinen an. Zuviel hatte sie in den letzten Tagen erlebt, um es verkraften zu können, ihre Nerven waren überspannt. Langsam sich erholend erhob sie sich schluchzend von ihrem Bett und sah in den Spiegel. „Mein Gott, wie sehe ich denn aus?“, sprach Su laut zu sich, in Richtung Waschbecken gehend.

So gut es ging machte sie sich frisch, kämmte ihr Haar und ging aus dem Zimmer, denn sie hatte den ganzen Tag nichts gegessen. „Wieviel Stunden täglich müssen Sie denn hier arbeiten?“, fragte Su den Portier, um nicht gleich am Anfang nach dem Speisesaal zu fragen. Der Portier antwortete und erzählte auch gleich mehr über seine Arbeit. Su hatte keine große Lust, sich das alles anzuhören, sie mußte an die schöne Frau im Zug denken, die so geduldig dem Holzfäller zugehört hatte. Sie gab sich innerlich einen Ruck und hörte zu. Der Portier erzählte weiter: „Ja, wenn jemand wie Sie Eltern oder Verwandte hier im Ministerium hat, der hat es doch viel leichter, sei es in der Bildung oder auch sonst im täglichen Leben. Allein der Name Bromowna – wie vornehm der klingt. Doch Ihnen gönne ich das von Herzen, denn so eine Dame wie Sie, die muß unterstützt werden, um später anderen als Vorbild zu dienen. Sie werden auch die Not kleiner Leute nicht kennenlernen. Freuen Sie sich, daß Sie in so einer Schicht geboren sind. Es bleibt Ihnen im Leben viel erspart.“

„Wer weiß, was mir erspart bleibt und was nicht“, gab Su als Antwort und fügte hinzu: „Sie sollten nicht alles so schwarz sehen, irgendwann scheint für uns alle die Sonne.“ – „Auch diese Antwort paßt zu Ihnen“, antwortete dieser. In diesem Augenblick betraten neue Hotelgäste den Raum, und Su entfernte sich mit einem freundlichen Lächeln in Richtung Speisesaal. Kopfschüttelnd sah ihr der Portier nach. Was für eine Frau, wieviel Intelligenz, Geduld und Hoffnung dieses junge Wesen in sich verbirgt. Im Speisesaal saßen nur noch fünf Gäste an einem Tisch, die sich lebhaft unterhielten. Bei den zwei leeren Wodkaflaschen auf dem Tisch konnte man das Lebhafte verstehen. Su setzte sich unweit an einen kleinen Tisch und sah sich neugierig um. Wie soll das weitergehen? Sie kann sich nicht erinnern, irgendwann in einem Restaurant gewesen zu sein. Einige Bräuche und hiesige Gewohnheiten hatte sie dem Herrn auf der Fahrt durch die Stadt entlockt.

Indessen kam die Serviererin und fragte Su in einem nicht unbedingt höflichen Ton, ob sie vor dem Hauptgericht eine Suppe essen möchte. „Was für eine Suppe haben Sie denn?", fragte Su jetzt selbstsicher, denn jetzt war sie innerlich wieder gefestigt. „Eine Kaspische Dillsuppe mit Maismehl angerührt", kam die Antwort. „Gerne nehme ich diese Suppe", entgegnete Su. Die Serviererin ging zurück und warf einen tötenden Blick in Richtung Diskussionstisch. Jetzt konnte Su den unfreundlichen Ton der Bedienung verstehen. Ungeduldig wartete sie auf das Essen, welches ihr bald darauf serviert wurde.

Der aufsteigende Dampf aus der Schüssel verriet, daß die Suppe heiß war. Die Bedienung stellte die Suppe auf den Tisch, dabei Guten Appetit wünschend. An der Suppe gab es nichts zu bemängeln, und ehe Su diese aufgegessen hatte, standen auch schon Salzkartoffeln mit Sauerkraut und Fleischklößchen auf dem Tisch. Salzkartoffeln, sie konnte sich nicht erinnern, wann sie das letzte Mal diese gegessen hatte. In Tschersk gab es aufgrund der dort herrschenden Minustemperaturen und dem langen Winter nur getrocknete Kartoffeln; von frischem Gemüse wie Dill war nicht mal zu träumen. Es schmeckte alles vorzüglich. Die Diskussion am anderen Tisch wurde immer heftiger, Gagarin sollte angeblich krank sein und würde nicht mehr fliegen können; das sei aber egal, der Welt hätten sie gezeigt, welche Technik sie hätten. Solche und ähnliche Gespräche hatte Su vom Nebentisch mitbekommen. Ihr war es schließlich auch egal; sie war müde und suchte ihr Zimmer auf.

Es war hier alles so fremd, und doch war sie sofort eingeschlafen. Am nächsten Tag nach dem Frühstück nahm Su unweit der Eingangstür im Empfangsraum Platz. Sie schaute sich die Ankömmlinge genau an und rätselte über deren Berufe. Nachdem sie eine halbe Stunde die Hotelgäste gemustert hatte, erblickte sie in der Tür einen älteren Herrn mit langem, graumeliertem Haar, der, ohne beim Portier zu fragen, direkt auf Su zukam. „Guten Tag, mein schönes Mädchen, Sie sind doch Su Bromowna?" – „Ja, das bin ich", antwortete Su. „Da ich Ihr Vater sein könnte, erlauben Sie mir, daß ich Sie duze", so der ältere Herr. „Selbstverständlich", entgegnete Su. Der ältere Herr stellte sich dann vor und erklärte: „Ich bin Romuald Tulin und Leiter einer Fakultät an der Kunstakademie. Das mit dem Kongreß war nur ein Vorwand, um dich aus der Siedlung hierher zu holen." – „Ich danke Ihnen sehr für ihre Mühe", erwiderte Su. „Danken mußt du mir nicht. Es kommt noch einiges auf dich zu, wenn du dich hier behaupten willst", so der Herr.

Der abgetragene Pullover und die Hosen ohne Bügelfalte des Herrn Tulin erweckten in Su Vertrauen zu diesem Mann. Und dieses Vertrauen versuchte sie auch nicht zu verbergen. Sie holte ihre Sachen vom Hotelzimmer und folgte Herrn Tulin zur Ausgangstür, der ihr dabei einen Teil ihres Gepäcks abnahm. Auf dem Wege zur

Metro stellte Tulin Su noch einige Fragen, die sie, so gut sie konnte, beantwortete. In die Metro eingestiegen ging es dann Richtung Akademie. „Was hat dich denn bewegt, nach Moskau zu kommen“, fragte Tulin weiter. „Das Schicksal hat mich nach Moskau bewegt“, klang die spontane Anwort. „Oh, nicht schlecht“, fügte er hinzu, „Gurion, vom Ministerium, hat mich gebeten, dich hier unterzubringen, damit du mit Kunst vertraut wirst, stimmt das so?“ – „Genau so“, antwortete Su. „Hast du Kunst irgendwann näher kennenlernen können?“, fragte Tulin weiter. „Ja, das habe ich“, entgegnete Su. „In welchem Bereich?“, fragte Tulin. „Die Lebenskunst im Bereich des Lebens“, antwortete Su. „Das ist schon eine ganze, ganze Menge“, betonte Tulin nochmals.

Die U-Bahn hielt, und sie stiegen um. Als sie wieder Platz genommen hatten, fuhr Tulin fort: „Da gibt es noch ein kleines Problem.“ – „Und das wäre?“, fragte Su neugierig. „Die Fakultät Lebenskunst gibt es noch nicht in Moskau“, erwiderte Tulin. „Sie haben mich ja gefragt, ob ich mit Kunst in Berührung kam, und nicht, welche Kunst ich erlernen möchte“, erhielt er zur Antwort. „Ach ja, welche Kunst möchtest du denn erlernen“? fragte Tulin. „Bühne, Theater oder ähnliches“, sagte Su. „Das ist gar nicht schlecht, das erspart uns weitere Wege“, erwiderte Tulin, worüber Su erleichtert war. Sie fragte Herrn Tulin einiges über Moskau, worüber dieser ihr gerne Auskunft gab. Die Bahn hielt, noch eine Viertelstunde Fußweg, und sie waren im Internat der Akademie angekommen.

Nachdem Tulin im Auftrage des Herrn Gurion Su einige Rubel in die Hand gedrückt hatte, fügte er hinzu, für den Anfang reiche es. Anschließend machte er Su mit der übrigen Internatswohngemeinschaft bekannt und verabschiedete sich dann. Während Su Herrn Tulin ins Treppenhaus begleitete, sagte dieser noch mit halblautem Ton: „Und sei wachsam, bevor du dir Freunde aussuchst.“ Sie wußte Bescheid, was er damit gemeint hatte. Als Dank drückte ihm Su nochmals die Hand zum Abschied und ging in die Wohnung zurück. Die neuen Mitstreiter überschütteten Su mit Fragen. Sie faßte sich so kurz wie möglich, dabei an Olgas Worte denkend: „Lasse andere erzählen, gebe von deinem Ich so wenig wie möglich ab, sonst bist du leer.“ Da Su im Sternzeichen Fische geboren ist, fällt ihr die Einhaltung dieser Weisheit nicht schwer.

Es war wieder einmal ein aufregender Tag. Nachdem sie sich vom Internatslager Bettwäsche geholt hatte und abends allein in der Wohnung zurückgeblieben war, faßte sie ihre Gedanken noch einmal zusammen, um über den Tag nachzudenken, denn er war sehr aufregend gewesen. Sie mußte jetzt alles ordnen, was sie am Tage erlebt hatte. Die vielen fremden Gesichter, die ihr heute begegnet waren. Es war für sie alles, aber auch alles neu. So holte sie wieder einmal Olga zu Hilfe. Eine Stunde später legte sie sich ins Bett und schlief gleich ein. Als sie morgens erwachte, sah sie noch ganz deutlich die Silberstraße, wie es in den anderen Träumen auch gewesen war. Jetzt weiß sie es, sie bleibt hier und braucht nicht nach Tschersk zurück. Als sie über die Zeit in Tschersk noch einmal nachdachte, kam es ihr vor, als wären es eigentlich nur Jahre des Leidens gewesen.

Das karge Leben, der Tod des Ziehvaters, danach die Schwierigkeiten, die Olga mit den Behörden hatte, dann Olgas Tod, den Su lange nicht verkraften konnte. Jetzt war sie froh, aus diesem Ort fort zu sein. Nun muß sie zusehen, wie sie hier zurechtkommt. Denn wer will es wissen, was sie hier erwartet. Hilfe hatte sie ja bis dahin genügend bekommen. Sie ist voller Zuversicht und starken Glaubens. Die anderen schliefen noch, als Su aufwachte und gleich versuchte, ihren Plan für den kommenden Tag zu überdenken. Eigentlich sollte sie bald den zweiten Brief Olgas öffnen, doch dazu braucht sie Zeit und den richtigen Platz. Also abwarten. Daß dieser Brief für sie wichtig sei, hatte Olga mehrmals angedeutet. Jetzt aber ist sie aufgestanden, hat sich und ihr Bett zurechtgemacht, um gleich aus dem Haus zu gehen.

Vor dem Gebäude begrüßte sie der junge Mann, der sie vom Bahnhof abgeholt hatte. Nur ist er jetzt in Uniform gekleidet. „Haben Sie gut geschlafen?“, fragte dieser. „Danke, es geht“, antwortete Su. „Herr Gurion wünscht Sie zu sehen“, sagte der junge Mann. „Auch das noch“, dachte Su und folgte dem Soldaten in den Jeep, wie gestern. „Wieso muß ich mich so oft in der Soldatenwelt bewegen“, dachte sie und stieg in das Fahrzeug. „Irgendwann werde ich hoffentlich selbst über mich bestimmen können.“

Die Fahrt durch die Stadt ist wieder ein Erlebnis. Hier ist das tägliche Dasein von einem Zeitgeist geprägt, dem Su nicht immer folgen kann. Zeitweise verspürte sie ein erdrückendes Gefühl. Solange dieses Gefühl nur vorübergehend ist, kann es Su gut verkraften. Nach fast einstündiger Fahrt hielt der Jeep vor einem mehrstöckigen Gebäude, in dem das Ministerium für Inneres untergebracht ist. Su brauchte nur ihrem Begleiter zu folgen, welcher sie ins zweite Stockwerk führte. Hier warteten sie vor Zimmer 48, bis eine ältere Dame die Tür öffnete und sie hineinführte.

„Herr Gurion wartet“, sagte die Dame, nachdem sie die beiden begrüßt hatte. Zugleich öffnete sich auch schon die Tür von gegenüber, und ein Herr von eher kleiner Statur und Halbglatze trat ihnen entgegen. Nach der Begrüßung führte Herr Gurion Su ins Zimmer, den Soldaten im Vorzimmer zurücklassend. „Um es kurz zu machen. Haben Sie alles gut überstanden?“, fragte Herr Gurion, nachdem er Su einen Sitzplatz angeboten hatte. „Ja, ich habe alles überstanden“, antwortete Su. Herr Gurion fuhr fort: „Das Schwierigste wird wohl die lange Reise mit der Bahn gewesen sein. Bequemer wäre es natürlich per Flug gewesen, doch Sie sehen, es gibt immer etwas, worüber man meckern könnte. Wie ich von Professor Tulin hörte, haben Sie sich bereits für eine Fakultät entschieden.“ – „Ja, das ist so“, gab Su zur Antwort. „Das ist gut, ich begrüße es immer wieder, wenn junge Menschen früh genug wissen, wohin sie wollen“, entgegnete Gurion. „Ich danke Ihnen für Ihre Mühe und auch für alles, was Sie für mich getan haben“, äußerte Su.

„Den Grundstein für mein Tun“, so Herr Gurion, „hat Ihr Ziehvater, Oleg Bromow, gelegt. Und da er jetzt nicht mehr unter uns weilt, will ich gerne fortsetzen, was er für Sie getan hätte. Sämtliche Kosten, die mit ihrem Studium und Aufenthalt in Moskau verbunden sind, werde ich begleichen. Hier noch einige Rubel für Ihre Privatausgaben“, sagte Gurion, indem er Su einen Umschlag überreichte, und fügte zugleich hinzu: „Wenn Sie sich hier eingelebt haben, werden Sie sich mit einem Nebenverdienst auch helfen können. Das erste Jahr sollten sie nichts weiter als Lernen. Sollten Sie durch irgendwelche Umstände Schwierigkeiten haben, können Sie mich, oder auch meine Frau, zu jeder Zeit aufsuchen oder anrufen. Sie sollten auch nicht das Gefühl haben, in unserer Schuld zu stehen. Wir Menschen sind dafür da, um uns gegenseitig zu helfen. Ich habe keine Kinder und freue mich, einem jungen Menschen wie Ihnen etwas helfen zu können. Meiner Frau Natascha können Sie Ihre Angelegenheiten genauso anvertrauen wie mir. Wenn Sie noch Fragen haben, bitte.“

„Kann ich in Fragen des Studiums auch mit Herrn Tulin rechnen?“, fragte Su. Ein zustimmendes Kopfnicken bejahte diese Frage von Su. Herr Gurion fuhr fort: „ Und nun wünsche ich Ihnen viel Erfolg, nicht nur im Studium, auch in Ihrem ganzen Leben.“ – „Ich danke Ihnen und wünsche Ihnen und Ihrer Frau alles Gute, vor allem Gesundheit“, antwortete Su. Herr Gurion führte sie ins Vorzimmer, wo der Soldat auf sie wartete. Auf dem Rückweg zur Mensa führte Su mit dem Soldaten ein nettes Gespräch. „Ein feiner Mensch“, dachte Su. Doch jetzt ist sie hier, um andere Dinge zu bewältigen. Die persönlichen Empfindungen muß sie leider erstmals zurückstellen. Doch damit hat sie keine Schwierigkeiten.

Nach dem Essen ging Su ins Internat, um den Brief von Olga zu öffnen und ihn irgendwo in Ruhe zu lesen. Dafür sei die Universitätsbibliothek geeignet, dachte sich Su. Im Internat angekommen begann sie, die Sachen zu ordnen, die ihr Studenten für den Unterricht zusammengetragen hatten. Jetzt, wo sie alles geordnet hatte, will sie mit dem Brief zur Bibliothek gehen, um dort diesen zu lesen. Doch was ist denn mit dem Brief? Aufgeregt sucht Su den zweiten Brief von Olga, doch kann sie diesen nicht finden. Immer aufgeregter wird Su, die Schweißperlen stehen ihr auf der Stirn, der Brief ist trotzdem nicht zu finden. Wo könnte der nur sein? Su versuchte, sich selbst zu beruhigen, doch es half nichts.

Es ist nichts zu machen, der Brief ist verschollen. Nach langem Suchen brach Su in Tränen aus und legte sich auf ihr Bett. Hätte sie ihn doch im Zug gelesen. Alle anderen Sachen waren an ihrem Ort, nur der wichtige Brief nicht. Sie überlegte intensiv noch einmal, Schritt für Schritt, doch ohne Erfolg. Es war eine schlimme Nacht, doch das Leben geht weiter. So sehr sie ihre Ziehmutter um Hilfe bat, konnte ihr diese diesmal auch nicht weiterhelfen. Trotzdem hoffte Su, daß sie irgendwann die Lösung erfahren würde. Nach dem Essen ging es zur ersten Unterrichtsstunde in die Akademie.

Das Land

Es ist ein Land auf dieser schönen Erde,
Ein Land, das viel besungen, oft beweint,
Wo einst die Schöpfung sprach: „Es werde“,
Und es entstand in Frieden und vereint.

Und es entstand ein Land im Universum,
Mit Hügeln, Tälern, bunter Pracht,
Mit blauem Himmelszelt herum,
Und klarem Mondschein in der Nacht.

Die dunklen Wälder, klaren Seen,
Als Nahrung und als Schutz gedacht,
Ließen so manchen Feind umdrehen,
Und dem das Leben schwer gemacht.

Nun, so beschützt von Kosmos und Natur,
Gelenkt durch Gottes Hand,
Konnte nicht sein die männliche Figur,
Man nannt’ es Mutterland.

Und dieses Mutterland, so reich,
An Schätzen, Geist, gesund im Kern,
In keiner Hinsicht anderen gleich,
Zog Menschen an von nah und fern.

Und diese Menschen wohl bedacht,
Der harten Arbeit, Not, Gefahr,
Sie haben es sich nicht leicht gemacht,
Denn Geist und Denken waren klar.

Die Arbeits- und die Ruhezeit,
Durch keine Regeln festgelegt,
Bestimmt von Sonne, Mond zugleich,
Von früh bis spät wurd' sich geregt.

Zum Feiern gab es keine Zeit,
Der Ernst des Lebens ging voran,
zu Ostern, Pfingsten, Weihnachtszeit,
Ließ man sich werfen aus der Bahn.

Es wurde gebacken und gebraut,
Von früh bis in die Nacht hinein,
Auf Reinheit wurde hier gebaut,
Und keiner wollt' der Letzte sein.

Ja, diese Tugend schnell erkannt,
Von Leuten nicht den Menschen gleich,
Mit List, mit Habgier unerkannt,
Ergriffen dieses schöne Reich.

Nicht nur das Reich ergriffen sie,
Sie wollten herrschen, wollten Macht,
So mancher Mensch sank in die Knie,
Und ward um den Verstand gebracht.

Die Zeit verging, so lief es weiter,
Der Flieder blühte Jahr für Jahr,
Geschuftet wurde froh und heiter,
Von Ost und West kam die Gefahr.

Sie kam und blieb vor keinem stehn,
Blieb weiterhin noch unbekannt,
Gnädige Frau und Herrchen wollten sehn,
Wie frei sich es lebt in diesem Land.

Und jetzt entstand die zweite Schicht,
Die Schicht der dunklen Mächte,
Geist Luzifer erblickte Licht,
Und übte seine Kräfte.

Und es begann der große Kampf,
Das Böse gegen Gutes,
Geist Luzifer erstarrt im Krampf,
Doch Ahriman war frohen Mutes.

Nun so gestärkt die böse Glut,
Ist doppelt angetreten,
Es kamen Krankheit, Pest und Flut,
Das Gute wurde weggetreten..

Es herrschten Hunger, Not und Haß,
Der Winter tat das Letzte,
Und auch die Gnädigen wurden blaß,
Sie flohen in den Westen.

Der Westen floh, der Osten kam,
Noch lange war kein Ende,
Das starke Volk, es litt daran,
Und sehnte eine Wende.

Nur die Natur, sie blieb beständig,
Im Sommer heiß, im Winter kalt,
Die Tierwelt war wie stets lebendig,
Noch immer rauschten See und Wald.

Es war ein schweres täglich Brot,
Doch Hilfe kam von nirgendwo,
Es flossen Tränen in der Not,
Beschlossen wurde anderswo.

Und wie beschlossen so befohlen,
Das schöne Land wurd' aufgeteilt,
Ein Teil den Russen, ein Teil den Polen,
Die Menschen sind davongeeilt.

Sie eilten davon in Angst und Not,
Mit Ziel in Richtung Westen,
Die meisten ohne Wasser, Brot,
Ein Rest, die sich verschätzten.

Im Westen endlich angekommen,
Die Schar, die doch noch übrigblieb,
Die Schwachen, Kleinen, fortgenommen,
Vom Tod, der Frost und Hunger trieb.

Nun sind es fünfzig Jahr vergangen,
Verteilt im ganzen deutschen Land,
Die meisten sind von uns gegangen,
Wir warten noch auf diesen Gang.

Vielleicht mit unserer Wiederkehr,
Auf dieser schönen Erde,
Erfahren wir des Schöpfers Spruch,
Zum zweiten Mal: „Es werde."

Kapitel 3

Selbongen

Selbongen ist ein Dorf mit rund 115 Hausnummern. Es liegt mitten im Masurenland, an der Verbindungsstraße Alleinstein – Lyck. Die idyllische Lage dieses Dorfes würde jeden Dichter zum Schwärmen verleiten. Die drei Seen, die das Dorf umgeben, der Tiefsee, Plötzensee und der Inulzer See, mit dem angrenzenden, undurchschaubaren Wald der Johannesburger Heide, verleihen dieser Idylle ein Naturbild, welches in Europa einmalig zu finden ist. Die Eisenbahnstrecke, die dieses Dorf mit der Welt verbindet, gehört zu diesem Dorf ebenso wie die Seen, der Wald, die schöne Mormonenkirche oder auch der Friedhof. Der Bahnhof als Sammelpunkt der Dorfjugend war für Selbongen mehr als ein Bahnhof für eine Stadt. Jeder Neuling, der hier eintraf, war dem Dorf meist bekannt. Die kurze Allee mit den hohen Linden zu beiden Seiten, die den Bahnhof mit der Hauptstraße verbindet, hat Tausende von Anreisenden und Abreisenden erlebt. Besonders im Sommer, wenn die Linden blühen und mit ihrem Blütenduft den Anreisenden die Nähe der Natur vermitteln und den Abreisenden den Abschied schwer machen, möchte man für immer hier bleiben.

Leider sind von dieser Station auch die Väter und Ehemänner in den Krieg gezogen, und viele nicht mehr zurückgekehrt. Auch hier steht Freud und Leid dicht nebeneinander. Und weil diese Region so schön ist, wurde in der Vergangenheit ständig um dieses Fleckchen Erde gekämpft. Es war schon immer ein Zankapfel zwischen Ost und West. Das Volk, das hier lebte, war dazu da, um zu arbeiten und zu gehorchen. Das sehen wir in vielen Filmen und Darstellungen, in denen der Ostpreuße, die Ostpreußin als lächerliche Dienerfigur dargestellt wird. Hier wurde weder Geburtstag noch Karneval gefeiert, denn um eine große Zahl der Bevölkerung zu ernähren und als Kornkammer zu dienen, mußte von früh bis spät gearbeitet werden. Und es wurde gearbeitet von Sonnenaufgang bis Sonnenuntergang.

Anfang des Jahres 1945 erreichte die russische Front Ostpreußen, genauer gesagt, das Masurenland. Wie immer, wenn die Leute gegeneinander Kriege führten, hielt auch die Natur mit ihren Grausamkeiten nicht zurück. Frost und Schnee konnten die Fronten nicht aufhalten, gegeneinander zu kämpfen. Die russische Front, überwiegend aus betrunkenen Asiaten bestehend, zog durch das Masurenland, Tod und Vernichtung an der Zivilbevölkerung bringend. So erreichte diese Front Ende Januar 1945 auch das Dorf Selbongen. Ostpreußen, das erste deutsche Land, welches sie betraten. Die Bevölkerung floh Richtung Westen. Doch nicht alle hatten die Möglichkeit zu fliehen, da sie weder Pferd noch Wagen oder sonst etwas hatten.

So ist denn auch Anna mit ihren drei Kindern und Großeltern im Dorf geblieben. Als die letzten deutschen Soldaten das Dorf verließen und auf den Straßen nur noch herrenlose Hunde und Katzen herumstrolchten, ist Anna mit ihren Kindern mit dem Handschlitten mit einer anderen Familie zu einem Bauernhof außerhalb des Dorfes gegangen. Ihre Eltern blieben im Dorf zurück in der Hoffnung, es würde so schlimm nicht werden. Einen Tag später ist dieser Bauernhof von einem Frontasiaten aufgesucht worden, der, Gott sei Dank, nicht ganz so betrunken war und nur sämtlichen Schmuck raubte. Er ließ Anna und ihre Kinder zum Erschießen aufstellen, dann aber vergaß er seine Tötungslust. Wie sich später herausstellte, hatte der Soldat davor bereits einige Dorfbewohner erschossen, darunter auch den Vater von Anna.

Als die Front vorbeigezogen war, kehrten die Dorfbewohner, die nach außerhalb geflüchtet waren, in das Dorf zurück. Hier haben sie ihre Wohnungen verwüstet vorgefunden. Hinter der Front zogen immer noch Räuber und Banditen durch das Land und besorgten den Rest. Im Dorf kreisten Parolen, daß in kurzer Zeit das deutsche Militär Ostpreußen befreien würde. In den Wäldern würden sich Einheiten bilden und den Feind, so wie im Ersten Weltkrieg, zu Hindenburg, vertreiben. Obwohl es nur Parolen waren, schürten diese im Volke Hoffnung. Doch diese Hoffnung erfüllte sich nicht.

In Selbongen hatten die Russen eine Kommandantur zum Schutze der Bevölkerung vor nächtlichen Räubern eingerichtet. Die Frauen mußten zur Arbeit auf das nahegelegene Gut, um das Vieh zu versorgen. Während der Arbeitszeit auf dem Gut wurden diese Frauen oft von russischen Soldaten verhört, gefoltert oder vergewaltigt. Nachdem Anna ihren Vater mit Hilfe von anderen Frauen im Garten begraben hatte, ist sie mit anderen Frauen auch auf das Gut zur Arbeit gegangen. Abends konnte sie für ihre Kinder Milch und Brot mitnehmen.

Sie arbeitete auf dem Gut in der Küche mit einer Russin zusammen, auch Flintenweib genannt. Anna war Krankenschwester und konnte somit auch der Russin oft helfen. Die Russin wollte unbedingt Deutsch lernen, so war sie gern mit Anna zusammen, damit diese ihr Deutsch beibrachte. Anna erzählte der Russin auch von ihren Kindern, die zu Hause auf sie warteten. Eines Tages schlug die Russin Anna vor, sie sollte doch zumindest eines ihrer Kinder zur Arbeit mitbringen. So hatte sich Anna entschlossen, Susanne mitzunehmen. Sie spielte in der Großküche oder auch draußen, wenn es warm war. Mit vier Jahren konnte sich Susanne schon ganz gut helfen. So vergingen Wochen, und Anna hat ihre Tochter immer mitgenommen. Die Kleine hatte sich an die Russin gewöhnt, so als würde diese zur Familie gehören.

Und dann kam an einem Mittwoch im Frühling 1945 der schwarze Tag. Bei schönem, warmen Frühlingswetter ging Anna wie gewohnt zur Arbeit. Am Arbeitsplatz eingetroffen mußte sie erfahren, daß Olga, ihre Mitköchin und Vorgesetzte, krank im Bett lag. So mußte sie erstmals alleine kochen. Susanne war zu Olga gelaufen und brachte ihr Tee zur Genesung. Durch eine andere Russin wurde Anna dann in den Kuhstall gerufen, um angeblich beim Raustreiben zu helfen. Vom Kuhstall aus wurde Anna mit noch anderen Frauen auf einen Laster gezerrt und verschleppt. Als die kleine Susanne bemerkte, daß ihre Mutter weg war, lief sie zu Olga. Diese hatte sich schnell angezogen und war rausgelaufen, doch es war zu spät. Der Laster mit den Frauen war schon lange weg. So sehr sich Olga auch bemühte, von dem Laster gab es keine Nachricht und keine Spur.

Doch diese Praktiken waren in dieser Zeit üblich. Annas Mutter Sophie hatte noch am gleichen Tag von dem Vorfall gehört. Mit ihren beiden Enkelkindern, Charlotte und Wolfgang, ging sie zu dem vier Kilometer entfernten Gut. Dort fand sie die Bestätigung der grausamen Nachricht. Susanne wollte noch für einige Zeit bei der Russin bleiben, worüber diese sich sehr freute. Sophie, bepackt mit Milch, Brot und Kartoffeln, ist mit Charlottchen und Wolfgang traurig nach Selbongen zurückgegangen. Eine Woche später kam die Russin mit Susanne noch einmal nach Selbongen mit einer Pferdekutsche gefahren, um zu sagen, daß sie auf ein anderes Gut versetzt würde und Susanne mitnehmen wollte. Sophie wurde bei dieser Nachricht blaß und fing an zu zittern. Leider konnte sie nichts unternehmen, was die Lage geändert hätte. Die Kleine klammerte sich an Olga, wollte aber auch gerne mit der Russin mitgehen. Sie hatte sich an die fremde Frau gewöhnt.

Die Russin versprach Annas Mutter, daß sie sich um die Kleine liebevoll kümmern und sie wie ihr eigenes Kind behandeln würde, und sobald die Umstände es erlaubten, würde sie von ihr und Susanne hören. Und so ist Sophie nun mit ihren Enkelkindern alleingeblieben. Täglich haben sie auf eine Nachricht von Anna gewartet, doch vergebens. Das russische Militär hatte sich mehr und mehr zurückgezogen, und wieder wurde das Masurenland von Räubern und Plünderern heimgesucht.

Immer mehr polnische Bürger kamen nach Selbongen, um hier ihre Zukunft aufzubauen. Es entstanden polnische Behörden und Verwaltungen. Die einheimische Bevölkerung machte sich gegenseitig mit Parolen Hoffnung auf eine Wende, und so verging die Zeit. In einigen Wohnungen der neu Angesiedelten erkannten die Einheimischen ihre Möbel oder andere Gegenstände, die ihnen nachts geraubt worden waren. Doch es gab keine Stelle, wo man sich darüber beklagen konnte.

Und das Leben ging weiter. Die einheimische deutsche Bevölkerung mußte Polnisch lernen, so ist das Volk langsam zusammengewachsen. Das schwierigste Kapitel waren die Religionsfanatiker. Der Gottesdienst in den protestantischen Kirchen durfte nur auf Polnisch gehalten werden, obwohl die wenigsten Polnisch verstanden. Auf den Straßen durfte nicht Deutsch geredet werden. Doch die Zeit heilt Wunden – so auch hier. Die polnische Regierung war bemüht, soweit wie möglich die deutsche Bevölkerung vom Auswandern zurückzuhalten, um den Staat gemeinsam aufzubauen. Somit war die damalige Regierung ein Schutz vor den Religionsfanatikern der katholischen Kirche. Es entstanden Schlepperbanden, die für das zurückgelassene Mobiliar willige einheimische Personen bis an die Oder brachten.

Als Sophie nach mehr als einem halben Jahr Warten von Anna keine Nachricht bekommen hatte und das russische Militär sich ganz zurückgezogen hatte, nahm sie zu zwei jungen Polen Kontakt auf, die sie und noch eine Frau mit zwei Kindern auf einem Kleintransporter bis nach Stettin brachten, dafür erhielten die Polen das zurückgelassene Häuschen am See mit dem Mobiliar. Von Stettin aus ist sie zu Fuß, Wolfgang im Kinderwagen und die sechsjährige Charlotte neben ihr, nach Usedom gegangen. Sie war froh, über die Oder zu sein. Nach einigen Tagen waren sie in Zinnowitz angekommen. Das weite Meer tat ihr gut in der schweren Zeit. Einer Bekannten in Selbongen hatte sie für den Fall einer Nachricht von Susanne oder Anna, gesagt, daß sie nach Zinnowitz übersiedeln würde. Und hier in Zinnowitz ist Sophie auch mit den Kindern geblieben.

Seit Anna in Selbongen von den Kindern und ihrer Mutter weggerissen wurde, ist für sie die Lebenssonne untergegangen. Die erste Zeit nach der Verschleppung weinte sie sehr viel, doch dann wurde es immer weniger, bis sie auch nicht mehr weinen konnte. Mit der Eisenbahn, im Viehwagen auf Stroh und Heu, ging die Fahrt immer weiter Richtung Osten. So grausam es auch war, so glaubte Anna doch, daß es ihr Schicksal ist, was sie jetzt durchmachen muß. Denn daß Olga genau an jenem Tag erkrankte, als die Russen Frauen suchten, war kein Zufall.

Ihre Kenntnisse im Pflegebereich als Krankenschwester konnte sie hier oft anwenden. So hat sie vielen Frauen unterwegs geholfen. Die Umstände, die sie auf dieser Fahrt begleiteten, kann man mit Fug als unmöglich beschreiben. Es würde später manches wie ein Märchen klingen. Und Anna wollte diese Umstände auch nicht festhalten, es könne einen später nur umwerfen, dachte sie. Und trotzdem haben die Frauen versucht, sich gegenseitig aufzumuntern. Viele haben diese Reise bis zum Ende nicht überstanden und mußten unterwegs aus dem Zug geworfen werden. Deren Kleidung wurde an die verteilt, denen es am schlechtesten ging.

Mitten im Viehwagen stand ein eiserner Ofen, auf dem gekocht wurde. Nach wochenlanger Fahrt war der Zug endlich in Krasnojarsk eingetroffen. Den vorletzten Abend vor Eintreffen in Krasnojarsk mußte Anna noch einen tiefen Schock erleben. Eine noch ganz junge Frau aus Sensburg war an diesem Abend verstorben. Sie hatte die irdische Endstation erreicht. Diese Frau hatte Anna stets bewundert. Sie hatte soviel Kraft und Humor. Trotz der schweren Zeit hatte sie abends oft im Viehwagen, auf dem Stroh sitzend, auf ihrer Mundharmonika Heimatlieder gespielt. Sie hat diese mit so einem Willen gespielt, daß sie viele andere Frauen zum Singen mitriß. Anna war die letzte Zeit viel mit ihr zusammengewesen. Kurz vor ihrem Tod sagte sie noch zu Anna: „Und laß dich nicht unterkriegen, denke daran, du kommst aus dem Masurenland, ich wirke ab morgen aus einer anderen Welt.“ Diese Frau und diese Worte wird Anna nicht vergessen.

In Krasnojarsk wurden die Frauen dann bei verschiedenen Stellen untergebracht. Aufgrund ihrer Kenntnisse als Krankenschwester wurde Anna einem Krankenhaus zugeteilt, wo sie in der Pflege tätig war. Dort blieb sie auch. Von Olga Bromowna kannte sie einige russische Sitten und Bräuche und sie konnte sich auf Russisch halbwegs verständigen. Im Krankenhaus hatte Anna schnell herzliche Menschen kennenlernen können. Unter so schweren Umständen ist dieses nicht schwer.

Die Zeit verging wie im Fluge, und der kurze sibirische Sommer war fast zu Ende. Anna bemühte sich vergebens um ihre Rückkehr nach Deutschland. „Ihr selber habt diesen Krieg gewollt“, erhielt sie als Antwort bei den Behörden. Nach solchen Bemühungen war Anna immer geschafft. Sie zog sich dann in ihr Zimmer zurück und mußte an ihre Heimat zurückdenken. Wie soll ich diesen Leuten erklären, daß ich diesen Krieg ebenso nicht gewollt habe wie sie auch? Wie soll ich denen erklären, daß mein Mann genauso in den Krieg gezwungen wurde wie jeder russische Soldat? Daß meine Kinder genauso weinen wie jedes andere russische Kind? Diese Ohnmacht zermürbte Anna restlos. Und eines Tages, als sie wieder einmal versucht hatte, hier wegzukommen und beim kleinsten Ansatz scheiterte, gab sie es auf. „Jetzt warte ich ab, was das Schicksal mit mir vorhat“, sagte sie sich.

Im Krankenhaus hatte sich Anna mittlerweile einen guten Namen erarbeitet. Sie versuchte zu helfen, wo sie nur konnte. Wenn sie allein an den langen Winterabenden in ihrem Zimmer saß, lebte sie in Erinnerungen an Selbongen, an das kleine Holzhäuschen, daß direkt am Inulzer See stand. Im Sommer hörte sie die Wellen so laut, als würden sie im Nebenzimmer rauschen, die Kinder spielten am oder im See, als Siegfried während seines Urlaubs von der Front sich mit ihnen gemeinsam freute. Doch leider nur kurz. Dann der erste schwarze Tag, an dem die Nachricht kam, daß Siegfried an der Front für sein Vaterland gefallen war. Die Front und der Tod des Vaters. Und dann der Schicksalstag, an dem sie alles verloren hatte. „Was hält mich eigentlich noch auf dieser Erde?“, dachte Anna oft in ihrer Verzweiflung.

Wenn sie dann am nächsten Tag ins Krankenhaus kam, wußte sie, was sie hier hält. Es sind die vielen Menschen, die ihre Hilfe brauchten und auf diese Hilfe warteten, die sie morgens mit einem Lächeln begrüßten, obwohl sie sehr krank waren. Diese Menschen geben ihr Kraft zum Leben, zum Arbeiten und zum Weitermachen. Und es sind hier so viele davon.

Und vielleicht kommt nach so vielen schwarzen Tagen auch einmal ein heller Tag? Vielleicht kann sie ja irgendwann nach Hause zurück? Wenn dieses Land jetzt auch zu Polen gehört – doch das wäre egal. Wichtig ist, es sind dort Menschen, die nicht von Fanatismus geprägt sind, Menschen, die in Frieden leben wollen. Und vielleicht sieht sie noch einmal ihre Kinder? Wolfgang war zwei Jahre alt, als sie ihn verlassen mußte. Der müßte jetzt bereits sieben sein. Charlotte ist dann jetzt schon elf, Susanne neun Jahre jung. Ob ihre Kinder wohl in einem Heim untergebracht wurden, oder konnte ihre Mutter sie behalten? Doch drei Kinder, wie sollte sie das machen? Doch schlimmer als hier in Sibirien würden es ihre Kinder ganz sicher nicht haben. Und das beruhigte Anna.

Vor einigen Monaten war im Krankenhaus ein verletzter Holzfäller eingeliefert worden. Er hatte mehrere Brüche erlitten und mußte somit längere Zeit im Krankenhaus bleiben. Als Anna dessen Personalien durchsah, wußte sie sofort, daß sie hier einen Landsmann behandelte. Auch er mußte hierbleiben und hatte keine Hoffnung, irgendwann in die Heimat zurückzukehren. Gebürtig war er aus dem Kreise Lyck. Als Anna ihn auf Deutsch ansprach, schaute dieser sie an, als käme sie von einem anderen Stern. Er war als Kriegsgefangener hierher verschleppt worden. Dieser Mann wäre am liebsten aus dem Krankenhaus gar nicht rausgegangen. Als 18jähriger war er an die Ostfront geschickt worden und dort in Gefangenschaft geraten; jetzt arbeitete er als Vorarbeiter einer Holzfällereinheit. Er hatte hier inzwischen geheiratet und mittlerweile auch zwei ganz süße Kinder, wie er erzählte. Noch in diesem Jahr wolle er Anna seine Familie vorstellen. Während seines Krankenhausaufenthaltes konnte ihn seine Familie nicht besuchen, weil die Kinder noch zu klein waren, um den langen, beschwerlichen Weg durchzuhalten. Und so erlebte Anna immer wieder aufregende Tage.

Kapitel 4

Die Feier und der Brief

Den Lehrkräften von Su war bereits nach wenigen Monaten aufgefallen, daß Su eine außergewöhnlich klangvolle Stimme besaß. So wurde sie auch in diesem Bereich gefördert. Inzwischen hatte sie auch einen festen Freundeskreis, bei denen sie sich recht wohl fühlte. Der alte Wecker weckte sie noch immer wie in alten Zeiten, und die Silberstraße hatte sie nachts auch nicht verlassen. Oft mußte sie an ihren verlorenen Brief denken, doch sie hatte nicht die geringste Ahnung, wo dieser sein könnte.

Einmal im Monat besuchte Su die Familie Gurion, die sie sehr mochte. Es war jetzt mehr als ein Jahr vergangen, seitdem sie aus Tschersk weg ist, und sie ist immer wieder Herrn Gurion dankbar, daß dieser sie da rausgeholt hatte. Bei Veranstaltungen im kleineren Rahmen trat sie schon einige Male als Sängerin auf und erhielt dafür viel Lob und Anerkennung. Solche Veranstaltungen gaben ihr immer Auftrieb und Mut, ihr Können weiterzubilden. Auch zu Privatfeiern der Familie Gurion wurde Su immer miteinbezogen. Und so war es auch am 10. März 1959. An diesem Tag hatte Familie Gurion eine außergewöhnlich wichtige Feier geplant. Es wurden viele Gäste eingeladen, und Su wurde gebeten, auf dieser Feier zwei oder drei Auftritte zu geben.

Der Anlaß dieser Feier war Su nicht bekannt. Doch es war auch sonst üblich, im voraus über den Anlaß nicht zu reden. Su mußte sich nicht besonders vorbereiten, denn in ihrem Programm hatte sie bereits mehrere gern gehörte Stücke, die sie auf dem Klavier begleitete oder auch solo sang. Su war mit der Akademie so beschäftigt, daß der zehnte März sie ganz plötzlich überraschte. Es war ein Sonnabend nachmittag, und so ist Su gleich nach den Übungen im Theater zur Familie Gurion gefahren. Sie wurde, wie immer, auch diesmal herzlich begrüßt. Eine große Zahl der geladenen Gäste war bereits eingetroffen. Die Feier fand in der Datscha der Familie Gurion statt. Wenn auch noch Winter mit Minustemperaturen bis zu 20 Grad Celsius herrschte, so war es am Tage bei strahlendem Sonnenschein recht angenehm und in der Datscha sehr gemütlich.

Als Su die Gäste einzeln begrüßte, schmunzelten einige von ihnen, für Su nicht ganz verständlich. Nach einem kurzen Imbiß sang Su ihr erstes Stück, dieses auf dem Klavier begleitend. Als sich Su nach der Aufführung niederbeugend für den tosenden Applaus bedankte, standen auf einmal alle Gäste auf und sangen einen Geburtstagsgruß. Im ersten Moment war Su überrascht, doch dann merkte sie schnell, daß sie das Geburtstagskind war. Sie konnte sich nicht erinnern, einmal ihren Geburtstag gefeiert zu haben, und nun dieses.

Als der Gesang der guten Wünsche verstummte, ergriff Herr Gurion das Wort: „Liebe Su, es ist dir bekannt, daß wir nur selten Geburtstage feiern. Deinen heutigen Geburtstag haben wir uns erlaubt zu feiern, weil es dein achtzehnter ist und für dich ein neuer Lebensabschnitt beginnt. Dein bisheriges Leben war nicht auf Rosen gebettet, so hoffen wir sehr, daß dieser neue Abschnitt dir in deinem Leben mehr Freude als Leid bringen wird. Leider wissen wir nicht, wo du vor achtzehn Jahren geboren wurdest, doch mußt du zu einem Zeitpunkt und in einem Ort geboren sein, in dem die Schöpfung zu dieser Zeit die Schönheit und Weisheit verteilt hat. Du hast dir beides genommen. Und weil du beides hast, gibst du auch uns von beidem täglich etwas davon ab, was wir gerne von dir annehmen. Wir, alle Anwesende, freuen uns, dich in unserer Mitte zu haben, und das hoffentlich noch recht lange." Danach mußte Su Glückwünsche von jedem Anwesenden entgegennehmen, angefangen mit Frau und Herrn Gurion. Sie bedankte sich rührend für diese gelungene Überraschung und feierte mit. So ist es ziemlich spät geworden, bis Su nach Hause fuhr. Wie üblich, so auch heute, brachte sie der Fahrer mit dem Fahrzeug des Herrn Gurion nach Hause.

Einige hundert Meter vor ihrer Wohnung – Su wohnte mittlerweile in einer Einzimmerwohnung – war Su an einer Kreuzung ausgestiegen, um noch etwas zu laufen. An dieser Stelle war die Straße um Mitternacht oft menschenleer, so auch heute. Plötzlich tauchten zwei verdächtige männliche Gestalten vor ihr auf und forderten sie auf, ihnen Geld zu geben. Su merkte, daß es zwei Betrunkene waren. Sie wollte fliehen, doch es war zu spät. Sie rissen ihr die Handtasche weg, und als Su sich zur Wehr setzte, schlugen diese auf sie ein, bis sie besinnungslos liegenblieb.

Als Su erwachte, lag sie in einer fremden Wohnung. Ihr ganzer Körper war wie zerschlagen. Im Zimmer war noch eine Frau mit zwei Kindern. Als die Frau sah, daß Su ihre Augen aufschlug, sprach diese sie gleich an: „Seien Sie froh, daß ich Sie gefunden habe. Bei dieser Kälte, wer weiß. Ich bin von der Spätschicht aus der Fabrik gekommen und fand Sie auf der Straße. Sie sollten in Zukunft besser aufpassen. Diese Straße ist besonders gefährlich."

Su hörte sich das alles an, konnte aber nichts darauf sagen. Alles tat ihr weh. Die Frau kümmerte sich rührend um Su und versuchte, sie wieder munter zu machen. Su mußte Tee trinken und etwas essen. Langsam kam sie zu sich und konnte sich mit der Frau unterhalten. Die Frau erzählte ihr, daß sie in der Fabrik arbeitete und nebenbei auch noch im Hotel saubermache. So käme sie mit dem Geld, wenn auch nur dürftig, aus. Es war eine Frau, zu der Su sofort Vertrauen hatte. Die Frau erzählte Su von ihrer Arbeitsstelle und auch von ihrer Putzstelle im Hotel.

Manchmal habe sie Glück und fände noch etwas Geld von reichen Leuten, so hätte sie noch einige zusätzliche Rubel. Vor zwei oder drei Jahren habe sie im Hotel einen Brief von einer Frau gefunden, doch damit könne sie nichts anfangen. Der Frau würde dieser Brief sicherlich fehlen, doch wo solle sie diese Frau suchen? Als Su das hörte wurde sie auf einmal hellwach. Sie sprang von ihrem Lager auf die Frau zu, umarmte diese und küßte sie. „Ich bin diese Frau", flüsterte sie immer wieder, kaum fassend, daß ihr dieses Unglück soviel Glück bringen konnte. Verdutzt schaute die Frau sie an und fing dann an zu begreifen, welches Ereignis sich hier in der Wohnung abspielte. Sie kramte im Schrank in ihren Sachen und holte den Brief heraus, um ihn Su zu geben.

Freudestrahlend und dankend nahm Su den Brief entgegen. Mitleidig schaute die Frau sie an und sagte: „Ach, du armes Kind, ich bin vom Schicksal gezeichnet, doch du noch viel mehr." So ahnte Su sofort, was in dem Brief stehen konnte. „Haben Sie den Brief noch nicht gelesen?", fragte die Frau. „Nein", antwortete Su. „Sie können sich vorstellen, daß ich ihren Brief gelesen habe", äußerte die junge Frau, „doch ich werde es Ihnen nicht vorwegnehmen, was in diesem Brief steht. Das, was dort steht, müssen Sie vom Brief erfahren und nicht von mir." – „Danke für Ihr Verständnis, sobald es mir besser geht, werde ich den Brief lesen", entgegnete Su. Nach diesen Worten steckte Su den Brief weg.

Die Frau erzählte Su über ihr Leben in Moskau, über die täglichen Schwierigkeiten einer alleinerziehenden Mutter von zwei Kindern. Wenn ihre Eltern noch leben würden, wäre es sicherlich leichter. Doch der Vater sei in Berlin an der Front gefallen. Ihre Mutter sei vor drei Jahren im Gefängnis verstorben, wo sie eine Haftstrafe von zwei Jahren verbüßen sollte, weil sie gegen das politische System war. Ihr Mann wäre vor eineinhalb Jahren zum Militärdienst einberufen worden, hätte aber noch nichts von sich hören lassen. Der Grund sei ihr unbekannt.

Su hörte der Frau geduldig zu und merkte plötzlich, daß es ihr selbst noch ganz gut ginge. Am späten Abend war Su soweit hergestellt, daß sie in Begleitung ihrer Retterin in ihre Wohnung gehen konnte. Seitdem hat sie diese Familie von Zeit zu Zeit besucht und sich mit der Frau immer ganz nett unterhalten. Sie konnte dieser Frau auch in manchem behilflich sein. Nachdem sich Su nach dem Überfall körperlich und seelisch erholt hatte, holte sie den Brief hervor und nun, darauf vorbereitet, was sie in den nächsten Minuten erfahren würde, fing sie an zu lesen:

„Liebe Susanne, ja, das ist Dein richtiger Name, auf den Du getauft worden bist. Ich habe Dich Su genannt, weil es im Russischen leichter ist, diesen Namen auszusprechen. Susanne Kulinna, so ist Dein richtiger Name. Geboren bist Du in einem Dorf im Masurenland mit dem Namen Selbongen. Getauft wurdest Du in der wunderschönen Kirche, so nannte sie Deine Mutter, zu Nikolaiken. Dein Vater hieß Siegfried und ist leider bereits 1942 im Krieg gefallen. Deine Mutter Anna, eine wunderbare Frau, arbeitsam, aufmerksam und intelligent, ist Krankenschwester und hat mit mir wochenlang zusammengearbeitet. Sie sieht genauso aus wie Du.

Du hast noch eine ältere Schwester und einen jüngeren Bruder. Wo die jetzt sind, ist mir nicht gelungen, herauszufinden. Doch bin ich überzeugt, daß Du es schaffen wirst. Vielleicht wirst Du auch Deine Mutter noch einmal ausfindig machen. Wenn diese noch am Leben sein sollte, wäre sie eventuell in Sibirien zu suchen. Doch das wird das Schicksal entscheiden. Es war eine schwere, grausame Zeit, in der ich Deine Mutter kennenlernte. Und diese Zeiten haben weder Deine Mutter noch ich zu verantworten. Wir wurden als Werkzeug benutzt, um diese Zeiten herbeizuführen.

Als ich eines Tages erkrankte, ist Deine Mutter verschleppt worden. Alle meine Bemühungen, sie aufzufinden, scheiterten. Ich konnte nur noch erfahren, daß der ganze Transport in Richtung Sibirien gefahren ist. Deine Geschwister sind bei Deiner Großmutter in Selbongen geblieben. Wo diese jetzt sind, ist mir unbekannt. Es fällt mit sehr schwer, diese Worte zu schreiben. Ich und mein Ehemann, Oleg Bromow, hatten uns, besonders für Dich, ein anderes Leben vorgestellt. Doch das Schicksal wollte es anders. Vielleicht hast Du das Glück, aus Deinem Leben mehr zu machen.

Wir lebten anfangs in Deutschland, in Frankfurt an der Oder. Von da ist Oleg an die ostsibirische Grenze nach China versetzt worden. In Frankfurt habe ich intensiv Deutsch gelernt, doch wie Du siehst, hat es mir nicht viel genutzt. So hoffe ich, daß Dir das von mir beigebrachte Deutsch nützlich sein wird.

Rußland ist sehr groß, und es leben hier viele unterdrückte Völker. Du solltest versuchen, von Rußland so schnell wie möglich wegzukommen. Denn wenn es hier einmal anders wird, so werden sich dafür zumindest zwei Generationen opfern müssen. Zu groß und zu unüberschaubar ist das Land, um so viele Völker im Zaum zu halten. Die Sitten und Bräuche dieser Völker lassen es nicht zu, alle zu verbinden.

In meinem Leben habe ich versucht, für Dich etwas Schmuck und Gold zusammenzusparen. Sobald Du aus diesem Nest rauskommst, mache das Gold und den Schmuck zu Geld, damit Du lernen kannst und in den Westen kommst. Die meisten Völker, die hier leben, haben sich längst aufgegeben. Es wäre schade, wenn Du Dich aufgibst, denn Du kommst von einem Land, das sich durch Fleiß und Anstrengung immer wieder schnell emporarbeitet. Doch dadurch, daß es dort so schnell geht, entstehen auch schnell dunkle Kräfte, die dieses Land im Übersinnlichen nach unten ziehen. Doch Du, liebe Susanne, mußt dort unbedingt wieder hin, denn je mehr solche Menschen wie Du dieses Land besiedeln, um so mehr Widerstand erleiden die genannten Kräfte. Sei im Leben vorsichtig, liebe Susanne, denn in jedem Volke gibt es gute und schlechte Leute. Wenn Du weiterhin so bleibst wie Du bist, mit den Gefühlen und Empfindungen Deiner Mutter, wirst Du diese Unterschiede schnell erkennen.

Der Wecker, der Dich an die Pflicht erinnert, ist ein Wecker aus Deinem Elternhaus. Du wirst jetzt verstehen, warum Du ihn nicht wegwerfen solltest. So wünsche ich Dir, meine liebe Susanne, ein Leben, das Dir Zufriedenheit gibt, und lasse Dir das, was Du in die Wiege mitbekommen hast, nicht durch andere Ratschläge kaputtmachen, denn Du bist ein guter Mensch. Bleibe gesund, und ich werde bei Dir sein, wann immer Du mich auch brauchst. Bleibe gesund und Gott befohlen, Deine Olga Bromowna."

Regungslos blieb Su so einige Zeit sitzen. Sie konnte keinen klaren Gedanken fassen. Es drehte sich alles um sie herum. So ist es doch anzunehmen, daß ihre Geschwister und ihre Mutter noch am Leben sind. Gedanken, Vermutungen, gemischt mit Phantasie, eines nach dem anderen durchzuckte ihren Körper. Warum hatte Olga geschwiegen? Wenn Su sie darauf angesprochen hatte, war Olgas Antwort immer gewesen, sie hätte sie von einem Heim westlich von Moskau adoptiert. Daß es soweit westlich war, hatte Su nicht ahnen können. Olga hatte ihr oft von einer deutschen Frau erzählt, die sie im Krieg kennengelernt hatte. Sie hatte auch erzählt, daß diese Frau fleißig und schweigsam war.

Olgas Erzählungen führten dazu, daß Su diese Frau liebte. Jetzt wußte sie es: diese Frau ist ihre Mutter. Vielleicht lebte ihre Mutter ganz in der Nähe von Tschersk, wo sie mit Olga so lange gelebt hatte? Doch das hätte Olga wohl rausgefunden. Jetzt wollte Su versuchen, klar zu denken, denn ihr Ziel ist es, die Akademie erfolgreich abzuschließen. Zwischendurch würde sie sich erkundigen, wo sie mehr über deutsche Gefangene in Sibirien erfahren konnte. Vielleicht kann ihr hier auch Familie

Gurion behilflich sein. Mit dem neuen Gedanken und der neuen Situation mußte sich Su erst vertraut machen. Darum will sie Familie Gurion bei nächster Gelegenheit um Rat fragen.

Der Ort Zinnowitz als ständiger Wohnsitz gefällt Sophie sehr. Hier hat sie ihre zweite Heimat gefunden und den Enkelkindern Wolfgang und Charlotte gefällt es hier auch ganz gut. Mittlerweile sind zwölf Jahre vergangen, seitdem sie aus ihrer Heimat geflohen sind. Charlotte wird im Sommer die Oberschule abschließen und will danach in Berlin politische Wissenschaften studieren. Wolfgang muß da noch vier Jahre warten. Sophie arbeitet in einem Hotel als Portiersfrau. Charlotte und Wolfgang verdienen in den Ferien auch schon etwas Geld mit Babysitten und anderen Hilfstätigkeiten. Nur so läßt es sich leben.

Seit Jahren ist Sophie mit dem Roten Kreuz in Verbindung, um zu erfahren, ob es doch nicht irgendwelche Lebenszeichen von Anna und Susanne gebe. Leider bis dahin vergebens. Sie hat aber auch keine endgültige Nachricht, wo Anna und Susanne sein könnten. So wurde weiter gehofft. Sophie hat das Gefühl, daß sich dieser Schmerz und diese Ungewißheit hier am Meer leichter ertragen läßt als anderswo. Oft nutzt sie den abendlichen Spaziergang, um sich in Erinnerungen zu vertiefen, mit den Gedanken in Selbongen weilend, um damit die Hoffnung auf ein Wiedersehen zu unterstützen. Und so vergingen die Jahre, eines nach dem anderen. Trotzdem gab Sophie ihre Hoffnung nicht auf. Immer wieder hörte sie im Rundfunk über Familienzusammenführung von Ost nach West, über Personen, die sich aus der Gefangenschaft meldeten. Diese Nachrichten ermunterten Sophie aufs neue.

In das Hotel kamen auch polnische Gäste aus dem Masurenland, die ihr dann erzählten, wie es dort jetzt aussah. So bekam Sophie von Zeit zu Zeit auch Nachricht über ihre Heimat. Später, wenn Wolfgang und Charlotte erwachsen sind und das Geld ausreichen würde, wollten sie zusammen nach Selbongen fahren. Vor einigen Jahren hatte in Warschau eine Zusammenkunft der sozialistischen Jugend stattgefunden, wo Charlotte auch dabei gewesen war und sie in Warschau Jugendliche aus Selbongen gesprochen hatte. Es waren Einheimische, die noch Deutsch sprachen. Auch das war für Charlotte ein Erlebnis. So hatte sie erfahren, daß in Selbongen noch mehrere einheimische Familien auf ihre Ausreise in den Westen warteten. Doch Charlotte ist froh, in Deutschland zu sein. Irgendwann würden sich auch die politischen Verhältnisse ändern, und dann auch die Grenzen offener werden.

Kapitel 5

Anna in Krasnojarsk

Den siebzehnten Sommer erlebte Anna in Krasnojarsk, und es hatte sich leider an ihrer Lage nichts geändert. Wie die Jahreszeiten, so kamen und gingen auch die Menschen. Anna verrichtete ihren Dienst im Krankenhaus weiterhin gewissenhaft und überzeugend. Mittlerweile kannte sie mehrere deutschstämmige Bürger dieser Stadt, doch bei Anna spielte das keine große Rolle. Sie pflegte zu sagen: „Es gibt Menschen und Leute, und die gibt es in jeder Nationalität.“

Ein Erlebnis blieb bei Anna aber haften, und sie mußte immer wieder daran denken. Vor Jahren war sie mit der Bahn von Krasnojarsk in den nächsten größeren Ort gefahren, um Heilmittel abzuholen. Im Zug saßen und standen die Reisenden wie immer. Und doch war diese Reise eine besonders merkwürdige. Eine hübsche, junge Frau beobachtete sie während der ganzen Fahrt. Sie selber mußte einem Holzfäller zuhören, der ihr seine Erlebnisse schilderte, sie merkte aber trotzdem, wie diese junge Frau sie beobachtete. Es war Anna, als hätte sie diese Frau bereits von irgendwoher gekannt. Doch das mag wohl Einbildung gewesen sein. Der eindringliche Blick dieser jungen Frau blieb Anna bis heute, nach mehreren Jahren, in Erinnerung. Interessanterweise mußte sich Anna beim Anblick dieser Frau ihrer Heimat erinnern. Wie das alles zusammenhängen könnte, ist ihr bis dahin ein Rätsel. Auch hat sie das Gefühl, daß sie diese Frau noch einmal wiedersehen würde.

Heute hatte Anna ihren freien Tag und konnte für sich einige notwendige Sachen einkaufen. Viele andere Sachen außer den notwendigsten gab es hier nicht. Als sie vom Einkaufen in Richtung ihrer Wohnung ging, war es fast dunkel auf den Straßen. Hier und dort eine Straßenlaterne, der Himmel leicht bewölkt, das Thermometer zeigte minus siebzehn Grad Celsius an. Und wenn der Himmel auch bewölkt war, es fiel doch kein Schnee, was hier selten der Fall ist. Es war der 24. Dezember. In der Heimat würde heute Christi Geburt gefeiert. Wehmütig dachte Anna an Selbongen zurück. Wie mag es dort wohl am heutigen Abend aussehen? Wird dort immer noch Weihnachten gefeiert, oder hat der Kommunismus auch diesen Brauch abgeschafft? Sitten, Bräuche und Glauben, mit denen man aufgewachsen ist, die von Kind an praktiziert wurden, bleiben für das ganze Leben im Herzen aufbewahrt.

In Selbongen ist heute der See bestimmt zugefroren, und der Frost spaltet das Eis weiter durch seine Kraft. Die Menschen fahren jetzt mit Pferdeschlitten in die Kirche oder gehen auch zu Fuß. Die Kirche, hell erleuchtet, öffnet weit ihre Tore, um die vielen Gläubigen zu empfangen. Dann der herzdurchdringende Klang der schönsten Orgel der Welt in der Nikolaikener Kirche. Das Läuten der wuchtigen Kirchenglokken, welches weit über das Land zog. Dann der helle Tannenbaum, mit Kerzen und Kugeln geschmückt, die lachenden Kindergesichter um den Baum, alles das bereitete Anna Schwermut und Tränen.

So in Gedanken versunken bemerkte Anna nicht, daß die Wolken inzwischen verzogen waren und am Himmelszelt die Sterne und der lachende Mond deutlich zum Vorschein kamen. Sie schaute nach oben, die übersinnlichen Kräfte anflehend, diese Weihnachtszeit so noch einmal erleben zu dürfen. Und vielleicht mit den Kindern und der Mutter gemeinsam? Aber auch hier wird das Schicksal bestimmen, wo es langgeht. In ihrer Wohnung angekommen zündete Anna eine Kerze an und gedachte dieses Heiligen Abends. Zum Dienst im Krankenhaus mußte sie erst morgen früh um acht Uhr. Sie freute sich schon auf den morgigen Tag, denn es gab immer Patienten, die ihr von zuhause Gebäck oder sonstige kleine Geschenke bringen ließen. Die wußten, daß es für Anna ein Feiertag war, und freuten sich mit ihr gemeinsam.

Kapitel 6

Die Bekanntschaft

In Moskau war es Sommer. Auch wenn die Versorgung der Bevölkerung zu wünschen übrigließ, sah man auf den Straßen lachende Gesichter und Heiterkeit unter den Leuten. Su hatte Semesterferien und wollte mit dem Ensemble in einer Woche nach Berlin fahren, um dort an mehreren Veranstaltungen teilzunehmen und aufzutreten. Auf diese Reise freute sie sich sehr, denn es war ihre erste Fahrt ins Ausland. Da sie in Deutsch bereits fortgeschritten ist, findet sie es interessant, sich mit den dortigen Leuten zu unterhalten. Es wurden auch einige Proben durchgeführt, und endlich ist auch der Reisetag da. Es ist nicht nur für Su die erste Reise – die übrigen Mitglieder der Truppe sind genauso aufgeregt wie sie.

Um fünfzehn Uhr landete das Flugzeug in Berlin-Schönefeld. Von einem Vertreter des Kulturministeriums wurde das Ensemble auf dem Flughafen begrüßt. Danach ging es gleich ins Hotel. „Das ist also Deutschland“, dachte Su und schaute sich überall neugierig um. Das Großstadtleben kannte sie, doch hier war vieles ganz anders. Nach dem Abendessen gab es ein Treffen mit deutschen Studenten und Künstlern zum Gedankenaustausch. Es waren überwiegend junge Leute aus der Politik, Kultur und Wissenschaft. Da Su der deutschen Sprache mächtig war, stand sie besonders im Mittelpunkt. Um so mehr mußte Su aufpassen, was sie hier sagte, denn es waren genug Aufpasser, die darauf achteten. Doch das fiel ihr nicht schwer. Auf eine Frage einer deutschen Studentin, ob sie von Moskau auch in einen westlichen Staat reisen dürfte, antwortete Su: „Wenn ich gut genug bin, wird das möglich sein, doch jetzt muß ich mich mit meiner Kunst des Singens erst bei uns bewähren." Darauf lächelte die Studentin, und die Frauen wußten beide, worum es ging. Es war ein langer Abend, und Su war froh, endlich im Zimmer zu sein, um schlafen zu können.

Am nächsten Tag nach dem Frühstück wurde zunächst noch einmal geprobt, danach gab es eine Stadtrundfahrt, und für den späten Nachmittag war ein Auftritt mit dem Ensemble im Kulturzentrum geplant. Es war ein gelungener Auftritt hier in Berlin, und besonders Su erhielt tosenden Beifall für ihren Gesang. Und so war es auch mit einer einzigen Zugabe nicht getan. Nach dem Auftritt war dann, wie am Vortage auch, wieder ein gemeinsamer Gedankenaustausch, so nannte man das hier. Doch am zweiten Tag war es viel interessanter. Einige Leute kannten sich bereits vom Vorabend, so waren die Gespräche bedeutend lockerer. Für Su war es besonders interessant und lehrreich, denn sie konnte hier ihre Deutschkenntnisse verbessern, was ihr sehr gefiel, besonders jetzt, wo sie wußte, daß sie aus dem Masurenland gebürtig ist.

Während Su sich zu später Stunde noch mit einigen Leuten unterhielt, zuckte sie plötzlich zusammen. In der Tür erschien ein locker gekleideter junger Mann, den sie bereits kannte. Sie überlegte kurz und wußte auch schon gleich, woher sie ihn kannte. Indessen hatte der Herr Su erblickt und ging auf sie zu.

„Guten Abend", begrüßte er Su in fließendem Deutsch. Nur zögernd erwiderte Su diesen Gruß, denn es war ihr fast unbegreiflich, diesen jungen Herrn hier zu sehen und dabei noch fließend Deutsch sprechen zu hören. „Ich sehe, Sie staunen nicht wenig, mich hier zu sehen", fügte dieser hinzu. „Ja, ich staune, habe Sie aber sofort erkannt, auch wenn wir uns nur kurz vor Jahren gesehen haben", fand Su langsam ihre Sprache wieder. „Wieviel Jahre sind es denn her, als ich Sie in Moskau vom Bahnhof abholte?" fragte dieser. „Mindestens vier Jahre werden es sein", entgegnete Su. „Vier Jahre, und in diesen vier Jahren ist es Ihnen gelungen, so bekannt zu werden, wobei ich immer noch die Strecke Berlin–Moskau und zurück pendle und außerdem nicht viel dazugelernt habe", äußerte der Herr. „Habe ich Ihren Namen, Jemgin, richtig behalten?" fragte Su. „Für Moskau richtig, doch hier in Berlin bin ich der

Georg. Das soll aber keine Tarnung sein, es ist eine reine Anpassungsform", antwortete Georg.

Es entwickelte sich ein nettes, kontrolliertes Gespräch. Su hatte nicht vor, gleich am ersten Abend ihre Person zu enthüllen, und Georg schien auch von Vorsicht geprägt zu sein. So wurde nur über die Arbeit im Ensemble und über das Leben in Moskau bzw. in Berlin gesprochen. Georg erzählte Su über seine Tätigkeit als Deutschlehrer an der Moskauer Offiziersschule, wo er jeden Monat für eine Woche hinfliegen würde. Dabei verdiene er sich noch einige Rubel zusätzlich, indem er Besorgungsfahrten für einige Angestellte des Innenministeriums mache. Su erzählte Georg noch, daß sie am nächstenTag früh mit dem Zug zur Insel Usedom fahren würde, um dort mit der Truppe aufzutreten. Dort machten einige Parteibonzen Urlaub und die wollten auch unterhalten werden.

„Schade, daß so ein netter Abend so schnell vergeht", bemerkte Georg und fügte hinzu: „Wenn Sie mir Ihre Anschrift verraten, möchte ich Sie gerne besuchen, wenn ich wieder einmal in Moskau bin." – „Zu finden bin ich fast täglich nachmittags im Kulturhaus der Akademie, und da Sie Moskau gut kennen, wird es für Sie nicht schwierig sein, mich dort aufzusuchen", antwortete Su. „Und Sie meinen, daß ich Ihre Privatanschrift nicht finden würde?" fragte Georg. „Das nicht, doch Vorsicht ist immer besser als Nachsicht. Außerdem kenne ich Sie nur wenig", antwortete Su auf die Frage nach der Anschrift. „Trotzdem hoffe ich, daß wir uns irgendwann näher kennenlernen werden", kam die Antwort von Georg.

Zu gern hätte er über diese Frau mehr gewußt, doch hier mußte er vorsichtig sein, um nicht gleich eine Bekanntschaft zu beenden, bevor diese angefangen hatte. Um hier eine Bekanntschaft einzugehen, würde er wohl auf seine Worte deutlicher achten müssen als üblich. Allein dieser scharfe, durchbohrende Blick zwingt einen dazu, die eigene Sprache als Kunst anzuwenden. So erkundigte sich Georg noch ganz vorsichtig, wann es wieder in Richtung Moskau gehen würde und verabschiedete sich danach, einen schönen Abend wünschend. Auch Su entdeckte an diesem Mann plötzlich Eigenschaften, die in ihrem Sinne waren und ihr gefielen. Doch heute war sie froh, endlich schlafengehen zu dürfen, denn es war ein anstrengender Tag gewesen. „Wenn es sein sollte, dann würde es auch zu einem nächsten Treffen kommen", dachte sie sich und schlief gleich darauf ein.

Der nächste Tag fing bereits um sechs Uhr an. Nach dem Frühstück ging es gleich mit dem Bus nach Zinnowitz auf Usedom ab. Allein die Fahrt war für Su ein Erlebnis, denn hier lernte sie außer Berlin die deutsche Landschaft kennen. In Zinnowitz nachmittags eingetroffen machte sich die Truppe durch einen Spaziergang frisch, um sich so vor dem Auftritt von der Fahrt zu erholen. Es sei ein schönes Fleckchen Erde, stellte Su während des Spazierganges fest. Der schöne, rauschende Kiefernwald direkt hinter den Dünen mit dem sandigen Boden, das ist eine Natur, die man am liebsten nicht verlassen möchte.

Während der Rückkehr ins Hotel blieb Su noch für eine Weile bei der Portiersfrau stehen, um der ihre Feststellung über die Schönheit der Natur auf dieser Insel mitzuteilen. „Der angenehme Ostwind, der vom weiten Meer aus über die Insel weht, besiegelt dieser Insel das Vollkommene“, äußerte Su gegenüber der Frau am Eingang. „Schön haben Sie das gesagt“, erwiderte diese und fügte hinzu, „dazu Ihre deutliche deutsche Sprache.“ – „Danke, doch ich muß mich noch intensiver mit dieser Sprache befassen, damit mein Deutsch nicht nur deutlich, sondern auch vollkommen wird“, antwortete Su. „Es muß doch schön sein, hier zu wohnen und zu arbeiten.“ – „Ja, ich wohne hier gerne und habe auch nicht vor, wegzuziehen“, entgegnete die Frau. Lächelnd schaute Su die Frau noch einmal an, wünschte ihr einen baldigen Feierabend und verschwand in ihrem Zimmer. Sie mußte sich jetzt fertigmachen, denn in einer halben Stunde begann der Auftritt auf der Freilichtbühne. Die saubere Luft am Meer und der Kiefernwald hatten ihr gut getan.

Das Wetter war an diesem Tage besonders am Nachmittag schön und für einen Auftritt im Freien wie bestellt. Alle Sitzplätze waren besetzt und ebensoviel Stehplätze. Gestern in Berlin war es aufregend gewesen aufzutreten, es war kein Vergleich mit der heutigen Umgebung hier auf Usedom. Die Luft im Freien, das Publikum, die vielen neugierigen Gesichter und das Rauschen der Ostsee im Hintergrund, das dem heutigen Abend die Stimmung der Heiterkeit besiegelte. So ein Erlebnis war für Su neu und aufregend. Nach ihrem ersten Gesang tobte das Publikum, und Su fühlte sich wie auf Wolken getragen. Im Publikum erkannte sie auch die Frau vom Hotel in Begleitung eines jungen Mannes, die beide besonders kräftig Beifall klatschten. Nach eineinhalb Stunden war alles vorbei, das Publikum hatte sich erst nach mehreren Zugaben von den Plätzen erhoben, um diese zu verlassen. Die Darsteller hatten sich ins Hotel zurückgezogen, und nur der Mond schaute auf die Bühne und die Plätze, wo eben noch Gesang und das Rauschen des Meeres zu hören war.

Nach dem Abendessen hatte Su das Bedürfnis, noch einmal am Meer spazierenzugehen. Als sie nun bei Mondschein, vertieft in Gedanken, so die Strandpromenade dahinspaziert, schreckte sie auf einmal zusammen. Vor ihr auf der Bank saß ein Herr, der sie auf Russisch grüßte und nach ihrem Befinden fragte. Es war Georg, der nach

Usedom gekommen war, um Su vor der Abfahrt nach Moskau noch einmal zu sehen, wie er sagte. Anfangs schien es Su doch etwas aufdringlich, doch als sie einige Minuten neben Georg auf der Bank gesessen hatte, waren diese Gedanken schnell verflogen, und Su hörte gespannt den Erzählungen Georgs, begleitet vom Rauschen der Ostsee, zu.

Da Georg ein Verehrer von Goethe ist, erzählte er Su vieles über die Geschichte der deutschen Literatur, was Su sehr interessant wie auch lehrreich fand. Als Georg Su bat, ihm doch etwas über sich zu erzählen, lehnte sie diese Bitte geschickt ab, ihn gleichzeitig auffordernd, ihr doch noch mehr über deutsche Dichter zu erzählen. Von sich wolle sie beim nächsten Treffen erzählen, doch davor sollte er doch seine persönliche Geschichte erzählen. Dieses konnte Georg nicht abschlagen und er ergriff nun wieder das Wort. Zu schnell verging für beide die Zeit, und Su mußte sich verabschieden, denn vor 23 Uhr mußte sie im Hotel sein. Mit einem Kuß auf die Wange verabschiedete sich Georg von Su, und es wurde ein nächstes Wiedersehen in Moskau vereinbart. Am Hoteleingang war jetzt eine andere Portiersfrau. Su fand diese auch ganz nett. Schnell suchte sie ihr Zimmer auf und legte sich gleich schlafen.

Kapitel 7

Die Nachricht

Auf der Insel war es in diesem Sommer besonders lebhaft, denn es war ein heißer Sommer. So hatte auch Sophie, als Portiersfrau, viele Hotelgäste empfangen. Dafür ist das Leben im Winter weniger aufregend. Doch das kennen die Insulaner und bereiten sich für die weniger lebhafte Zeit entsprechend vor. Charlotte hat ihr Studium für politische Wissenschaften erfolgreich abgeschlossen und hat seit einem halben Jahr eine Anstellung beim Innenministerium. Dann und wann kommt sie auf die Insel, um sich nach ihrer Großmutter zu erkundigen, dann ist Sophie immer erfreut zu erfahren, was es in Berlin so neues gibt. Wolfgang hat das Gymnasium beendet und fängt in Berlin an, Medizin zu studieren. So ist Sophie jetzt überwiegend allein im Hause. Mal sehen, ob Wolfgang sie auch wie Charlotte regelmäßig aufsuchen wird. Doch wie es auch sein wird, Sophie will versuchen, den Enkelkindern keine Vorschriften zu machen.

Die Hoffnung, ihre Tochter Anna und Enkeltochter Susanne wiederzusehen, hat Sophie noch lange nicht aufgegeben. Seit Jahren ist sie mit dem Suchdienst vom

Deutschen Roten Kreuz in Verbindung, leider bis jetzt ohne Erfolg. Schwieriger wird es mit Susanne sein, denn die hat, wie anzunehmen ist, einen anderen Namen. So muß es schon an ein Wunder grenzen, sie aufzuspüren. Doch auch Wunder gibt es immer wieder. Und so verging ein Jahr nach dem andern, ohne das sich in dieser Richtung etwas getan hätte.

Doch eines Tages war es so weit. Sophie kam müde vom Dienst nach Hause und fand im Briefkasten einen Brief vom Deutschen Roten Kreuz. Doch davon hatte sie mittlerweile so viele, daß sie erst gar nicht neugierig war, zu erfahren, was in diesem Brief stand. Sie machte sich zuerst einen Kaffee, öffnete dann den Brief und war sprachlos. Das Deutsche Rote Kreuz teilt ihr mit, daß sie endlich durch die russischen Behörden ein Lebenszeichen von ihrer Tochter Anna bekommen hätten. Eine Anna Kulinna lebe in Krasnojarsk und arbeite in einem Krankenhaus als Krankenschwester.

Sophie war so aufgeregt, daß ihre Hände zu zittern begannen. Weiter wurde ihr mitgeteilt, daß ein Antrag für eine Ausreise aus Krasnojarsk nach Deutschland für Anna bereits an die russischen Behörden gestellt wurde. Es wäre damit zu rechnen, daß Anna in spätestens einem Jahr in Deutschland sei. Es sei heute ein besonderer Tag, dachte Sophie und las den Brief zum zweiten Mal. Ihre Gedanken gingen dabei auch an die Begegnung mit der netten jungen Russin im Hotel, diese Frau mit ihrer außergewöhnlichen Ausstrahlung hatte bei ihr einen tiefen Eindruck hinterlassen.

Zeitweise kam es ihr vor, als hätte diese junge Frau Ähnlichkeit mit Anna. Doch dieses mag Einbildung sein, denn sie dachte sehr viel an Anna. Und plötzlich fiel es Sophie wie Schuppen von den Augen; es könnte doch Susanne gewesen sein! Die Ähnlichkeit, die Bewegungen und das ganze Wesen dieser Frau hatten viel mit Anna gemeinsam, als diese so um die Zwanzig war. Sie sprang auf, doch ein Blick auf die Uhr zeigte ihr, daß es zu spät war, im Hotel heute noch jemand anzutreffen. Doch morgen früh würde sie sofort nachfragen. Nachts konnte sie kaum ein Auge zumachen und erst in der Morgenzeit schlief sie kurz ein. Als Sophie erwachte, war es bereits sieben Uhr. Schnell machte sie sich fertig und lief zum Hotel. Leider war der Bus mit den Gästen aus Moskau bereits abgefahren. Resigniert trat Sophie ihren Dienst im Hotel an. Nach mehreren Erkundigungen erfuhr Sophie, daß die junge Sängerin Su Bromowna heißen würde. Das brachte sie trotzdem nicht weiter. Darüber wollte sie mit Charlotte sprechen, wenn diese sie wieder einmal besuchen käme. Durch das Innenministerium hätte Charlotte auch die Möglichkeit, mehr zu erfahren. Es war kaum zu fassen, alles an einem Tage, der Brief vom Roten Kreuz und am gleichen

Tage das Treffen mit Susanne? Warum war sie erst so spät darauf gekommen, daß es Susanne sein könnte? Sie hatte Susanne doch auf der Bühne singen hören, warum war ihr nicht da gleich etwas aufgefallen? Wolfgang war ja auch für einige Stunden nach Zinnowitz gekommen und bei der Veranstaltung gewesen, war aber danach gleich wieder nach Berlin gefahren. Doch Wolfgang konnte ja nichts bemerken, denn er kannte ja nicht seine Mutter. Diese Gedanken hielten Sophie den ganzen Tag fest.

Vom Roten Kreuz erhielt Sophie ein Formular, welches sie gleich ausfüllte und zurückschickte. Schade, daß man ihr die Anschrift von Anna nicht angegeben hatte. Sie würde ihr so gerne einen Brief schreiben. Sophie rief auch Charlotte an, sie möge sie so schnell wie möglich besuchen kommen, denn sie hätte ihr etwas ganz Wichtiges mitzuteilen. So wollte denn Charlotte am kommenden Wochenende nach Zinnowitz kommen. Darauf freute sich Sophie jetzt schon. Charlotte wollte eventuell mit ihrem Bruder Wolfgang kommen. Nun fing es an, für Sophie aufregend und spannend zu werden. Täglich wartete sie auf eine neue Nachricht. Die Woche war schnell vergangen, und am späten Sonnabend nachmittag waren auch Charlotte und Wolfgang gekommen. Sophie hatte wie immer einen Apfelkuchen gebacken, woran sich ihre Enkel bereits gewöhnt hatten und sich darauf freuten.

„Nun, liebe Großmutter, was hast du uns so Wichtiges zu berichten?“ kam die Frage von Wolfgang, kaum als die Enkelkinder in der Tür standen. „Was ich euch zu berichten habe, kann ich euch so schnell nicht erklären. Setzt euch an den Tisch, und ich schenke den Kaffee ein, danach wird berichtet“, entgegnete Sophie. Brav und gehorsam setzten sich die beiden.

Nachdem der Kaffee eingeschenkt war, setzte sich Sophie dazu und holte aus ihrer Schürzentasche einen Brief vom Deutschen Roten Kreuz und reichte diesen Wolfgang, ihn gleichzeitig auffordernd, diesen laut vorzulesen. Bereits nach den ersten Sätzen brach in der kleinen Runde ein Jubelschrei aus. Wolfgang stockte beim Weiterlesen, es verschlug ihm die Sprache und er legte den Brief zur Seite. Nun wurde viel geredet, es wurden Pläne geschmiedet, und als sich Charlotte und Wolfgang an diese gute Nachricht gewöhnt hatten, äußerte Sophie ihre Vermutung über Susanne. Nun waren die beiden ganz aus dem Häuschen. Soviel Gutes hatten sie nicht vermutet.

Charlotte will sich in der nächsten Zeit um die Anschrift von Su kümmern. Sie kenne im Ministerium einen Herrn, der mehrmals im Jahr nach Moskau fahre und für solche Dienste ganz pfiffig sei. Es wurde ein langer Abend, den alle drei mit einem Spaziergang am Meer beendeten. Am Sonntag vormittag, nach dem Frühstück, fuhren Charlotte und Wolfgang nach Berlin zurück. Davor wurden noch Erinnerungen wach, es wurde über Selbongen geredet, wie es wohl dort jetzt aussehen möge. Man war sich einig, wenn es dazu kommen sollte, daß die Familie zusammenfinden würde, wollten alle gemeinsam nach Selbongen fahren.

Kapitel 8

Das Lebenszeichen

Und wieder ist in Krasnojarsk ein Winter vergangen. Die ersten zehn hatte Anna noch gezählt, danach wurde es weniger, und jetzt überlegte sie gar nicht mehr, der wievielte Winter es war, den sie hier verbringen würde. Die Hoffnung auf eine Wiederkehr nach Deutschland hatte sie nun doch aufgegeben. Sie lebte für die Patienten und tröstete diese, so gut sie es konnte. Von einer Patientin hatte Anna ein deutsches Buch ergattern können. Es ist ein Geschichtsbuch, welches Anna gerne las. Wenn sie dieses Buch mehrmals durchgelesen hat, kennt sie vielleicht die deutsche Geschichte auswendig. Sie arbeitete zur Zeit sehr viele Stunden im Krankenhaus. Es waren ungewöhnlich viel Kranke hier.

Im Rundfunk wurde nur noch über den Vietnamkrieg geredet, und Elend sah Anna täglich genug, so daß sie über die Not der Menschen auch nicht noch im Rundfunk hören mußte. Obwohl Rußland den Krieg gewonnen hatte und bereits so viele Jahre seither vergangen sind, wird es mit der Versorgung immer schlimmer. Die Medikamente und Heilmittel im Krankenhaus fehlen überall. Die Versorgung ist schlimmer als in Deutschland während des Krieges. Diese Tatsache kann sich Anna nicht erklären. Doch wenn man wie Anna fast täglich Menschen sterben sieht, macht man sich über die Zukunft weniger Sorgen. Das positive an der traurigen Tatsache ist, daß hier fast ausschließlich materiell arme Menschen sterben; Menschen, die ihr ganzes Leben gelitten, gehofft und gearbeitet haben. Diese Menschen sterben leicht, oft mit einem zufriedenen, sogar lächelnden Gesicht. Leute, die an ihrem irdischen Reichtum festhalten, gibt es hier ganz wenige, somit auch wenig Geschrei der Sterbenden.

Seit Jahren ist Anna Oberschwester und kann viele Entscheidungen treffen, die sonst nicht üblich sind. Als sie eines Tages nach Dienstschluß ihre Wohnung aufsucht, kam ihr ihre Nachbarin mit einem Brief in der Hand entgegengelaufen. Zum ersten Mal sieht Anna ihre Nachbarin so aufgeregt. Es sei ein wichtiger Brief, rief sie

Anna zu, sie habe dafür unterschreiben müssen. Als Anna dann den Brief öffnete und las, wurde sie immer ernster und blasser. Die Regierungsbehörde in Krasnojarsk teilte ihr mit, daß ihre Mutter aus Deutschland, wohnhaft in Zinnowitz, sich um ihre Ausreise nach Deutschland bemühte. Diese Nachricht mußte sie erst verkraften. Den Brief in die Handtasche steckend fragte Anna sich, ob das alles Wirklichkeit sein könnte. Die Nachbarin schaute Anna traurig an, als sie von Annas Ausreise hörte. Ihre Mutter lebte also noch und somit vielleicht auch die Kinder, die jetzt erwachsen sein würden.

Die Anschrift von Sophie ist auch auf einem Schreiben des Deutschen Roten Kreuzes dabei. Zinnowitz, wo liegt denn dieser Ort? Es war ihr auch egal, wo dieser Ort liege, wichtig sei, daß sie von hier wegkomme. Ob es jetzt drei Monate dauern würde oder länger, das ist Anna egal. Sollte es ab heute eine Wende in ihrem Leben sein? Solche und ähnliche Fragen stellte sich Anna. Am gleichen Abend hat sie noch den Ausreiseantrag ausgefüllt und am nächsten Tag an die Behörde abgeschickt. Auch von der Krankenhausverwaltung mußte sie eine Bestätigung beilegen. Nur ungern hat man Anna diese Bestätigung ausgehändigt. Denn so eine Krankenschwester ist kaum zu ersetzen, das wußten auch die Verwaltungsleute. Andererseits wünschte ein jeder Anna ein besseres Leben als in Krasnojarsk. Wer hatte schon das Glück, hier wegzukommen? Und für Anna hieß es jetzt Warten und Hoffen und Geduldigsein. Und diese Eigenschaften zeichneten sie in ihrem ganzen Leben aus. Sie verrichtete ihren Dienst wie immer und wartete.

Kapitel 9

Der Geheimdienst

Trotz des anstrengenden Tages und der Müdigkeit konnte Su lange nicht einschlafen. Sie mußte über die vergangenen zwei Tage nachdenken. Es war das erste Mal, daß sie sich in einem Menschen so verliebt hatte. Dabei kannte sie ihn nur einige Stunden. Vielleicht ist es der Mensch fürs Leben? Sollte sie ihm vielleicht doch mehr von sich erzählen? Bereits damals vor Jahren war ihr an diesem Mann einiges aufgefallen. Das bescheidene und doch sichere Auftreten, die Zurückhaltung anderen gegenüber und vieles andere. Sollte es zu einer näheren Bekanntschaft kommen, würde sie sich bemühen, nach Deutschland umzusiedeln.

Nur kurz hatte sie geschlafen, dann klingelte auch schon der alte Wecker, den sie auf diese Reise nach Deutschland mitgebracht hatte. Trotz dieses kurzen Schlafes träumte sie wieder von der Silberstraße. Und vielleicht war sie dem Rätsel der Silberstraße schon ganz nahe? Schnell machte sich Su frisch, packte ihre Sachen und ging nach unten in den Frühstücksraum, wo die anderen des Ensembles bereits warteten. Um halb acht ging es dann los. Am späten Nachmittag war der Abflug von Berlin-Schönefeld geplant. Auf der Hinfahrt nach Berlin bewunderte Su die naturreiche Landschaft. Jetzt saß sie im Bus und dachte über die zwei vergangenen Tage nach. Und sie erinnerte sich nicht nur an die zwei letzten Tage, sondern auch weiter an die Vergangenheit.

Su hatte die Familie Gurion lange Zeit nicht gesehen, sie wollte sie gleich nach der Rückkehr aus Berlin aufsuchen. Darauf freute sie sich jetzt schon. Es ist doch merkwürdig, daß es so wenig Menschen gibt, die bereit sind, über Dinge zu reden, die für das Leben wichtig sind. Als sie noch in Tschersk wohnte, konnte sie nur schwer das Gerede der Schulkameraden ertragen. Deren Themen waren Fußball, Autos und ähnliche Dinge. „Wann werden die endlich erwachsen“, dachte Su damals. Zu ihrer Enttäuschung mußte sie schnell feststellen, daß die meisten Erwachsenen nicht anders, sondern im Gegenteil noch naiver in ihren Unterhaltungen sind.

Und das gefiel ihr an Georg, der über das Leben sprach, über unseren Ursprung und die Gegenwart. Und das machte ihn so interessant. So in ihrem Nachdenken vertieft war die Rückfahrt für Su schnell verlaufen, und nun waren sie bereits am Hotel vorgefahren, wo es nach einem Imbiß auch gleich weiter Richtung Schönefeld ging. Nach dem Imbiß wurde von Besuchern und Gastgebern noch eine kurze Abschiedsrede gehalten, und die Traumreise nach Berlin ging zu Ende. „Und so verläuft unser ganzes Leben“, dachte Su, „wir freuen uns auf ein Ereignis, erleben dieses und vorbei ist es. Mit Erfüllung der Lust beginnt die Unlust.“

Familie Gurion lebte in Moskau sehr zurückgezogen. Besonders jetzt im Alter interessierte es sie nicht mehr so sehr, überall dabeizusein. Herr Gurion, Jahrgang 1910, erhielt nach dem Kriege 1946 einen Posten im Innenministerium, den er bis jetzt immer noch bekleidete. Es ist ein bedeutender Posten. Diese Stelle war für Herrn Gurion wie geschaffen. Im Status war er einem Minister gleichgestellt, jedoch ohne Auftreten in der Öffentlichkeit. Sie wohnten unweit des Ministeriums, doch die überwiegende Zeit verbrachten sie in ihrer Datscha am Stadtrand von Moskau.

An Su hatten sie sich mittlerweile so gewöhnt, als wäre es ihre Tochter. Und sie gab ihnen sehr viel. Sie freuten sich über jeden Erfolg von Su und trauerten mit ihr gemeinsam, wenn ihr was nicht gelingen wollte. Su besuchte sie fast regelmäßig. Über ihre Herkunft hatte sie auch mit ihnen gesprochen. Daß sie irgendwann von Moskau wegziehen würde, war ihnen einleuchtend. Darum freuten sie sich, so lange sie hier in Moskau war. Eine längere Zeit war Su nicht mehr bei Familie Gurion gewesen, um so größer war die Freude, als sie sich für das Wochenende ankündigte. Es gab sicher viel zu erzählen.

Doch diesmal war es anders als sonst. Trotz Ankündigung war Su zum genannten Zeitpunkt nicht erschienen. Das war Familie Gurion von ihr nicht gewohnt. Herr Gurion schickte seinen Dienstfahrer zu Su, um nachzusehen, was der Grund sei. Nach zwei Stunden kam der Fahrer mit ihr gefahren. „Eine unangenehme Geschichte“, sagte Su zu Herrn und Frau Gurion. Sie erzählte kurz von ihrer Bekanntschaft mit Georg in Berlin und Zinnowitz. Heute nun sei sie zum Innenministerium bestellt, um dort zu erklären, worauf diese Bekanntschaft mit dem Herrn in Deutschland zurückzuführen sei. Su erklärte den Herren, daß es eine rein private Angelegenheit sei, doch darauf wollten die nicht eingehen. Sie solle es in Zukunft unterlassen, diesen Herrn zu sehen. Das versetzte ihr natürlich einen Schock. Herr Gurion versuchte Su zu beruhigen und versicherte ihr, sich um diese Angelegenheit zu kümmern.

Dieser Herr Jemgin mußte für den Geheimdienst wohl eine wichtige Person sein, da er vom russischen Geheimdienst so beschattet wurde. Su fing bitterlich an zu weinen, und sie hatte sich das alles so traumhaft vorgestellt. Frau Gurion beruhigte sie mit den Worten: „Wenn aus dieser Liebe etwas werden soll, dann wird es auch etwas. Du darfst doch nicht so kleingläubig sein, schon beim ersten Hindernis zu verzagen.“ Später beruhigte sich Su, und es wurde noch ein gemütlicher Abend. Gespannt hörte Familie Gurion von Sus Erlebnissen in Berlin.

Am Schluß der Unterhaltung äußerte Su ihren Wunsch, daß sie irgendwann nach Deutschland umsiedeln möchte. „Diese Äußerung habe ich von dir, liebe Su, längst erwartet und es freut mich, daß du dieses heute ausgesprochen hast. Es ist doch verständlich, daß du in deine Heimat zurückkehren möchtest. Nicht nur du, auch andere Personen, die keine Deutschen sind, würden gerne nach Deutschland ausreisen. Hier bei uns hast du nur geringe Möglichkeiten, dich zu entwickeln, so wie sich ein jeder Mensch entwickeln sollte. Darum zögere nicht lange und setze deine Idee in die Tat um. Daß es uns nicht leicht fallen wird, wirst du verstehen, doch hier geht es um dich und nicht um uns. Und wenn sich die politischen Verhältnisse anders gestalten werden, kommst du uns auch hoffentlich weiterhin besuchen“, äußerte sich Herr Gurion.

Er war gerührt und die letzten Worte schienen ihm die Sprache zu erdrücken. „Es ist für mich selbstverständlich, daß ich Sie besuchen werde, so bald es mir die Umstände erlauben. Doch noch bin ich hier, und bevor ich irgend etwas in diese Richtung unternehme, werde ich erst mit Ihnen darüber sprechen“, entgegnete Su. „In unserem Lande könntest du dich noch so bemühen, liebe Su, du wirst immer unten bleiben. So war es zur Zeit der Zaren, so ist es jetzt und wird wohl lange so bleiben, egal, welche Politik betrieben wird. Unser Land ist ein reiches Land, doch das Volk darf daran nicht teilhaben. Ich war im Krieg in Deutschland und habe gesehen, wie auch das Volk leben kann. Und wer so strebsam und arbeitsam ist wie du, der kann im Westen gut leben, auch wenn dort nicht alles glänzt“, entgegnete Herr Gurion.

Es war spät geworden, und der Fahrer brachte Su zu ihrer Wohnung zurück. Trotz der unangenehmen Überraschung, die Su heute beim Geheimdienst erleben mußte, war sie am Abend guter Laune. Sie hoffte trotzdem, daß es mit Georg klappen würde, wenn er nach Moskau kommen sollte. Nur, daß Georg auch im Geheimdienst tätig sei, wollte Su nicht so recht annehmen. Doch auch das würde sich klären, dachte sie und ging zu Bett. Es war heute ein langer, aufregender Tag gewesen, und so schlief sie auch gleich ein. Den Wecker hatte Su für den nächsten Morgen nicht gestellt, sie wollte einmal richtig ausschlafen. Am nächsten Tag beschloß Su dann, herauszufinden, ob ihre Mutter nicht doch noch in Krasnojarsk lebte. Die Abschlußprüfungen hatte sie längst hinter sich und verdiente mit ihrem Gesang auch schon Geld. Etwas hatte sie bereits gespart, so daß es für einen Flug nach Krasnojarsk reichen würde. Diese Reise wollte Su machen, bevor sie sich um die Ausreise nach Deutschland bemühen würde.

Kapitel 10

Hoffen und Warten

Ein halbes Jahr war nun schon vergangen, seitdem Sophie den Brief vom Deutschen Roten Kreuz erhalten hatte, und noch immer lag keine Nachricht über Annas Ankunft vor. Sophie hatte ihre Wohnung renoviert, um ihrer Tochter einen schönen Empfang zu bereiten. Wolfgang und Charlotte hatten ihr dabei geholfen. Wolfgang absolviert mit Begeisterung sein Medizinstudium und kommt schnell vorwärts. Charlotte ist mit ihrer Tätigkeit nicht immer zufrieden. Sie ist oft unterwegs, um an den Grenzübergängen vor Ort zu erkunden, wie die Stimmung unter den Grenzschutzbeamten sowie der Grenzbevölkerung sei. Darüber hinaus muß sie ihre Berichte an ihren Vorgesetzten im Ministerium vorlegen. So gab es oft Streit zwischen den Geschwistern, wenn sie bei Sophie in Zinnowitz waren, und die Großmutter mußte dann als Schlichterin eintreten.

An einem Freitag nachmittag kam Wolfgang unangemeldet zur Großmutter nach Zinnowitz. Was Wolfgang anfangs erzählte war doch sehr undeutlich und undurchsichtig. Nach langem Erzählen kam Wolfgang endlich auf den Punkt und erzählte, daß er vom Studium entfernt worden sei. Bei einer politischen Diskussion hatte er geäußert, daß die russische Front in Ostpreußen gemordet und Frauen vergewaltigt hätte. Aufgrund dessen sei er als Klassenfeind anzusehen und für den Beruf als Mediziner nicht geeignet. Sophie ist von dieser Nachricht begeistert, einen mutigen Mann und keinen Mitläufer als Enkel zu haben. Diese Tatsache überraschte Wolfgang, und er war stolz auf seine Großmutter.

Daß seine Großmutter eine kluge Frau war, hatte er schon immer gewußt, aber mit soviel Verständnis hatte er nicht gerechnet. „Bleibe erst einmal hier, und du wirst schon etwas finden. Wichtig ist, die eigene Identität, auch der Karriere wegen, nicht aufzugeben, insbesondere, wenn man diese Identität besitzt und du, mein Junge, hast sie. Verlogen zu leben ist Heuchelei und Verrat an der eigenen Person“, äußerte Großmutter Sophie, was Wolfgang sehr beruhigte und ermutigte.

Nach dieser Husarentat von Wolfgang hatte es auch Charlotte im Innenministerium nicht leicht. Sie wußte, daß man sie jetzt beschatten würde. Als Charlotte nach langer Zeit ihren Bruder und die Großmutter in Zinnowitz besuchte, gab es heftige Diskussionen. „Ich kann es nicht begreifen, wie man als Erwachsener ein Medizinstudium so einfach fallenläßt, und das durch eine Äußerung, die keinem etwas bringt“, sagte Charlotte. „Das wirst du auch so schnell nicht begreifen, mein Schwesterlein, denn du bist kein erwachsener Mensch, sondern darüber hinausgewachsen, somit müßtest du in die Vergangenheit zurück, um erwachsen zu sein. Und das ist für dich fast unmöglich“, konterte Wolfgang. „Warum begreifst du nicht, daß es hier um deine Person geht? Du allein bist für dich verantwortlich“, erwiderte Charlotte. „Gerade deshalb, weil es um meine Person geht und ich für mich verantwortlich bin, muß ich mit der Wahrheit leben. Insofern bin ich mit meiner Entscheidung zufrieden. Oder kannst du mir eine Hochschule nennen, die Wahrheit oder Menschlichkeit lehrt“, kam die Antwort von Wolfgang. Solche und ähnliche Gespräche fanden zwischen Charlotte und Wolfgang statt. Es wurde ein langer Nachmittag.

Als auch nach stundenlanger Diskussion kein Ende in Sicht war, sah sich die Großmutter gezwungen, einzugreifen, indem sie erklärte: „Kinder, ist es denn wirklich so schwer, zum Ursprung zurückzufinden? Denkt doch zurück, woher ihr kommt, aus welchem Land, mit welcher Natur. Denkt an eure Eltern, doch dazu seid ihr im jetzigen Zustand kaum in der Lage. Wer trägt denn die Gesellschaft, wenn nicht das Volk, das Tag und Nacht arbeitet, um zu überleben. Sind es vielleicht die Politiker, die uns mit ihren täglichen Lügen die Wahrheit verschleiern und sich dafür noch gut bezahlen lassen, oder vielleicht die Spekulanten, die abends nicht einschlafen können, wenn sie am Tage nicht mehrere Menschen betrogen haben? Nein, es waren eure Eltern, das bin ich heute noch. Oder ist es euch nicht bekannt, daß Ostpreußen nicht nur die hiesige Bevölkerung, sondern ganz Deutschland mit Getreide und Fleisch versorgt hat und nach dem Kriege von den Politikern ohne große Mühe an die Siegermächte abgetreten wurde? Wenn ihr euch dessen erinnert und daran denkt, werdet Ihr wissen, wie ihr zu leben habt. Dafür mußte euer Vater sein Leben lassen und dafür ist eure Mutter verschleppt worden. Das solltet Ihr nicht vergessen. Oder tragt ihr mit eurer studierten Überheblichkeit dazu bei, daß es heute anders ist?"

Es wurde ruhig, und nach einem gemeinsamen Spaziergang am Meer war der Friede wieder hergestellt. Charlotte lud Sophie und Wolfgang zu einem Konzert nach Berlin ein. Die Großmutter und der Bruder nahmen diese Einladung gerne an. Man einigte sich auf den letzten Sonnabend im Mai. Als Charlotte dann mit der Großmutter allein war, fragte Charlotte: „Wie kannst du Wolfgangs Vorgehen so leichtfertig befürworten?" Die Großmutter antwortete: „Meine liebe Charlotte. Es ist an der Zeit, daß mehr Wahres gesagt wird. Es wird heute so viel gelogen, daß ihr bald nicht im Stande sein werdet, die Lüge von der Wahrheit zu unterscheiden. Und Schuld daran sind wir alle, weil wir täglich mit Lügen leben. Besonders wir Älteren sollten daran denken, denn wir haben doch genug Elend auf dieser Erde gesehen. Und das müßte uns reichen. Es wird viel über Wiedergutmachung geredet. Der Tod und das Elend wird in Geld umgemünzt, und mit diesem Geld wird wieder Tod und Elend geschaffen, und so geht es immer weiter. Ich als einfache Frau frage mich immer, wie kann der Tod eines Menschen in Geld umgerechnet werden? Wer spricht heute von Ostpreußen, wer denkt noch an die vielen Frauen, die allein aus dem Masurenland von ihren Kindern entrissen und verschleppt wurden? An die vielen Frauen, die brutal vergewaltigt wurden und danach starben? Und dieses dafür, weil sie gehorsam waren und von früh bis spät gearbeitet haben. Der große Kriegsverbrecher neben Hitler ist Stalin. Dieser äußerte, wenn eine Person ums Leben kommt, sei es eine Tragödie, bei einer Million sei es Statistik. Für Eure Eltern trifft beides zu. Und darum befürworte ich Wolfgangs Mut, einmal die Wahrheit zu sagen, auch wenn man Konsequenzen befürchten muß."

Schweigend wechselte Charlotte das Zimmer, es war ihr bewußt, daß sie dieser Wahrheit nichts entgegenzusetzen hatte. Einige Minuten später wurde das Thema gewechselt und man ging zur Gegenwart über. Über die Sängerin Bromowna konnte Charlotte bis dahin noch nichts erfahren, ihr Arbeitskollege Georg aus dem Ministerium wartete immer noch auf einen Auftrag, nach Moskau fahren zu können. Und so warteten alle geduldig. Von Anna gab es immer noch keine Nachricht über ihren Ankunftstermin in Deutschland. Am späten Nachmittag fuhr Charlotte nach Berlin zurück. Sophie und Wolfgang begleiteten sie zum Bahnhof. Das vorherige Streitgespräch sei längst Vergangenheit, und das sei gut so, dachte sich Sophie. Trotz der Diskussionen war es ein schöner, erholsamer Tag gewesen. Morgen würde Sophie wieder ins Hotel gehen, und so begann wieder eine Woche der Hoffnung, der Geduld und des Wartens.

Wolfgang verdient sein Brot vorübergehend als Fremdenführer; so lernt er auch verschiedene Leute kennen. An den Wochenenden besucht er seine Freundin Maria, die in Lindow wohnt. Maria schien eine kluge Frau zu sein; wenn Wolfgang von Lindow kam, war er immer zufrieden und zuversichtlich, wenn es um seine Zukunft ging. Da Wolfgang im Widderzeichen geboren war, war er beweglich und selten zu Hause in Zinnowitz. „Auch du wirst dir einmal deine Hörner abstoßen", pflegte Sophie ihm zu sagen, worüber sich Wolfgang köstlich amüsierte. Seine Maria liebte er über alles. Sie sei die schönste Frau der Welt, erzählte er seiner Großmutter, und nun habe er, als er bei einem Besuch bei Maria in Lindow gewesen sei, diese für das nächste Wochenende zur Großmutter nach Zinnowitz eingeladen und fragte, ob es ihr recht wäre. „Nun, du hast sie eingeladen, und daran wollen wir nichts ändern", antwortete die Großmutter. Doch Wolfgang wußte, daß seine Großmutter nichts dagegen hatte. Die Woche war schnell vergangen, den Empfangskuchen für Maria buk Wolfgang persönlich.

Am Sonnabend hat Wolfgang Maria von der Bahn abgeholt und sie der Großmutter vorgestellt. Es entwickelte sich ein nettes und teilweise lebhaftes Gespräch. Maria erzählte offen über ihre Familie, Sorgen und Freuden, die sie in Lindow erlebte. Sophie berichtete über das tägliche Dasein in Zinnowitz und aus der Vergangenheit im Masurenland. Wolfgang war froh darüber, daß sich Maria mit seiner Großmutter so gut verstand. Es wurde auch über Politik gesprochen, und alle hofften, daß dieser Zustand nicht für ewig anhalten würde.

„Die Gegend um Lindow muß doch landschaftlich sehr schön sein", äußerte Sophie, dabei Maria anschauend, und fügte hinzu: „Die drei Seen erinnern mich an meine Heimat Selbongen, wo unser kleines Dorf auch von drei Seen umgeben ist. Es ist der Inulzer See, Plötzensee und der Tiefsee, wo stellenweise bis zu achtzig Meter Tiefe gemessen worden ist. So stelle ich mir auch Lindow vor." – „Die Landschaft ist sehr schön", antwortete Maria, „doch leider ist dort wenig Arbeit für uns Jugendliche. So würde ich auch nicht zögern, meinen Wohnort zu wechseln. Für mich ist die Heimat dort, wo ich arbeiten und leben kann." – „Hier hast du nicht Unrecht, doch wenn man älter wird, stellt man fest, daß Heimat doch mehr ist. Für mich ist es schwierig, das Wort Heimat in einem Satz zu beschreiben. Es ist für mich der Äther der Landschaft, in der man inkarniert. Diese Tatsache zu wissen und zu spüren ist oft wichtig. Es leben oft Menschen in einer Landschaft, die für sie ungesund ist. Sie kränkeln bis an ihr Lebensende und wissen nicht wovon oder erkranken so schwer, daß sie bereits in jungen Jahren Abschied nehmen müssen. Wenn ich von mir sprechen darf, so fühle ich mich hier gesund, denn der hiesige Boden ist dem in meiner Heimat sehr ähnlich. Die vielen Kiefern und der sandige Boden tragen dazu bei. Es wachsen hier überwiegend Pflanzen, die auch im Masurenland wachsen. Das Klima ist dem in Ostpreußen sehr ähnlich, obwohl hier das Meer nahe ist. Nur ist hier ein Faktor, der meist nicht berücksichtigt wird. Und das ist der sogenannte Fortschritt, der nur selten mit unserer Natur und Landschaft übereinstimmt. Das bringt uns durcheinander, und letztendlich wissen wir nicht, wo und was unsere Heimat ist", erzählte Sophie.

Maria hatte Wolfgangs Großmutter aufmerksam zugehört und erwiderte: „Da stimme ich Ihnen zu, denn wenn ich in Lindow andere Möglichkeiten hätte, um zu überleben, würde ich vielleicht bleiben." Nach dem Kaffee war Wolfgang dann mit Maria an die See spazierengegangen. Sophie blieb in der Wohnung zurück. Das Gespräch von eben hatte sie aufgemuntert. Es tat ihr immer gut, mit jungen Menschen über das Wahre und Schöne zu sprechen.

Sophie dachte an das schöne Gedicht von Goethe, der da sagt:

Zwischen dem Alten, zwischen dem Neuen
hier uns zu freuen, gönnt uns das Glück.
Und das Vergangene heißt mit Vertrauen
vorwärts zu schauen, schauen zurück.

Es wäre für Wolfgang eine Bereicherung, wenn er diese Frau behalten würde. Es würde seiner Entwicklung gut tun. Doch abwarten, was das Schicksal mit sich bringt. Es sind nun mehr als zwanzig Jahre her, als sie mit den beiden hier nach Zinnowitz mit dem Handwagen kam. Wenn sie zurückschaute, mußte sie feststellen, daß sie bis dahin immer von guten Geistern geführt wurde. Somit ist Sophie auch zuversichtlich, was die Zukunft betrifft, also vorwärts schauen. Und das hat Sophie immer getan, so soll es auch weiter sein.

Nach knapp zwei Stunden sind die beiden zurück, und Maria ist von Zinnowitz begeistert. An diesem Abend wurde noch viel geredet und es war spät, als die Lichter ausgingen. Maria war die Nacht hier geblieben, sie wird morgen zusammen mit Wolfgang zurückfahren. Von seiner Arbeitsstelle hatte sich Wolfgang zwei Tage frei genommen, und die wollte er in Lindow verbringen. Kurz nach dem Mittagessen am Sonntag war es dann so weit, und Wolfgang und seine Freundin verabschiedeten sich herzlich von Sophie. Wolfgang verabschiedete sich von seiner Großmutter so, als würde er für lange Zeit wegfahren und nicht für zwei Tage. Maria bedankte sich rührend für die nette Aufnahme. Wolfgang hatte einen Rucksack mit warmen Klamotten mitgenommen, denn sie wollten in Lindow mit dem Boot fahren.

Als der Besuch weg war, zog Sophie eine Jacke über und ging ans Meer. Gegen Abend wehte der Wind stärker, und der sternenklare Himmel lud ein zum Nachdenken und zum Vorwärts- und Rückwärtsschauen. Der Mond stand bereits hoch am Himmelszelt, nur wenige Leute nutzten heute diese Pracht der Natur zur Bewunderng. Wer wußte, wann ihre Tochter endlich hier eintreffen würde? Oder war es eine Fehlmeldung? Und das mit Susanne, ob sie das wohl bald erfahren würde? Es wäre zu schön, wenn sie die beiden gesund wiedersehen dürfte. Aber wenn sie so viele Jahre gehofft und gewartet hatte, wollte sie jetzt um so mehr mit Geduld warten.

In Gedanken versunken war Sophie, ohne es zu wollen, in das Sperrgebiet eingedrungen. Ein Schrei des Grenzpostens schreckte sie auf, und sie kehrte sofort zurück. Der Grenzposten war nicht gerade höflich ihr gegenüber, doch als Sophie sich mehrmals entschuldigt hatte und versicherte, sie hätte das in Gedanken getan, war dieser etwas menschlicher geworden. Danach änderte sie die Richtung und wanderte durch den Kiefernwald. Das monotone Rauschen des Kiefernwaldes, begleitet durch regelmäßige Geräusche der Ostseebrandung, versetzten die Spaziergängerin in eine Stimmung der Wehmut und Bodenlosigkeit. Arm an materiellen Dingen ist sie sowieso, fern der Heimat auch und dazu auch allein hier auf dieser Insel. Dabei hatte sie es stets gut gemeint.

Sophie hatte mit Wolfgang und Charlotte bewußt wenig über Susanne und Anna gesprochen, um denen es nicht noch schwerer zu machen, als es ohnehin schon war und ist. Jetzt stellte sie fest, daß dieses bewußte Schweigen wohl nicht ganz richtig gewesen war. Dadurch war eine Entfremdung zu Susanne und Anna entstanden, die sie nicht gewollt hatte. Nun versuchte Sophie bei jeder sich bietenden Gelegenheit, das Versäumte nachzuholen.

Von vorne kam ihr eine junge Mutter entgegen, auf dem Arm einen Säugling und im Kinderwagen ein behindertes Kind. Sie schien es eilig zu haben. Vielleicht war sie auf dem Weg zur Arbeit und mußte davor noch schnell ihre Kleinen unterbringen? Jetzt war Sophie von ihrer Wehmut geheilt. Was verlangte sie noch mehr vom Leben? Sie war gesund, die Enkelkinder auch, und das ist doch das höchste Gut des Menschen. Mit einem Male sah die Welt ganz anders aus. Jetzt sah sie wieder die rauschenden Kiefernbäume, den klaren Himmel mit den vielen Sternen, den kleinen und den großen Wagen, die Kasiopeja und das weitere Gefolge am Himmelszelt. Und plötzlich steht sie vor ihrer Haustür. Durch ihren Besuch hatte sie vergessen, gestern in den Briefkasten zu schauen, so macht sie dieses jetzt. Wie erstarrt steht Sophie vor ihrem Briefkasten und schaut den Brief an, den sie soeben aus dem Briefkasten rausgeholt hatte.

Es ist ein Brief aus dem Ausland, mit dem Aufkleber PAR AVION, Absender: Anna Kulinna, Krasnojarsk. „Diesen Brief hat mir der Sternenhimmel geschickt", sprach Sophie laut zu sich selber. Sie öffnete den Brief und las:

„Liebe Mutter, in der Hoffnung, daß Du gesund bist und ich das Deutschschreiben nicht verlernt habe, schreibe ich mit großer Achtung und innerlichem Frohsinn, begleitet mit meinem Herzen, an Dich. Die vielen Jahre der Vertreibung aus unserer Heimat haben mich, und ich nehme an auch Dich, geprägt. Es waren Tage, wo ich nicht leben wollte und dann wieder Tage, die mich in voller Hoffnung an das Leben getragen haben. Und so, von einem Tag zum anderen, lernte ich das Leben zu leben und versuchte, mich weiter zu entwickeln. Nicht immer gelang es mir, mein Leben so zu gestalten, wie ich es wünschte, aber trotzdem gebe ich die Hoffnung nicht auf, immer vollkommener zu werden. Es wäre mühsam und manchmal auch langweilig, alle Einzelheiten jetzt zu schreiben, darum warte ich damit bis zu unserem Wiedersehen.

Wie es Dir und meinen Kindern ergangen ist, weiß ich nicht. Doch freut es mich sehr, Dich am Leben zu wissen. Durch die vielen Jahre ist auch die Welt mit den Leuten und allem was dazu gehört anders geworden, so die Deine wie auch die meine. Unsere Heimat haben wir verloren, nun müssen wir versuchen, uns in dieser anderen zurechtzufinden. Und das ist unser Schicksal. Dieses Schicksal wiederholt sich immer wieder, nur auf eine andere Art. Ich hoffe, daß Du trotz Deines Alters und trotz der vielen Schicksalsschläge in Deinem Leben noch gesund bist und Mut zum Leben hast. Und wenn das Schicksal es will, werden wir noch viele schöne Jahre erleben.

Wie uns bekannt, ist unsere Heimat den Polen zugeteilt worden. Hoffentlich können diese Generationen, die in Ostpreußen das Licht der Welt erblicken, in Frieden den Äther dieses Bodens mit der Ausstrahlung des Masurenlandes für ihre Entwicklung nutzen und mögen sie von keinen bösen Kräften gestört werden. Deine und meine Generation, wir wollen zufrieden sein und den Rest unseres Lebens vorbildlich und mit guten Taten zu Ende leben. Wie meine Kinder das sehen – wenn sie noch am Leben sind – das sollen sie selber entscheiden. Denn sie sind in einer anderen Welt groß geworden und erleben alles ganz anders als wir.

Ich packe schon langsam meine Sachen und freue mich auf ein Wiedersehen. Und die Vorfreude ist bekanntlich die schönste Freude. Bei meiner Tätigkeit als Krankenschwester im hiesigen Krankenhaus sehe ich genügend Elend, genug tägliches Leid und tägliche Freude. Es ist für mich eine Berufung und Erfüllung, diesen betroffenen Menschen behilflich zu sein und ihnen neben der leiblichen auch seelische Linderung zu geben. So hoffe ich, daß ich auch in Deutschland meiner Aufgabe gerecht werde und helfen kann, wenn ich gerufen werde. Solltest Du zu meinen lieben Kindern Verbindung haben, so grüße diese ganz herzlich von mir. Wenn ich über meine Ausreise genauer Bescheid weiß, schicke ich Dir ein Telegramm. Bleibe gesund und Gott befohlen, Deine Anna".

Schade, daß sie diesen Brief gestern nicht gesehen hat, Wolfgang hätte sich sicherlich riesig gefreut. Aber so hat er noch diese Freude vor sich. Morgen nachmittag werde ich Charlotte anrufen, auch die wird sich unsagbar freuen. Sophie war zu aufgeregt, um jetzt schlafen zu gehen. Sie las den Brief zum zweiten Mal. „Meine Anna kommt", sprach sie laut zu sich selbst, damit alle ihre Körperteile wußten, Anna wird kommen. Nach und nach wurde sie ruhiger und ging schließlich zu Bett. Erschöpft schlief Sophie auch gleich ein.

Kapitel 11

Der Abschied

In Krasnojarsk sind jetzt die schönsten Tage des Jahres. Es ist warm, wenn auch nur für kurze Zeit. Und weil diese Zeit so kurz ist, wird sie von der Bevölkerung geschätzt und genutzt. Die Leute sind fröhlich und lachen auf den Straßen – obwohl es hier nicht viel zu lachen gibt – und sind freundlich zueinander. So ergeht es in diesem Sommer auch Anna. Besonders in diesem Sommer, voller Hoffnung auf die Ausreise nach Deutschland, schlendert sie durch die Straßen der Großstadt. An ihre Mutter in Zinnowitz hat sie bereits einen Brief geschrieben, und sie hofft, daß dieser ihre Mutter erreicht. Diese Zweifel sind berechtigt, denn es gibt viele Briefe, die ihren Empfänger nicht erreichen. Es gibt auch kein Amt oder Behörde, wo man sich darüber beschweren könnte.

Für den Winter braucht Anna in diesem Sommer nicht zu sorgen, sie hofft, spätestens Weihnachten in Deutschland zu sein. Mittlerweile erhielt sie ein Schreiben vom Roten Kreuz, welches ihre Ausreise bestätigt und um etwas Geduld bittet. Im Krankenhaus und bei den Behörden hat sie bereits alles erledigt, sie arbeitet nur noch auf Abruf. Und endlich der sonnige Tag in ihrem Leben. Auch der Postbote weiß es, daß Anna auf einen wichtigen Brief wartet; an diesem Tage stand er mit der Nachricht bereits um acht Uhr vor Annas Haustür. Sie freute sich wie ein Kind unterm Weihnachtsbaum. Nachdem sie mit dem Überbringer der Nachricht eine Tasse Tee getrunken hatte, mußte sie voller Freude die gute Nachricht den Nachbarn verkünden. Alle freuten sich mit der Glücklichen, daß sie für ihre Geduld und Hoffnung belohnt wurde. Am liebsten hätte sie die ganze Stadt zum Tee eingeladen, doch das ging nun einmal nicht. In vier Wochen sollte sie Krasnojarsk verlassen haben. So lange brauchte sie nicht. Ab diesem Tage hatte sie täglich Besuch von Bekannten. Da sie alle wichtigen Angelegenheiten erledigt hatte, konnte sie sich das erlauben.

Einen Flug nach Berlin, mit Zwischenlandung in Moskau, hat sie am darauffolgenden Tage für zwei Wochen später buchen können. Die euphorische Freude ist abgeklungen, jetzt heißt es, einen klaren Kopf zu behalten. Wenn sie abends allein in ihrer Wohnung sitzt, werden in ihr Erinnerungen wach. Die ersten Jahre täglicher Hoffnung auf die Rückkehr zu den Kindern und der Mutter, dann die Verbitterung und Enttäuschung. Und immer wieder die Hoffnung auf ein Wunder. Letztendlich die Resignation. Das alles begleitet von der oft schwierigen Arbeit, ohne besondere

Hilfsmittel im Krankenhaus und ohne die Sprache der Einheimischen zu beherrschen. Und in den letzten Jahren das Aufbäumen und die große Lust, anderen Menschen zu helfen.

Nun kam diese Nachricht zu einem Zeitpunkt, wo sie mit guten Gedanken kranken Menschen half und nicht, als sie gehofft hatte oder als sie resigniert hatte. Diese Tatsache bewegte Anna zum Nachdenken über ihr Schicksal und über das Schicksal ihrer Angehörigen. Vielleicht wartet in Deutschland auch eine Aufgabe auf sie? Diese vielen Jahre in dieser Stadt hier haben ihr Leben gekennzeichnet. Es ist ihr deutlich geworden, daß man dem Schicksal nicht weglaufen kann. Wir müssen uns dem stellen und es annehmen. Und wenn wir es angenommen haben und erkennen, was es uns sagen will, erst dann sind wir auf dem richtigen Wege, mit Erkenntnis sich weiterzuentwickeln.

Der lange, grausame Dornenweg, der sie hier in diese Stadt verschlug, den sie hier weiterbeschreiten und klettern mußte, brachte sie auf den Gipfel eines Berges, von dem aus sie vieles und weit überblicken konnte. Mitgetragen auf diesen Berg haben sie die vielen kranken Menschen im Krankenhaus, Menschen verschiedener Nationalitäten., die sie hier gepflegt und behandelt hat. Menschen, die ihr nur Gutes wünschten und weiterhin wünschen. Diese Erkenntnis gab ihr Kraft zum Weiterleben und Weitermachen und auch dazu, der Zukunft zu vertrauen. Von Mutter weiß sie, daß diese in Zinnowitz lebt, über ihre Kinder weiß sie bis jetzt nichts. Ob sie noch leben und wenn, dann wie und wo? Sie hat so viel Hoffnung und Vertrauen, daß sie nicht ihre Sorgen im Vordergrund stellt, sondern die Sorgen anderer Leute anhört und diese in ihrer Verzweiflung stärkt.

Tee und Gebäck hatte Anna vorrätig, so daß sie mit allen Freunden und Bekannten, die sie besuchen kommen, einen kleinen Abschied feiern kann. Im Krankenhaus war sie auch bereits. Die einzelnen Personen, mit denen sie befreundet war, kommen zu ihr in die Wohnung, doch für die meisten war sie nur die Deutsche und die Fremde. Das störte Anna weiter nicht; nur jetzt freute sie sich, diesen Leuten nicht mehr über den Weg laufen zu müssen. Die Krankenhausleitung war politisch geprägt, so erwartete Anna auch keinen herzlichen Abschied. Und warum auch, hier hat das Volk die große Sorge des Überlebens. Sie ist von den Leuten hier noch am besten dran. Und wer will es den Menschen hier verübeln, wenn diese mit Wehmut auf sie schauen? Ein jeder hat so viel Sorgen, daß sehr viele darunter zerbrechen und aufgeben. Und es gibt keine Hoffnung, daß es irgendwann besser wird. Durch das überwiegend kalte Klima ist die Menschheit dieser Region verhärtet und hat selten den Wunsch, ein bequemes Leben zu führen. Auch wenn sie diesen Wunsch hätten, würde ihnen das auch nicht weiterhelfen. Anna kann jetzt diese Menschen verstehen.

Kapitel 12

Die Enttäuschung

Das Kulturleben in Moskau ruht überwiegend in der Sommerpause. Aber nicht mehr lange, denn in zehn Tagen sollen die Proben und die Vorstellungen beginnen. Su will diesen Rest der Sommerpause nutzen, um nach Krasnojarsk zu fliegen. Vielleicht gelingt es ihr, dort ihre Mutter zu finden. Sie hat sich einige Informationen über die Großstadt besorgt und ein Ticket für einen Hin- und Rückflug gekauft.

Am Vortage ihres Fluges schrieb sie in ihr Tagebuch: Morgen ist für mich ein wichtiger Tag in meinem Leben. Seit vielen Tagen bin ich aufgeregt, denn ich weiß es nicht, was mich in Krasnojarsk erwartet. Die vielen Jahre der Unsicherheit, des Glaubens und der Hoffnung haben mich oft zermürbt. Morgen soll der Tag sein, an dem sich dieser Glaube und diese Hoffnung erfüllen oder zumindest klären werden. Unglaublich, seitdem ich diese hübsche, vom Leben gezeichnete, kluge Frau im Zug gesehen habe, bin ich mir sicher, daß es meine Mutter ist. Und wenn sie es ist, ob sie das gleiche Gefühl hat wie ich? Morgen soll sich alles klären. Und wenn nicht, werde ich die Hoffnung und die Suche nach meiner Mutter nicht aufgeben. Mißerfolge sind enttäuschend und das bedeutet doch das Ende der Täuschung, um dann erst richtig die Sache anzupacken. So oder so ist morgen für mich der erste Schritt zum Handeln. Welches Erlebnis werde ich wohl für den morgigen Tag in dieses Büchlein eintragen? Nach dieser Eintragung in das Tagebuch legte Su ihre Sachen für den nächsten Tag zurecht und, nachdem sie den Wecker gestellt hatte, ging sie zu Bett.

Trotz der Aufregung hatte sie gut geschlafen und kann es kaum fassen, daß sie wieder aus dem Bett muß. Wie immer vor jedem wichtigen Vorhaben, so auch diesmal, hatte sie im Traum die Silberstraße gesehen. Diesmal war diese Straße bedeutend deutlicher als sonst. Das Haus am Ende war verschwunden und neben der Straße führten noch zwei oder drei Nebenstraßen etwas undeutlich in die gleiche Richtung. Am Anfang standen zwei riesige Erlenbäume mit einer Sitzbank dazwischen. Sitzend auf der Bettkante war Su in Gedanken versunken, und sie mußte sich jetzt beeilen, denn das Taxi war gleich hier, um sie zum Flughafen zu bringen. Blitzschnell machte sie sich frisch, und als der Taxifahrer an ihre Tür klopfte, war sie fertig für die Reise. Obwohl es noch relativ früh war, lebte die Zehnmillionenstadt intensiv wie um die Mittagszeit. Nach knapp einer halben Stunde war der Flughafen erreicht, und Su stieg mit ihrer Ledertasche als Gepäck aus dem Taxi. Bis zum Abflug waren es noch eineinhalb Stunden. Sie ließ sich Zeit und musterte die Ankömmlinge auf dem Flughafen. Die Zeit des Wartens verlief schnell und das Flugzeug nach Krasnojarsk hob von der Rollbahn ab.

Su hatte einen Fensterplatz, von wo aus sie in die Welt schauen konnte. Während des Fluges lebte sie in der Vergangenheit. An die Zeit, als ihr Ziehvater mit Olga und ihr in Frankfurt an der Oder stationiert war, kann sie sich nur wenig erinnern. Es mußte eine Zeit ohne besondere Vorkommnisse gewesen sein. Sie erinnerte sich an die chinesische Grenze, wo sie einmal in der Woche von einem Hubschrauber mit Lebensmitteln versorgt wurden. Danach an die iranische Grenze, wo ständig Unruhen zwischen Religionsfanatikern herrschten. Und schließlich der große Kolchosenbetrieb in Tschersk, wo das irdische Dasein für Oleg und Olga das Ende war. Wie sie damals allein als 14jähriges Kind zurechtkam, ist ihr heute noch rätselhaft. Und dann aus diesem Jammertal der beginnende Höhenflug.

Die Bekanntschaft mit der Familie Gurion, das Studium in Moskau, die zwei bedeutenden Briefe von Olga, die Anfangsschwierigkeiten im Kulturhaus, der Kampf um einen guten Platz im Ensemble, ihre Erfolge im Kulturleben und auf der Bühne, das alles scheint wie von einer unsichtbaren Hand gesteuert. Mit ihrem jetzigen Leben war Su zufrieden und es war der Zeitpunkt gekommen, wo sie sich um ihre Herkunft und nach ihrer Familie erkundigen wollte. Selber eine Familie gründen wollte sie zunächst nicht. Verehrer gab es genug, sie besaß aber die nötige Kraft, um diese sich vom Leibe zu halten. Es gefiel ihr, oft unterwegs zu sein. Mittlerweile war sie fast in allen sozialistischen europäischen Staaten mit dem Ensemble gewesen. In Berlin war sie bereits drei Mal gewesen. Irgendwann wollte sie versuchen, ganz nach Deutschland überzusiedeln. Im Deutschunterricht war sie auch gut. Schon aufgrund dessen fuhr sie immer gerne nach Berlin. Dort war sie dann mehr als Dolmetscherin tätig als auf der Bühne.

Und nun der aufregende Flug nach Krasnojarsk. Aus ihren Erinnerungen erwachend bemerkte Su erst jetzt die neben ihr sitzende, nette junge Frau. Sie sprach sie höflich an und brauchte auf ein bindendes Fortgespräch nicht lange warten. Su erfuhr, daß die Frau zu ihrem kranken Ehemann ins Krankenhaus nach Krasnojarsk flog. Dieses sei der dritte Flug. Sie habe sonst bei einer Krankenschwester übernachtet, denn eine Übernachtung im Hotel sei für sie zu teuer. Diese Schwester habe eine Zweizimmerwohnung, wenn Su es möchte, würde sie nachfragen, ob auch sie für eine Nacht oder zwei Nächte übernachten dürfte. Die Frau erzählte Su über ihr Leben in Moskau, sie kenne Su von der Bühne her, da sie dort ja singe, und es entwickelte sich eine herzliche Bekanntschaft. Da Su an diesem Tage am späten Nachmittag bei den Behörden nichts erfahren konnte, fuhr sie mit ins Krankenhaus.

Im Krankenhaus angekommen meldete die neue Bekannte bei der Rezeption ihre Ankunft an und die Absicht, ihren Mann zu besuchen. Ganz nebenbei fragte sie, ob die Schwester mit dem weißen Haar heute Dienst habe. „Nein, sie ist nicht im Dienst", kam die Antwort, und sie könne auch nicht sagen, wann sie wiederkäme. Als die Gefragte den Grund der Nachfrage erfahren hatte, bot sie ihre Wohnung für eine Übernachtung an, worüber die beiden Frauen sehr froh waren. Darauf besuchte die Frau ihren kranken Ehemann und Su schlenderte durch die Straßen Krasnojarsks, um zu der von der Frau angegebenen Anschrift zu kommen. Su war froh, privat übernachten zu dürfen. Sie hoffte dadurch auch zu erfahren, wo sie sich am schnellsten erkundigen konnte.

Als die drei Frauen abends zusammen in der Wohnung saßen, entwickelte sich für Su ein unerwartetes Gespräch. Auf die wiederholte Frage nach der Schwester mit dem weißen Haar wußte die Gefragte diesmal mehr zu berichten als im Krankenhaus. Sie erzählte weiter, das diese Schwester nicht mehr zur Arbeit kommen würde, da sie Krasnojarsk verlassen habe. Es solle aber nicht unbedingt überall erzählt werden. Es sei eine Deutsche und sie sei nach Deutschland ausgewandert. Nach dieser Auskunft wurde Su blaß und sprachlos. Sie starrte die Erzählende an, als wäre diese ein Gespenst. „Kann ich bitte etwas Wasser haben", fragte sie endlich halblaut. Nach mehreren Schluck Wasser fragte sie unsicher nach dem Namen der Frau. „Anna Kulinna", kam die Antwort, und jetzt verschlug es Su vollkommen die Sprache. „Fehlt Ihnen etwas?", wurde sie von der Gastgeberin gefragt. „Nein, danke, es fehlt mir nichts; daß ich hier bei Ihnen so viel erfahren würde, hätte ich im Traum nicht gedacht", antwortete Su. Die Frau erwiderte: „Nur erzählen Sie das bitte nicht zu sehr in der Fremde, denn es gab auch so schon viel Ärger im Zusammenhang mit der Ausreise dieser Person." – „Mir reicht es, wenn ich es weiß, denn diese Schwester ist meine Mutter", entgegnete Su.

Jetzt hüllten sich alle drei Frauen in Schweigen. Nur das Ticken der Uhr auf dem Schrank verriet, daß in diesem Raum noch etwas Bewegliches vorhanden war. Es dauerte eine Weile, bis Su anfing, ihre Geschichte auf das Nötigste gekürzt zu erzählen. Als sie mit dem Bericht geendet hatte, war es spät geworden und man hatte das Gefühl, im Zimmer sei ein Geist anwesend, der Enttäuschung, Freude, Mitgefühl und Hoffnung auf einen Nenner brachte.

„Vorgestern ist Ihre Mutter von Krasnojarsk abgeflogen", äußerte die Gastgeberin nach einer Weile des Schweigens und fügte hinzu: „Für Sie ist jetzt die Vorfreude des Wiedersehens noch größer und länger. Sie haben jetzt viel mehr davon und mir ist es eine Freude, die Tochter unserer Anna kennengelernt zu haben. Sie können stolz sein, so eine Mutter zu haben. Ihre Mutter ist eine tiefgläubige Frau, und die Hoffnung, noch einmal nach Deutschland auszuwandern, hatte sie nie aufgegeben. Sie hat niemals verraten, welcher Religionsgemeinschaft sie angehörte. Wenn sie darauf angesprochen wurde, pflegte sie zu sagen: ‚Wir könnten alle Engel sein, wenn wir es nur wollten.' Ihrer Nachfolgerin im Krankenhaus hat es nicht ganz leicht, denn diese wird an ihre Vorgängerin gemessen. Und jeden Menschen gibt es leider nur einmal auf der Welt. Die Arbeitskraft eines Menschen läßt sich leicht ersetzen, der Mensch aber nicht. Wir hoffen, daß sie der Glaube auch weiterhin in Deutschland begleitet." Es war spät geworden, bevor die Felle auf dem Fußboden zum Schlafen ausgebreitet wurden.

Am nächsten Tag vormittags ist Su zum Flughafen gefahren, und um ein Uhr nachmittags flog sie wieder Richtung Moskau. Ihre Begleiterin des Hinfluges blieb noch für zwei Tage in Krasnojarsk. Im Flugzeug hatte neben Su ein alter Kriegsveteran Platz genommen. Seine Auszeichnungen baumelten an seinem Brustkorb, und er selber versuchte Su zu erklären, für welche Dienste und Schlachten er diese Auszeichnungen bekommen hatte. Sich dieses Gerede anzuhören hatte Su nun wirklich keine Lust, sie tat jetzt so, als wäre sie müde und lehnte ihren Kopf nach hinten. Der Herr hatte diese Geste verstanden und hüllte sich in Schweigen. Und Su konnte daraufhin die Gespräche von nebenan gut verstehen. Trotzdem war sie nach kurzer Zeit eingeschlafen und erst kurz vor der Ankunft in Moskau wachte sie wieder auf.

An ihrer alten Wirkungsstätte gelandet wollte sie jetzt Pläne schmieden, was die Zukunft betraf. Sie wußte, daß ihre Mutter in Deutschland war, um so leichter würde sie es mit ihrer Ausreise nach Deutschland haben. Sie hatte jetzt ein Ziel. Zwei Tage später besuchte sie Familie Gurion und erzählte denen von ihrer mißglückten Reise nach Krasnojarsk. Herr Gurion hörte besonders aufmerksam zu, und als Su ihr Erzählen beendete, sagte dieser: „Dieser Flug war doch nicht mißglückt. Du hast vieles erfahren, nur, daß du deine Mutter nicht gesehen hast, war das Einzige, was nicht geklappt hat. Und das sollte wohl nicht ganz so schlimm sein. Wir hoffen, daß du diese Begegnung in Berlin nachholen kannst." Daraufhin erklärte Su ihre Absicht, nach Deutschland auszuwandern. Frau Gurion äußerte darauf, daß sie auf diese Äußerung eigentlich schon lange gewartet hätten. Sowohl Frau wie auch Herr Gurion versicherten, ihr dabei behilflich zu sein. Darum, so Herr Gurion, hätten sie Su auch gedrängt, Deutsch zu lernen. Dieses Entgegenkommen freute Su besonders.

Mit einigen Tips des Herrn Gurion im Kopfe fing Su gleich am nächsten Tage mit den Behördengängen für die Ausreise an. Jetzt, wo ihre Mutter in Deutschland war, würde es keine großen Schwierigkeiten geben, so hatte ihr Herr Gurion gesagt. Sie besuchte jetzt fast täglich das Kulturhaus in der stillen Hoffnung, dort eines Tages Georg zu treffen. Und tatsächlich, an einem Freitag nachmittag, als Su an einer Haltestelle in den Bus steigen wollte, wurde sie von hinten ganz leicht an den Oberarm gefaßt. Als sie sich umdrehte, erkannte sie Georg. Daraufhin mußte der Bus mit einem Fahrgast weniger abfahren. Schnell erklärte sie Georg ihre Wohnanschrift mit der Bitte, dort hinzukommen, weil man sie hier zusammen nicht sehen durfte. Georg befolgte den Hinweis und Su wartete auf den nächsten Bus, mit welchem sie zu ihrer Wohnung fuhr. Knapp eine Stunde später hatte sich auch Georg dort eingefunden.

Kapitel 13

Freude und Enttäuschung

Erschrocken schaute Sophie auf die Uhr; es war gleich sieben Uhr, und spätestens um sieben Uhr dreißig wollte sie im Hotel sein. Schnell machte sie sich frisch, trank noch eine Tasse Tee und schlug hinter sich die Außentür zu. Der Brief ihrer Tochter hatte sie einerseits aufgemuntert und andererseits aufgeregt. Von diesem bevorstehenden freudigen Ereignis erzählte sie Nachbarn, Bekannten und Mitarbeitern des Hotels. Alle freuten sich für Sophie mit. Hier in Zinnowitz war nicht nur die Natur schön, auch die Menschen dieser Insel und dieses Ortes waren ihr ans Herz gewachsen. Hier wußten die Leute immer, was, wo und wann gesprochen werden durfte.

Von Anfang an hatte man sie hier angenommen und wie eine der ihren behandelt. Natürlich war auch sie ständig bemüht, zuvorkommend zu sein und sie wußte diese Beziehung zu schätzen. Der Montag verlief sehr schnell, voller Freude für Sophie. Abends machte sie wie immer einen Spaziergang und ging an diesem Montag früh zu Bett. Bevor sie einschlief dachte sie noch daran, wie Wolfgang sich darüber freuen würde, wenn er über die Rückkehr seiner Mutter erfahren würde. Auf die Dauer wird Wolfgang sich eine andere Wohnung suchen müssen. Doch das ist zweitrangig, dachte Sophie. Am Dienstag war sie früh wach und war vor halb acht im Hotel. Es war in diesem Jahr ein außergewöhnlich warmer Sommer, und somit waren auch viele Urlauber auf der Insel. Das Hotel glich einem Bienenhaus. Bei diesem schönen Wetter lachten auch die Menschen und waren fröhlich, und das machte Sophie viel Spaß.

Die Zeit im Hotel war schnell um, und nach Dienstschluß war Sophie bemüht, schnell nach Hause zu kommen, um Wolfgang die gute Nachricht über die Rückkehr seiner Mutter zu erzählen. Unterwegs wurde noch schnell etwas eingekauft, denn Wolfgang war stets hungrig. In ihrer Wohnung angekommen stutzte Sophie, denn Wolfgang war immer noch nicht da. Irgendetwas mußte schief gelaufen sein, vermutete Sophie und wurde unruhig. Mal sehen, ob der Zug eventuell Verspätung hatte. Bei der Bahn erfuhr sie, daß der Zug heute pünktlich eingetroffen sei. Es war ihr verständlich, daß sie jetzt nur warten konnte. Sie hatte weder Anschrift noch sonst etwas, wo sie nachfragen könnte. Sophie versuchte, ihre Gedanken zu ordnen, doch es gelang ihr nur mühsam. Ihre innerliche Unruhe ließ sie nicht los. So ist das Leben, vorgestern die gute Nachricht von Anna, heute das Gegenteil von Wolfgang. Und dann überlegt sie, warum sie sich so große Sorgen macht, sie weiß doch gar nicht, was Wolfgang zurückgehalten hat. Es muß aber etwas Bedeutendes sein, denn er muß morgen früh zur Arbeit. Wolfgang würde sagen: Ich muß gar nichts; aber trotzdem ist er genau und pflichtbewußt.

Vom Meer wehte ein kühler Wind, welcher an diesem Abend recht angenehm wirkte. In der Wohnung hielt sie heute nichts, so wanderte sie durch den Kiefernwald und dann entlang am Wasser. Das Rauschen des Waldes und der Ostsee beruhigte Sophie, und so wanderte sie ratlos wie vor Jahren, als ihre Enkelkinder noch klein waren und sie manchmal nicht wußte, was sie denen am nachfolgenden Tag zum Essen kochen sollte. Wie es auch gewesen sein mag, es hatte sich immer eine Lösung ergeben, und das wird diesmal genauso sein. Es war spät geworden, trotzdem schlenderten noch viele Urlauber durch die Straßen von Zinnowitz. Den Kopf voller Gedanken und Sorgen ging Sophie in ihre Wohnung und auch gleich zu Bett. Vielleicht, so dachte sie, würde der morgige Tag gute Nachrichten bringen, und mit diesen Gedanken schlief sie ein. Nachts wachte sie mehrmals auf, doch von Wolfgang war immer noch keine Spur.

Am Mittwoch war es im Hotel erfahrungsgemäß ruhig. Um so mehr konnte sich Sophie mit ihren Sorgen beschäftigen. Kurz nach zehn Uhr erschien in der Eingangstür des Hotels ein junger Mann, schaute sich neugierig um und ging dann auf Sophie zu und fragte nach einem Zimmer für eine Nacht. Höflich erklärte Sophie, daß alles besetzt sei. Daraufhin überreichte dieser ihr einen Umschlag und verschwand. Neugierig schaute sie ihm nach, doch er war zwischen den Leuten verschwunden. Jetzt öffnete Sophie den Brief und fand darin einen Zettel mit folgenden Worten: „Mache Dir keine Sorgen, Maria und mir geht es gut, wir sind auf der Flucht. Es ist eine sichere Sache, darum keine Aufregung, bitte. Deine – Wolfgang mit Maria."

Dieser Bengel, dachte sie, der stolpert von einem Abenteuer in das nächste. Jetzt wußte sie zumindest, was passiert war. Hoffentlich glückte ihm das Vorhaben. Von seiner Arbeitsstelle hatten sie nachgefragt, Sophie konnte nur sagen, er sei von Lindow nicht zurückgekehrt. Erst kürzlich war ein Flüchtender an der Mauer erschossen worden. Daran wollte sie jetzt nicht denken. Je mehr sie nachdachte, um so gefährlicher erschien ihr das Unternehmen von Wolfgang. Und trotzdem bewunderte sie Wolfgangs Unternehmungsgeist. Er war nicht zufrieden mit dem, was ihm serviert wurde, sondern strebte immer nach etwas neuem. Und dieser Drang, egal, ob es ihm gelang oder auch nicht, der entwickelte ihn zur Vollkommenheit. Daß er auf dem Wege dieser Entwicklung oftmals seine Existenz oder sogar sein Leben aufs Spiel setzte, bestätigte seinen Willen zur Tat.

So in Gedanken versunken bemerkte Sophie gar nicht, daß vor ihr einige Leute warteten, um bedient zu werden. Lächelnd entschuldigte sie sich bei den Wartenden und erledigte höflich ihre Arbeit. Nach Dienstschluß ging sie geradewegs zu ihrer Wohnung. Einzukaufen brauchte sie heute nicht. Angekommen schaute sie zuerst in den Briefkasten, aus dem sie ein Telegramm hervorholte. Nun wird es spannend, dachte sie und öffnete das Papier. „Liebe Mutter, lande auf dem Flughafen Berlin-Schönefeld am dritten August um vierzehn Uhr." Die Haustür aufschließend betrat sie die Wohnung, setzte sich zuerst und konnte nicht begreifen, daß ihre Tochter hier nach Deutschland kommen würde. Sie schaute auf den Kalender, und wie sie feststellte, war dieses schon in vier Tagen. Da muß ich sofort Charlotte benachrichtigen. Aber das könnte sie am besten morgen vom Hotel aus erledigen.

Jetzt ging sie erst ans Meer, um die Gedanken zu ordnen, den Göttern zu danken und um weitere Unterstützung zu bitten. Diesen übersinnlichen Kräften war sie nirgendwo so nahe wie hier am Ostseestrand. Hier trauerte sie und hier äußerte sie ihre Freude, hier schöpfte sie Kraft für ihr weiteres Dasein und Hoffnung für die Zukunft.

Hier wurden Erinnerungen wach und die Gegenwart deutlich. Nirgendwo zogen die Wolken so schnell vorüber und nirgendwo war sie dem Sternenhimmel so nahe wie hier.

Es rauscht das Meer, die Wellen schlagen
An weiten Dünen am Ostseestrand,
Und hier beschleicht uns das Behagen,
Hier unsre Sorgen sind gebannt.

Und über uns die Sterne leuchten,
Am klaren, fernen Himmelszelt,
Gedanken unsre Augen feuchten,
Hier sind wir frei, in dieser Welt.

Sophie wanderte am Strand entlang, bis sie fast alleine dort war. Der Mond stand längst hoch am Himmel und es war Zeit, nach Hause zu gehen. Unterwegs begegnete sie noch jungen Leute, die ihr lachend und scherzend zuriefen: „Hallo, Oma, um diese Zeit so ganz allein?" Diese Bemerkung störte Sophie nicht, sie mußte nur zurückdenken, als sie noch jung war, damals hatte sie nicht gedacht, daß sie von ihrem Heimatdorf Selbongen so weit entfernt hier leben würde. Und das ist gut, daß wir nicht wissen, was uns erwartet. Und andererseits wäre es für unsere Entwicklung nicht gut, die ganze Inkarnation hindurch in Selbongen zu wohnen. Der alte Zopf würde von Generation zu Generation länger und ungesünder. Praktisch könnte keine Entwicklung stattfinden. Wenn für uns auch oft sehr schmerzlich, ist es gesund, daß dieser Zopf von Zeit zu Zeit abgeschnitten wird. Jedem von uns steht es frei, das Alte zu pflegen oder nach Neuem zu streben. Damit die Menschheit immer wieder darauf aufmerksam gemacht wird, greift das Schicksal ein, um allen gleiche Bedingungen zu schaffen.

Diese und ähnliche Gedanken beschäftigten Sophie auf dem Nachhausewege. Angekommen ging sie gleich zu Bett, denn heute war es wieder einmal ein anstrengender Tag für sie gewesen. Wolfgang mit Maria, sowie Anna und Charlotte gingen ihr noch einmal durch den Kopf, und mit diesen Gedanken schlief sie ein. Am darauffolgenden Tage rief Sophie Charlotte an und erzählte ihr über Annas Ankunft in Berlin. Charlotte war ganz aus dem Häuschen. Die Gestaltung des Empfanges überließ Sophie Charlotte. Um Charlotte nicht zu beunruhigen, schwieg Sophie noch über die

Sache von Wolfgang und Maria. Bei dieser Gelegenheit erzählte Charlotte ihrer Großmutter, daß ihr Arbeitskollege jetzt in Moskau sei, dort würde er vielleicht etwas näheres über Susanne erfahren.

Charlotte wollte versuchen, einige Tage vom Dienst frei zu bekommen. Sie würde sich spätestens am nächsten Tage melden. Nun würde endlich Anna kommen, und jetzt diese Unsicherheit mit Wolfgang, wie sollte sie dieses nun ihrer Tochter beibringen? Wo mögen die beiden wohl sein? Vielleicht war bis dahin alles geklärt? Eine in schwarz gekleidete Dame riß Sophie aus ihren Gedanken, die Frau fragte, ob sie Sophie Krall wäre? „Ja, das bin ich", antwortete Sophie. „Wenn Sie mir ihre Anschrift verraten, möchte ich Sie gerne heute nach Dienstschluß besuchen", entgegnete die Dame in Schwarz. „Ich wüßte nicht, mit was ich Ihnen dienen könnte, aber bitte." Hier verriet nun Sophie ihre Anschrift. „Aber ich kann Ihnen ganz bestimmt dienen", antwortete die Dame und fügte weiter hinzu „dann bis später, Frau Krall." Was sollte das denn bedeuten, überlegte Sophie und hoffte auf eine eventuelle Nachricht von Wolfgang und Maria.

Kapitel 14

Der Rückflug nach Deutschland

Aufgeregt und etwas ungeduldig sah Anna dem Abflugtag entgegen. Und dieser kam mit großen Schritten näher und war endlich da. Die letzte Nacht in Krasnojarsk konnte Anna fast kein Auge schließen, um zu schlafen. Sie war zu aufgeregt. Mehr als zwanzig Jahre hatte sie in dieser Stadt gelebt, dieses konnte sie in ein paar Tagen nicht abwerfen, obwohl es überwiegend Tage der Verzweiflung und Hoffnungslosigkeit gewesen waren. Als sie nach hier verschleppt wurde, war sie gerade 25 Jahre.

Als sie noch in Selbongen lebte, war im Jahre 1943 zum nachbarlichen Bauernhof ein 15jähriger Junge aus Rußland hergebracht worden. Dieser Junge mußte arbeiten, weil der Bauer an die Front geschickt wurde. Dieser Junge wurde genauso aus seiner Heimat und von seiner Familie weggerissen und nach Deutschland verschleppt wie ich hier nach Sibirien, dachte Anna. Und sie erinnerte sich auch daran, als die russische Front mit Schreckenstaten durch Selbongen zog und sie mit vielen anderen Dorfbewohnern zu einem Bauernhof außerhalb des Dorfes flüchteten, blieb dieser Russenjunge im Dorf, hat die Kühe gemolken und dann die Milch bei klirrendem

Frost zu uns und anderen Kindern gebracht. Er brachte auch die neuesten Nachrichten, wie weit die Horden weggezogen waren. Und zu dieser Sorte Menschen möchte Anna gehören. Ohne innerlichen Haß und ohne Vorurteile, das ist ihr erstrebenswertes Ziel. Es war ihr bewußt, daß sie kaum imstande sein würde, dieses Ziel zu erreichen. Das Böse ist wachsam und hält an uns das ganze Leben fest, und trotzdem wollte sie es nicht aufgeben, es zu bekämpfen, um sich selbst zu erkennen.

Es wurde hell und die Nacht war vorbei. Für die letzte Fahrt durch Krasnojarsk leistete sich Anna einen Luxus und fuhr zum Flughafen mit dem Taxi. Mit einem Koffer und einer Reisetasche als Gepäck verließ Anna den sibirischen Ort, oder besser gesagt, die ostsibirische Großstadt Krasnojarsk. Am Flughafen angekommen hatte sie bis zum Abflug fast zwei Stunden Zeit. Bei dieser Gelegenheit lernte sie auch den Flughafen kennen, denn hier war sie noch nie gewesen. Während der Gepäckaufgabe lernte sie einen älteren Herrn kennen, der ihr beim Tragen ihres Gepäcks behilflich war. Er wollte auch nach Moskau fliegen, und Anna war froh, einen Begleiter zu haben. Im Flugzeug kümmerte sich der Unbekannte rührend um Anna und nahm neben ihr Platz.

Während des Fluges stellte sich heraus, daß dieser Herr Wissenschaftler der Deutschen Demokratischen Republik in Berlin war. Er mache auch nur Zwischenstation in Moskau und würde dann weiter nach Berlin fliegen. Anna versuchte, ihre Identität noch nicht preiszugeben. In Moskau dauerte der Aufenthalt nur eine halbe Stunde, und danach ging es weiter Richtung Heimat. Während des Fluges Moskau–Berlin erzählte Anna dem Herrn in Kürze den Grund des Fluges nach Berlin. Sie erzählte, daß sie später zu ihrer Mutter nach Zinnowitz fahren würde. Usedom war dem Herrn ein Begriff, da er für kurze Zeit gleich nach dem Studium in Penemünde tätig gewesen war. Als junger Wissenschaftler habe er zwar nur Hilfsarbeiten verrichten dürfen, dafür sei die Natur auf Usedom aber ein Paradies. Er erzählte Anna Erlebnisse aus dieser schrecklichen Zeit, und sie hörte ihm gern zu, denn so brauchte sie von sich selbst nicht viel zu erzählen.

Im Flugzeug wurde jetzt durchgesagt, daß sie Polen überfliegen würden. „Hier ganz nahe ist meine Heimat“, äußerte Anna. „Meine auch“, kam die Antwort von nebenan und fortfahrend: „Gebürtig komme ich aus Königsberg, und Sie?“ – „Ich aus Selbongen“, erwiderte Anna und ergänzte, „ein Dorf im Masurenland.“ – „Dieses schöne Land“, bemerkte Herr Falter, so hieß der Wissenschaftler. „Was nützt uns die schöne Natur, wenn wir Menschen damit nicht umgehen können. Leider mußte ich von Ihnen erfahren, daß auch Sie am Raketenbau beteiligt waren oder vielleicht noch sind. Um so mehr muß ich mich wundern, daß Sie das Schöne an der Natur erkennen", äußerte Anna. „Wie können Sie nur so hart mit mir umgehen", entgegnete Herr Falter. „Leider nicht hart genug, um Sie von diesem Unfug zu überzeugen", antwortete Anna. „Hier muß ich sagen, daß ich tätig war, und zweitens, es gibt auch Raketen, die uns Menschen dienen und einen guten Zweck erfüllen", erklärte Herr Falter. „Lassen wir bitte das Thema, wir können heute sowieso nicht viel ändern", beendete Anna das Thema.

Inzwischen wurden die Passagiere auf die Landung in Berlin aufmerksam gemacht. Herr Falter gab Anna einen Zettel mit seiner Anschrift in Berlin und bat sie um die Anschrift ihrer Mutter in Zinnowitz. Wie Anna erfahren hatte, war Herr Falter alleinstehend und seiner Aussage nach war seine Ehefrau vor vier Jahren verstorben. Anna hatte diese Aussage zur Kenntnis genommen, für mehr kannte sie diese Person zu wenig.

Das Flugzeug war gelandet, und die Luken wurden geöffnet. Etwas unsicher reihte sich Anna in die Reihe der Passagiere ein und war auch schon auf deutschem Boden. Am liebsten würde sie diesen Boden küssen. Sie atmete tief ein und aus. Von weitem winkten Wartende zu ihren Bekannten. Anna kannte hier niemand. Doch gleich sollte es anders sein. Einzeln passierten sie die Zollkontrolle und den Grenzschutz. Danach konnte jeder sein Gepäck nehmen und in die Empfangshalle gehen. Herr Falter half Anna, ihren Koffer zu tragen. Da kam auch schon eine junge Frau auf Anna zu, umarmte sie und wiederholte schluchzend: „Meine Mutter, meine Mutter, wie gut du aussiehst."

Herr Falter stellte unauffällig den Koffer ab und war verschwunden. Sprachlos standen nun die zwei Frauen sich gegenüber und schauten sich an. Endlich brachte Anna halblaut einige Worte hervor: „Du bist Charlotte, mein liebes Charlottchen. So groß und so fein bist du. Sechs Jahre warst du, als ich euch verlassen mußte, solltest im gleichen Jahr die Schule anfangen." Sie setzten sich auf eine nahestehende Bank, um diesen Augenblick in Schweigen zu genießen.

„Und wo sind die anderen", fragte Anna unsicher. „Sie sind alle verstreut. Doch darüber mache dir jetzt keine Sorgen, du mußt erst etwas ausruhen. Wir fahren jetzt zu mir in meine Wohnung und dann sehen wir weiter", entgegnete Charlotte. Dabei nahm Charlotte den Koffer, Anna ihre Tasche und so gingen sie beide in Richtung Ausgang zum Taxi. Während der Fahrt schaute sich Anna schweigend Berlin an. In Charlottes Wohnung fühlte sich Anna gleich häuslich. Sie bewunderte Charlottes Wohnung samt Einrichtung und machte sich im Bad von der langen Reise frisch.

Währenddessen machte ihre Tochter etwas zu essen. Während des Essens wurde über allgemeine Dinge gesprochen, über die Vergangenheit wollte man sich unterhalten, wenn auch die anderen Familienmitglieder dabei waren.

Charlotte überließ den Zeitpunkt der Fahrt nach Zinnowitz ihrer Mutter. Anna möchte dann auch gleich morgen zu ihrer Mutter fahren. Es war Charlotte recht so, denn sie hatte für den Rest der Woche frei bekommen und konnte so mit der Mutter und Großmutter Zinnowitz genießen. Mit Sophie war Charlotte so verblieben, wenn sie sich am Tage der Ankunft von Anna im Hotel telefonisch nicht melden würde, so wollten sie am nächsten Tag mit der Bahn nach Zinnowitz kommen. Mit Rücksicht auf ihre Mutter schlug Charlotte vor, abends nicht sehr lange aufzubleiben. Mittlerweile war Anna mehr als drei Stunden bei Charlotte und war mit ihren Gedanken immer noch unterwegs. Es waren immerhin einige tausend Kilometer, die sie heute hinter sich gebracht hatte.

Nur langsam gewöhnte sie sich an die neue Umgebung. Damit sie es richtig gemütlich hatte, sollte Anna in Charlottes Bett schlafen. Charlotte hatte für sich eine Liege ins Zimmer gestellt. Als Anna bereits im Bett lag, setzte sich ihre Tochter davor und erzählte ihr über das Leben in der geteilten Stadt. Unbegreiflich, dachte Anna, was die Herrscher mit dem deutschen Volk veranstalten. Doch sollte es sein wie es will, es war doch besser, hier zu leben als in Sibirien. Wenn sie daran dachte, mit welchen Mitteln sie im Krankenhaus arbeiten mußte, nein, hoffentlich nie wieder. Während Charlotte ihrer Mutter erzählte, schlief diese übermüdet ein. Kurz danach ging Charlotte ebenfalls zu Bett. Sie freute sich auf den morgigen Tag und auf Zinnowitz.

Kapitel 15

Die merkwürdige Frau in Schwarz

Auf dem Weg vom Hotel zu ihrer Wohnung kaufte Sophie Gebäck und etwas Tee für ihren unbekannten Besuch. Gegen halb sechs nachmittags erschien die Dame in Schwarz wie verabredet. Die Gastgeberin bat Platz zu nehmen und es entwickelte sich ein nettes Gespräch, wenn einleitend auch nichts darauf hinwies, daß hier eine Nachricht von Wolfgang vorhanden wäre. Erst nach einer halbstündigen Unterhaltung fragte die Besucherin, ob Sophie eine Enkelin habe, die in Berlin im Ministerium wäre. „Das ist richtig, meine Enkeltochter Charlotte ist im Innenministerium beschäftigt“, antwortete die Gefragte. Darauf fragte die Dame weiter, was denn ihr Enkel Wolfgang jetzt mache. „Ja, wenn ich das wüßte“, entgegnete Sophie. „Studiert er denn nicht mehr in Berlin?“, kam die nächste Frage. „Ach, schon lange nicht mehr“, erwiderte Sophie. Und endlich kam es: „Liebe Frau Krall“, äußerte die Dame in Schwarz, „ich will Sie nicht länger im Unklaren lassen. Ihr Enkelsohn Wolfgang und seine Freundin Maria haben es geschafft und sind bereits in Westberlin. Sie verzeihen bitte meine Vorsichtsmaßnahme Ihnen gegenüber, aber manchmal geht es nicht anders. Es war nicht leicht, und deshalb sind wir doppelt froh, daß es geklappt hat. Die Einzelheiten kann ich Ihnen leider nicht schildern, hier ein kurzer Brief von Wolfgang, und er wird sich selber bei Ihnen melden. Nur müssen Sie sich vorerst gedulden.“

Sophie öffnete ungeduldig den kleinen Umschlag und erkannte Wolfgangs Schrift, worüber sie sichtlich erleichtert war. „Muß ich Ihnen jetzt dafür etwas bezahlen oder was unterschreiben?“, fragte Sophie unsicher. „Nein, das regelt Wolfgang selber, wenn er im Westen Geld verdient“, kam die Antwort. Danach unterhielten sich die Damen über das tägliche Leben und die täglichen Sorgen. Es war eine etwas vorsichtige und trotzdem herzliche Unterhaltung. Nach fast dreistündiger Unterhaltung verabschiedete sich die Dame von Sophie, ihr alles Gute wünschend. Am Schluß reichte sie Sophie ein unbeschriebenes Stück Papier mit den Worten: „Sollten Sie oder Ihre Enkeltochter den Wunsch äußern, nach Westberlin zu fliehen, dann rufen Sie bitte diese Nummer an, die auf dem Zettel steht. Die Nummer ist nur sichtbar, wenn Sie den Zettel gegen die Sonne halten.“ Sophie bedankte sich herzlich bei der Dame und begleitete sie zur Tür.

Als sie abends ihren täglichen Spaziergang machte, sah sie die Dame vor dem Hotel in eine Wolga-Limousine steigen und wegfahren. Was es so alles gibt, dachte Sophie, und ihre Gedanken wanderten dabei zu Wolfgang. Gott sei Dank, daß es so gelaufen ist. Wenn Anna morgen kommt, konnte sie ihr diese gute Nachricht weitergeben. Jetzt freute sie sich auf morgen. Charlotte hatte sich nicht gemeldet, also würden sie morgen kommen.

Heute sei ein ausgesprochen schöner Tag, dachte Sophie, während sie ihren Spaziergang durch den Kiefernwald fortsetzte. Jetzt fehlte nur noch Susanne im Bunde, dann waren die Wunden des Krieges in ihrer Familie zumindest vernarbt. Sie hatte ihren Mann verloren, Anna auch, und daran konnten sie nichts ändern. Wenn es so bleiben würde, dann wären sie zufrieden, überlegte sie. Morgen nun würde Anna kommen, und wenn sie rückwirkend überlegte, so war das Leben ein Traum. Man denkt wie im Traum, handelt wie im Traum und lebt wie im Traum. Für morgen und übermorgen hatte sie Urlaub bekommen, sie konnte sich somit um ihre Tochter kümmern. Sie wollte die beiden vom Bahnhof abholen. Darauf freute sie sich besonders. Ob es Anna hier in Zinnowitz wohl gefallen würde? Und wenn nicht, so würde sie sich etwas anderes suchen. Sie war doch noch nicht alt und konnte immer noch etwas anderes anfangen. Vom vielen Denken hatte Sophie bereits Kopfschmerzen bekommen, so wollte sie jetzt einen Beruhigungstee trinken und zu Bett gehen.

Als sie am nächsten Tage erwachte, sprang sie gleich aus dem Bett wie ein Reh. Heute war sie fit und gesund. Sie kaufte ein, kochte und buk – alles für den großen Empfang. Das Wetter war wunderbar, das Meer ruhig, als würden alle auf den Besuch aus Rußland und Berlin warten. Dieser Tag sollte gefeiert werden und unvergeßlich bleiben. Noch einmal wurde die Wohnung gelüftet, Fenster und Türen geöffnet, damit ein frischer Geist einziehen konnte.

Und endlich war es so weit. Sophie machte sich schick und ging zum Bahnhof. Während der Urlaubszeit war der Bahnhof fast täglich gut besucht. Noch fünfzehn Minuten waren es bis zur Ankunft des Zuges. Es waren viele Bekannte da, die ihren Besuch vom Bahnhof abholten. Der Besuch war für Sophie heute mit Abstand das Wichtigste. Was hatte doch so ein Bahnhof für eine große Aufgabe, darüber dachte Sophie heute zum ersten Mal nach.

Und nun kam der Zug angeschnauft, beladen mit Gästen für die Insel Usedom, immer langsamer werdend, und dann endlich stand das Gefährt. Junge Leute sprangen lachend aus dem Zug, einige ältere Herrschaften waren dabei. Und ganz am Ende des Zuges stieg Charlotte aus dem Zug und mit ihr eine auffallend ernste Frau mit schneeweißen Haaren, glatt nach hinten zu einem Zopf gekämmt. Majestätisch schreitet diese Frau den Bahnsteig entlang, als würde sie den Zug inspizieren. Diese großartige Frau ist meine Tochter Anna, dachte Sophie stolz und lief ihrer Tochter und Enkeltochter entgegen. Sie umarmten sich herzhaft, ohne ein Wort zu sprechen, schauten sich an, es flossen Tränen, noch eine Umarmung, und schweigend gingen Großmutter, Tochter und Enkeltochter in Richtung Ausgang. Das Gepäck hatte Sophie einem bekannten Gepäckwagen mitgegeben, der es zu ihrer Wohnung bringen sollte.

Während der gesamten Strecke vom Bahnhof bis zur Wohnung war zwischen den Frauen kein einziges Wort gefallen. Charlotte wunderte sich nur, daß Wolfgang zur Begrüßung seiner Mutter nicht gekommen war. In der Wohnung angekommen bat

Anna ihre Mutter um ein Glas Wasser, doch während Sophie das Wasser holte, brach Anna zusammen. Aufgeregt und etwas ratlos hoben Charlotte und Sophie Anna aufs Bett. Diese öffnete ihre Augen und sagte mit leiser, geschwächter Stimme: „Es ist nur der Kreislauf, gleich geht es mir wieder besser.“ Sie trank einige Schluck vom Wasser und erholte sich langsam. Sophie schaute ihre Tochter an und dachte: „Mein Gott, wie mitgenommen sieht mein Kind doch aus. Was hat sie wohl in den vielen Jahren durchmachen müssen? Und wie soll sie die Wahrheit über Susanne verkraften, wie soll sie ihr das beibringen?“ Es wurde gemeinsam beschlossen, daß über den Rest der Familie morgen gesprochen wurde.

Während Sophie in der Küche das Essen zubereitete, kümmerte sich Charlotte um ihre Mutter. „Schön habt ihr es hier in Deutschland“, wiederholte Anna ihre Feststellung. Inzwischen war das Essen fertig auf dem Tisch und es wurde gegessen. Und plötzlich fragte Anna: „Darf ich denn heute erfahren, was mit Susanne und Wolfgang ist, oder ist es so schlimm, daß ich es heute nicht ertragen kann?“ Sophie und Charlotte schauten sich an, und Sophie sagte: „Wir wollten eigentlich erst morgen darüber sprechen, doch vielleicht ist es besser, heute darüber zu reden. Susanne ist in Moskau beim Theater tätig, und Wolfgang ist mit seiner Freundin vorgestern nach Westberlin geflohen. Nun weißt du, liebe Anna, wo Deine Kinder sind und über die Einzelheiten können wir morgen sprechen.“

Charlotte schaute wie erstarrt zu Sophie hin, als sie das von Wolfgang hörte. Aber nun mußte auch sie bis morgen warten. Und daß Susanne in Moskau tätig sei, war ja nur eine Vermutung. Doch Sophie war sich so sicher, daß sie es sagen konnte. Diese Sängerin konnte nur Susanne sein. Besonders jetzt, wo sie ihre Tochter vor sich sieht. Ergänzend fügte Sophie hinzu. „Das wird ein Fest geben, wenn wir alle ein Treffen veranstalten, und ich bin überzeugt, daß es irgendwann stattfinden wird.“ Langsam taute auch Anna auf. „Ach Mutter, das Kochen hast du immer noch nicht verlernt. Dein Essen schmeckt genauso gut wie vor dreißig Jahren“, lobte Anna ihre Mutter. „Für uns ist es immer ein Fest, wenn wir nach Zinnowitz kommen“, ergänzte Charlotte. „Und das soll auch so bleiben, denn jetzt, wo deine Mutter hier ist, wird dieses Fest noch schöner“, fügte Sophie hinzu. Es wurde spät, bis die drei Frauen den Weg in ihre Betten fanden, aber trotzdem konnten alle drei nicht gleich einschlafen.

Am Tage nach Annas Ankunft in Zinnowitz klingelte der Wecker bei Sophie erst um acht Uhr. Und dennoch schien es den drei Frauen früh. Sie waren ja erst in der Morgenzeit eingeschlafen, so war es kein Wunder. Nachdem der Wecker mit seinem Gebimmel aufhörte, bemerkte Anna: „Könnt Ihr euch an unseren Wecker in Selbongen erinnern? Der hatte so einen schönen Klang. Unsere kleine Susanne hörte ihm immer gerne zu." – „Da du gleich heute morgen schon über Susanne sprichst, wollen wir dir nach dem Frühstück Susannes Schicksal erzählen", äußerte Sophie. „Gerne", erwiderte Anna, „ich fühle mich gesund und ausgeruht und kann einiges ertragen. Danach könnt Ihr dann mit Wolfgang fortfahren." – „Wolfgang geht es vielleicht heute schon besser als uns hier", ergänzte Sophie und bemerkte weiter, „der ist uns erst seit einigen Tagen entflohen."

Während die Damen beim Frühstück saßen, fing Sophie an, von Susanne zu erzählen. Sie begann mit dem Tage, als Anna vom Gut verschleppt wurde und Susanne bei Olga blieb. Hier erwähnte sie auch, daß Susanne den Wecker mithaben wollte, als sie noch einmal mit Olga in Selbongen war. Diese Schilderung über Susanne war nur kurz, denn Sophie wußte nicht, wohin Olga mit Susanne gegangen war, bis zu dem Tage, als diese hübsche Sängerin in Zinnowitz aufgetreten war.

Als Sophie mit ihrem Erzählen fertig war, sagte Anna: „Für Euch in Selbongen war es sicher sehr schwer, Susanne zu verlieren, sie selbst hat es wohl nicht so schlimm empfunden. Olga mochte die Kleine sehr und ist ihr, wie ich annehme, eine gute Ersatzmutter gewesen. Olga war eine kluge Frau, ich habe mit ihr in der Küche damals gern zusammengearbeitet. Sie war auch diejenige, die mich stets vor den vorbeiziehenden Banden beschützt hat. Leider war mein Schicksal ein anderes. Ich mußte Olga täglich in Deutsch unterrichten, sie wollte täglich zehn neue deutsche Wörter lernen. Diese Frau war eine Ausnahme, nicht nur unter russischen Frauen. Ich lernte bei dieser Gelegenheit auch etwas Russisch, was mir später zugutekam. Ganz deutlich klingen mir Olgas Worte in den Ohren, wenn sie sagte: „‚Wenn wir uns gut verstehen, kann die Regierung nichts machen., In dieser Frau hatte Susanne ein gutes Vorbild, wenn sie bei ihr geblieben ist." – „Vielleicht wissen wir das schon in einigen Tagen", bemerkte Charlotte. Sophie und Charlotte waren sichtlich erleichtert, es war anders gekommen, als sie befürchtet hatten. Anna hatte Susannes Schicksal tapfer aufgenommen und war weiterhin voller Hoffnung. „Wolfgangs Schicksal ist auch das unsere, und ich schlage vor, daß wir dieses nachmittags besprechen", schlug Sophie vor und sagte weiter: „Ich werde jetzt für Mittag sorgen, und ihr beide geht ans Meer."

Kapitel 16

Zwei Masurenkinder in Moskau

„Was soll diese Eile bedeuten“, fragte Georg, in Susannes Wohnung angekommen. Susanne erklärte Georg den Grund ihres Handelns. Diese Praktiken waren ihm nicht unbekannt. Zu lange bewegte er sich in diesen Kreisen, um sich davon noch beeinflussen zu lassen. Es entwickelte sich eine geistreiche Unterhaltung, die beiden guttat. Susanne äußerte ihre Absicht, nach Deutschland auszuwandern, was Georg sehr interessant fand. Er wollte erfahren, ob Frau Bromowna nicht Susanne Kulinna sei. Und ehe Georg mit seiner Fragestellung begann, kam es ganz anders.

„Sie sind ein Großstadtmensch und sind überall zu Hause, denn diese Städte ähneln sich alle“, äußerte Su. „Leider, oder besser gesagt, Gott sei Dank, komme ich nicht aus einer Großstadt“, erwiderte Georg. „Ist es zuviel verlangt, wenn ich Sie frage, woher Sie stammen“, setzte Su ihre Frage fort. „Der Name des Dorfes, woher ich komme, wo ich aufgewachsen bin, der würde Ihnen nichts sagen. Ich will versuchen, das Land zu beschreiben, in welchem dieses Dorf liegt. Die Natur in diesem Land ist einmalig in Europa. Es ist das Land, in dem die Störche mit ihrer Ankunft und ihrem fröhlichen Klappern den Frühling verkünden, die Schwalben aus dem Süden den Sommer mitbringen und diesen im Herbst wieder mitnehmen, wo die Hirschbullen mit ihrem abendlichen Gebrüll es mit dem Wind durch das ganze Land tragen und den Herbst verkünden, wo am Tage die Kinder schreien und nachts die Hunde bellen dürfen, wo nachts der Mond von der Sonne so hell beschienen wird, daß ein jeder den wahren Weg nach Hause findet. Es ist das Land der dunklen Wälder und tiefen Seen. Mein Großvater hat es so beschrieben:

Gelegen zwischen See und Wald
Ein Dorf tief im Masurenland,
Und wer hier war, der kommt auch bald
Denn hier spürt man des Schöpfers Hand.

Vergessen scheint es von der Welt,
Veträumt und still gelegen,
Nur hier und dort ein Hund, der bellt,
Bei Sonne und bei Regen.

Rund hundert Hütten sind es hier,
Aus Holz und Stein geschaffen,
Hier leben Menschen wie auch wir
Die denken, leiden, raffen."

„Das haben Sie gut gesagt, äußerte sich Su freudestrahlend, und in ihrer Euphorie hätte sie sich beinahe vergessen und wäre diesem fast noch fremden Mann um den Hals gefallen. „Oh, Sie scheinen dieses Land zu kennen", bemerkte Georg.

„Und ob ich es kenne", antwortete Su und fügte hinzu: „Da Sie mir Ihr Land so musisch geschildert haben, will ich Ihnen verraten, woher ich stamme. Obgleich ich mich an mein Geburtsland nur wenig erinnere und nur aus Erzählungen meiner Ziehmutter kenne, will ich versuchen, es zu beschreiben. Auch mein Herkunftsland ist von der Natur bevorzugt worden. Dadurch war es leider stets ein Zankapfel zwischen machthungrigen Herrschern. Das Volk in diesem Land ist seit Generationen zum Arbeiten und Dienen erzogen, und nicht zum Herrschen. Aufgrunddessen behauptete jeder Herrscher: Es ist unser Land. Durch diese Kämpfe und Kriege, durch den Wechsel der Nationenmächte wurde das hiesige Volk vertrieben oder es wanderte freiwillig aus. Es wachsen auf diesem Boden neue Generationen heran, die sich in diesem Lande wohlfühlen, bis diese dann wieder von Fremden vertrieben werden, und so geht es immer weiter. Das Dorf, in dem ich geboren bin, heißt Selbongen."

Trotz aller Höflichkeit und Zurückhaltung konnte Georg nicht länger schweigen. Er sprang auf, umarmte Su, worüber sie angenehm überrascht war, aber auch etwas erschrocken. Als sich Georg wieder auf seinen Platz setzte, fuhr er fort: „Ich komme aus Lindendorf." Mit diesem Ortsnamen konnte Su nichts anfangen. Auf Sus Bitte erklärte Georg ihr, wie weit es von Lindendorf bis Selbongen sei. Als sie erfuhr, daß es kaum fünf Kilometer seien, sagte sie spontan: „Dann sind wir ja Nachbarn." – „Das sind wir", bestätigte Georg und ergänzte: „Als Nachbarn wäre es doch angebracht, daß wir uns duzen, oder?" – „In diesem Fall kann ich dem gerne zustimmen", bestätigte Su.

„Ich gehe davon aus, daß dein richtiger Vorname Susanne ist", fragte Georg. Su bestätigte es, und Georg fuhr weiter fort: „Da wir beim Thema sind, möchte ich gerne raten, wie dein Nachname lautet." – „Gerne, du darfst raten", kam von Su die Antwort. Daraufhin sagte Georg: „So eine schöne und kluge Frau wie du kann nur Kulinna heißen." Das warf Susanne fast um. „Wie bist du auf meinen Namen gekommen", fragte sie verwundert. „Das will ich dir sofort erklären", antwortete er. „Da bin ich aber gespannt", entgegnete Su. Georg erwiderte: „Das sollst du auch. Nur muß ich hier etwas ausholen, um es dir verständlich zu machen. Darum bitte ich dich, daß du mir zunächst einiges über dein Schicksal erzählst, oder ist das zuviel verlangt", fragte Georg. Su war einverstanden und schilderte in Kürze ihr Schicksal, wie sie es aus Olgas Brief gelesen hatte. Ihre einzelnen Stationen mit Olga und Oleg ließ sie unberührt. Am Ende Ihrer Schilderung erzählte Su noch von ihrer Reise nach Krasnojarsk und daß sie jetzt ihre Mutter und Geschwister in Deutschland suchen wollte. Georg versprach, ihr dabei aktiv behilflich zu sein und machte Su Hoffnung.

„Und nun deine Geschichte, aber möglichst wenig überspringen", forderte Susanne. „Ich werde es versuchen, so deutlich und so kurz wie möglich", versicherte Georg und fuhr fort: „Mich hat das Schicksal auch nicht bedeutend milder behandelt als dich. Wie bereits gesagt, bin ich in Lindendorf geboren und aufgewachsen. Das Dorf liegt sozusagen im Wald, an zwei schönen Seen. Es sind der Kleine und der Große Maiz. Nicht weit davon entfernt ist der Geburtsort unseres Dichters Ernst Wiechert. Im Jahre 1941 ist unser Vater an die Ostfront eingezogen worden. Meine Mutter, meine drei Brüder und ich sind zurückgeblieben. 1944 mußte mein ältester Bruder an die Front. Meine Mutter war eine herzensgute, aber sehr schwache Person. Sie konnte das alles seelisch nicht ertragen und ist kurz nach Einmarsch der russischen Front verstorben. Wir drei Brüder haben uns mit Betteln und Stehlen von Nahrungsmitteln durchgeschlagen.

Als sich die polnische Regierung gebildet hatte, kamen wir in ein Heim in Lötzen. Dort lernten wir Polnisch sprechen, schreiben und lesen. In diesem Heim ist man mit uns nicht gerade zimperlich umgegangen. Allein aus der Tatsache heraus, daß wir die Kinder des Feindes waren, hat man uns nicht mit Samthandschuhen angefaßt. Als Kind kann man vieles ertragen. Ich erkläre mir das so, daß man als Kind den Schutz der übersinnlichen Kräfte hat, die schützen und helfen, die Dinge zu ertragen oder von dem Bösen befreien. Anders ist es für mich nicht erklärbar. Anfangs waren wir Brüder zusammen, später wurden wir aufgrund verschiedener Schulklassen getrennt. Wir durften uns aber trotzdem besuchen.

Nach Abschluß der Oberschule habe ich politische Wissenschaft studiert und danach in Warschau gearbeitet. Inzwischen hatte sich unser Vater und unser Bruder aus Ostdeutschland über das Rote Kreuz um unsere Umsiedlung nach Ostdeutschland bemüht. Dort waren mein Vater und Bruder aus der Gefangenschaft gelandet. So konnte ich nach Berlin auswandern und mein Studium an einer deutschen Hochschule machen. Die Politik ist dieselbe wie auch in Polen, so gab es keine großen Schwierigkeiten. Als ich dich zum ersten Mal in Moskau vom Bahnhof abholte, war ich noch in Warschau tätig. Aufgrunddessen, daß mein Russisch gut ist, bin ich schon von Polen aus viel nach Moskau gereist. Diese Reisen konnte ich später von Berlin aus fortsetzen, und so geht es bis heute. Jetzt freue ich mich, dich kennengelernt zu haben und hoffe, daß du bald nach Berlin umsiedelst."

„Interessant, was du alles erlebt und durchgemacht hast", bemerkte Susanne und ergänzte: „Ich will versuchen, in Berlin einen neuen Anfang zu schaffen. Du mußtest das genauso durchstehen." Georg fuhr dann in seiner Erzählung weiter fort: „Das ist noch nicht alles. Eine für dich wichtige Angelegenheit kommt noch." Verwundert und ungeduldig schaute Susanne ihn an und fragte: „Wieso für mich?" – „Das wirst du gleich erfahren", erklärte Georg und fing an zu erzählen: „Im Innenministerium in Berlin habe ich eine nette Arbeitskollegin. Ihre Großmutter und der Bruder meiner Arbeitskollegin wohnen in Zinnowitz. Als du mit dem Ensemble in Berlin und Zinnowitz warst, habt ihr in Zinnowitz im Hotel übernachtet. Die Dame an der Rezeption hat mich über ihre Enkeltochter beauftragt, herauszufinden, wer du bist. Nun weiß ich, woher du kommst, wer du bist und wohin du willst." – „Merkwürdig", äußerte Susanne, nachdem sie Georgs Auftrag vernommen hatte. „Ja, es gibt merkwürdige Dinge im Leben, die man nicht immer nachvollziehen kann. Dann ist unsere große Welt auf einmal ganz klein", bestätigte Georg auf Susannes Bemerkung.

„Aber deine Arbeitskollegin und ihre Großmutter in Zinnowitz müssen doch einen Grund haben, meine Herkunft erfahren zu wollen", fragte Susanne. „Du wirst doch wissen, was diese Damen dazu bewegt. Oder hat es etwas mit dem Geheimdienst zu tun?" – „Keine Bange, liebe Susanne, hier hat der Geheimdienst nichts zu suchen", antwortete Georg. „Was soll es denn sonst sein?", fragte Susanne ungeduldig. Georg entgegnete darauf: „Das interessante an der Sache ist, daß meine Kollegin, anders gesagt, die Enkeltochter der Dame aus Zinnowitz, auch Kulinna heißt und auch in Selbongen geboren ist." Als Susanne das hörte, wurde sie blaß und sprach kein Wort. Nach einer Weile fragte sie Georg mit leiser Stimme: „Heißt die Enkeltochter Charlotte?" – „Genauso heißt sie", erwiderte Georg. Nach dieser deutlichen Auskunft schaute sie nach unten, es flossen Tränen der Freude. Als sich Susanne beruhigt hatte, schaute sie zu Georg und fragte: „Ist meine Schwester nur deine Arbeitskollegin oder etwas mehr?" – „Nur meine Arbeitskollegin", antwortete Georg.

Lange noch saßen die beiden schweigend da. Endlich sagte Georg: „Und du, meine liebe Susanne, weißt jetzt, was du zu tun hast?" – „Mich um die Ausreise nach Berlin zu kümmern", antwortete diese. „Das habe ich gemeint", bestätigte Georg die gemeinsamen Gedanken und fügte hinzu: „Morgen am späten Nachmittag fliege ich nach Berlin zurück." Darauf zog Susanne aus ihrem Handtäschchen ein Silberkettchen und reichte es Georg mit den Worten: „Überreiche das bitte, mit lieben Grüßen von mir, meiner Schwester." – „Das werde ich gerne ausführen", antwortete der Beauftragte und steckte das Kettchen ein.

Susanne war jetzt fest entschlossen, ihre Ausreise nach Berlin zu beantragen, und das so schnell wie möglich. Es war spät geworden, bevor sich die beiden verabschiedeten. An diesem Abend konnte Susanne nicht einschlafen, denn alles klang wie ein Märchen. Sie konnte es nicht begreifen, daß das Schicksal es so gut mit ihr meinte. Ihr Kopfkissen war naß von Tränen, es waren Tränen der Wehmut, der Freude, Einsamkeit und Liebe. Jetzt bleibt die Hoffnung, dachte sie und schlief dabei ein. Ob ihre Mutter auch in Zinnowitz war, hatte Georg ihr nicht sagen können. Aber sie konnte doch nur nach Zinnowitz gefahren sein. Diese Gedanken beschäftigten Susanne, als sie am nächsten Tag erwachte. Sie dachte über das Treffen mit Georg nach, dabei überlegte sie, ob er ein Mensch fürs Leben wäre. In dieser Woche noch würde sie die Familie Gurion besuchen und dort über ihre neuen Erlebnisse berichten.

Kapitel 17

Wolfgang und Maria im Westen

Von Zinnowitz aus, wo Wolfgang und Maria in den Zug gestiegen waren, fuhren die beiden nicht nach Lindow, sondern geradeaus nach Berlin. Hier hatten sie sich mit einer Dame verabredet, die sie nach Westberlin rüberschleusen wollte. Dreitausend D-Mark pro Person sollten sie im Westen in einer Frist von zwei Jahren auf ein Konto einzahlen. Dieser Preis für eine Fluchthilfe schien Wolfgang erschwinglich. Es wurden Vereinbarungen getroffen. Zweimal mußten sie umkehren, doch beim dritten Mal hatte es geklappt. Im Westen angekommen war den beiden vieles neu. Sie wurden in einem Durchgangswohnheim untergebracht. Die ersten Tage gingen sie wenig aus, denn es gab hier viele Ostagenten. Im Wohnheim wurden sie mehrmals vom amerikanischen Geheimdienst befragt, worüber sich Wolfgang immer wieder ärgern konnte. In den Osten würden sie zunächst noch nicht schreiben, denn es wurde ihnen gesagt, daß die Briefe kontrolliert würden. Damit hatten Maria und Wolfgang nicht gerechnet. Sie versuchten, nicht in der Öffentlichkeit zu erscheinen, denn das konnte nur schaden statt helfen.

Im Wohnheim würden sie noch für eine Zeit bleiben müssen. Nach zweiwöchigem Aufenthalt gingen die beiden dann auf die Suche nach einer Wohnung. Sie blätterten Zeitungsanzeigen durch und schauten sich Wohnungen an. Dabei erlebten sie, daß auch im Westen die Menschen ihre Sorgen haben, daß auch hier das tägliche Leben seine Opfer verlangt und es das Paradies auf Erden nirgendwo gibt. Und trotz allem fühlten sie sich hier wohl und wollten versuchen, ihren Mut hier unter Beweis zu stellen. Es war nur schade, daß diese Stadt durch eine Mauer getrennt ist. Denn hier ließ es sich wirklich leben.

Es wäre zu einfach zu sagen, der Ostteil sei schlecht und der Westteil gut. Hier wie dort leben Menschen, die arbeiten, die ihre täglichen Sorgen mit sich tragen. Hier wie dort fließen Tränen der Freude und des Leidens. Aufgrund der unterschiedlichen Politik haben die Menschen hier mehr Freiheiten, sich selbst zu entwickeln. Die vielen Nationen, die sich hier bewegen, prägen das tägliche Treiben, das Umfeld und die Gesellschaft. Es entsteht täglich etwas Neues, bedingt durch die verschiedenen Kulturen, Sitten und Bräuche verschiedener Völker, die sich hier bewegen. Und nur dadurch wird eine Großstadt wie Berlin zur Weltstadt.

Für so eine Stadt ist es völlig unwichtig, ob es in einem Laden Bananen gibt und im anderen nicht, ob auf dem Flohmarkt alte Bücher oder alte Klamotten verkauft werden. Wichtiger ist, daß diese Dinge von den richtigen Menschen gekauft werden, von Menschen, die damit was anzufangen wissen und die das brauchen. Für den Menschen, dem kalt ist und der wenig Geld hat, daß auch dieser sich einen warmen Pullover kaufen kann, und der, der gerne auch sein Wissen durch ein Buch erweitern möchte, dieses Buch trotz seiner materiellen Armut erwerben kann. Daß die vielen Obdachlosen immer noch Unterschlupf finden und nicht von einer in die andere Ecke gescheucht werden, wie dies in kleinbürgerlichen Orten der Fall ist.

Über diese Dinge unterhielten sich Maria und Wolfgang abends im Wohnheim. Und sie entdeckten auch täglich neue Dinge, über die sie sich Gedanken machten. Und trotz vieler Unzulänglichkeiten empfanden sie beide die Stadt schön. Frei sich bewegen zu können, frei atmen, nicht bespitzelt zu werden, das ist Leben. Mit diesen Überlegungen dachten sie an ihre Verwandten im Osten. Wolfgang an seine Großmutter und seine Schwester Charlotte, Maria an ihre Eltern in Lindow. In sechs bis acht Wochen wollten sie dorthin schreiben.

Wolfgang konnte hier sein Medizinstudium fortsetzen und Maria wird ihre Ausbildung als Verkäuferin abschließen können. Auch eine Eineinhalbzimmerwohnung hatten sie mittlerweile gefunden, die sie in zwei Monaten beziehen können. Sie liegt in der Danckelmannstraße in Charlottenburg. Ein Stadtteil, welcher Wolfgang sowie Maria sehr gefällt. Sie freuten sich jetzt schon auf die Spaziergänge am schönen Lietzensee. Es waren bereits zehn Wochen seit ihrer Ankunft vergangen. Wolfgang studierte, und Maria machte ihre Ausbildung im Handelswesen. Sieben Monate mußte sie noch bis zum Abschluß lernen. Einen kleinen Bekanntenkreis hatten sie sich auch bereits geschaffen. Viel Zeit hatten die beiden nicht für Zusammentreffen, da Wolfgang noch vier Nächte in der Woche bei der Post arbeitete. Maria verdiente mit Überstunden am Supermarkt noch zusätzlich zu ihrem Ausbildungsgehalt. Sie wollten schnellstens ihre Schulden für die Flucht begleichen. Wenn es so weiter gehen würde, hätten sie es bald geschafft.

Ihr neues Zuhause hatten sie sich gemütlich mit Möbeln aus dem Sperrgut eingerichtet. Ihr Bekanntenkreis war bis auf ein junges Pärchen geschrumpft. Und es gefiel Maria und Wolfgang ganz gut so. Sie mußten leider feststellen, daß Flüchtlinge, die auch aus dem Osten geflüchtet waren oder aus dem Osten Polens kamen, genauer gesagt, aus dem früheren Ostpreußen, diese hatten ihren Ursprung vergessen und das einfach Menschliche in sich verdrängt. Sie konnten plötzlich ohne Dinge nicht leben, die sie früher nicht kannten und nicht brauchten. Diese Menschen mußten die teuersten Möbel, Wohnungen und Autos haben, obwohl sie vor einigen Jahren mit einem alten Fahrrad zufrieden und glücklich waren. Ob wir auch einmal so werden, stellten sich Wolfgang und Maria die Frage. Am eigenen Schicksal werden sie wohl nicht drehen können, sie wollten sich aber selber prüfen und beobachten im täglichen Dasein.

Inzwischen hatten beide an ihre Verwandten im Osten Briefe geschrieben, in der Hoffnung, daß diese ihre Empfänger erreichen würden. Sie waren jetzt schon über ein halbes Jahr hier in ihrer neuen Wohnung. Maria hatte nur noch zwei Monate bis zur Abschlußprüfung und Wolfgang war jetzt intensiv mit seinem Studium beschäftigt. Es gab Tage, wo er von der Uni direkt zum Postdienst ging und umgekehrt. Die Schulden für die Flucht hatten sie endlich abgezahlt und waren froh, keine mehr zu haben. Wenn das Wort „Schulden“ von den Banken auch ungern gebraucht und mit dem Wort „Darlehen“ ersetzt wird, waren es für Maria und Wolfgang doch immer Schulden gewesen. Maria war jetzt nach Feierabend mit ihrer Prüfung beschäftigt, so machte es ihr nichts aus, wenn Wolfgang nicht täglich nach Hause kam. Und wenn er zu Hause war, wollte er zufrieden gelassen werden, denn er war dann oft sehr müde.

Als Maria mit ihrer Prüfung fertig war und Wolfgang nicht mehr bei der Post tätig war, weil er sich für die Semesterprüfungen vorbereiten mußte, fragte ihn eines Tages Maria, wieso er so wenig nach Hause käme und dann noch so abwesend sei. Erst schaute er sie an und dann kam die Wahrheit auf den Tisch. Wolfgang sagte: „Es tut mir leid, Maria, ich habe mich in eine Studentin verliebt, die im gleichen Semester ist wie ich. Ich helfe ihr bei den Vorbereitungen für die Semesterprüfungen und dabei hat sich unsere Freundschaft entwickelt. Es ist besser, ich sage dir das, als dich weiterhin im Unklaren zu halten." Maria wurde schwindelig und sagte nur: „Nimm deine Sachen und geh bitte!" Nach einem Glas Wasser konnte Maria wieder denken und schaute zu, wie Wolfgang seinen Koffer packte. Als er mit dem Koffer in der Hand in ihre Richtung kommen wollte, sagte Maria ruhig: „Geh bitte und rühr mich nicht an!" Er drehte sich um und ging. „Und doch den Ursprung vergessen", äußerte Maria, hinter ihm zur Tür gehend. Als Wolfgang hinter der Tür war, konnte sie nach Herzenslust weinen, und das tat sie, bis in die Nacht hinein.

Geldsorgen hatte Wolfgang keine. Die Eltern von Romanda waren Millionäre und Wolfgang konnte aus dem vollen schöpfen. Romanda hatte bereits 14 Semester studiert, leider wollte es nicht so richtig vorangehen. Jetzt war ihr Wolfgang dabei behilflich. Der sogenannte Schwiegervater ließ eine Arztpraxis bauen, in der zukünftig Tochter und Schwiegersohn praktizieren sollten. Es vergingen Monate, und Wolfgang war ein gefragter Mann. Romanda hatte inzwischen die Abschlußprüfungen hinter sich und war oft unterwegs. Wolfgang wurde bereits Herr Doktor genannt, obwohl er noch keiner war. Er war an fast allen Festen der Familie dabei, aber zufrieden mit seinem Leben war er trotzdem nicht.

Es waren jetzt schon mehr als acht Monate vergangen, seitdem er von Maria weg war, und er mußte immer mehr an sie denken. Der Vater von Romanda pflegte zu sagen, wir leben in dieser Welt und so sollte man Realist sein. Mit diesem Realismus konnte Wolfgang nicht viel anfangen. Wolfgang sah Romanda oft tagelang nicht, weil sie mit ihrem Vater unterwegs war, um geschäftliche Dinge zu erledigen. Als es wochenlang so weiterging, überdachte Wolfgang die ganze Situation und kam zu dem Schluß, daß es so nicht weitergehen könne, irgendetwas mußte jetzt passieren.

Während eines Empfanges von Geschäftsfreunden verkündete der Herr des Hauses, daß in absehbarer Zeit seine Tochter Romanda und Herr Dr. Kulinna heiraten würden. In Verbindung damit hatte er einige Vorhaben in gemeinsamer Arbeit mit Dr. Kulinna angekündigt. Nun reicht es, dachte sich Wolfgang, dieses ständige „Dr. Kulinna" und immer wieder „Dr. Kulinna" ging ihm so auf den Wecker, daß er es nicht länger ertragen wollte. Er erhob sich von seinem Platz und verkündete: „Hiermit gebe ich den hier Anwesenden bekannt, es wird weder eine Hochzeit mit Frau

Romanda noch eine Zusammenarbeit mit ihrem Vater geben. Ich danke Ihnen für Ihre Aufmerksamkeit."

Er drehte sich um und verließ das Zimmer. Seinen Mercedes, den Romanda für ihn gekauft hatte, ließ er mit Schlüssel und Papieren stehen und verließ zu Fuß das Anwesen, sich nicht einmal umschauend. „Endlich frei von diesen Zwängen, frei von einer Gesellschaft, in die ich nicht hineinpasse und in die ich mich freiwillig hineinzwang", dachte er. In seiner Zweizimmerwohnung in Wedding mußte er sich zunächst hinsetzen, um alles zu überdenken.

Daß sein Handeln heute in Ordnung gewesen sei, davon war er überzeugt. Nur hätte er es nicht so weit kommenlassen sollen. Medizin studierte er, weil er Menschen heilen wollte und nicht, um den starken Mann zu markieren und sich geschmeichelt fühlen, wenn ihn einer mit „Doktor" anredete. Wenn er sich jetzt richtig auf die Beine stellen würde, könnte er die Prüfungen innerhalb von drei Monaten hinter sich bringen. Bis dahin wollte er sich mit Überstunden im Krankenhaus über Wasser halten. Am nächsten Tage war Romanda gekommen, um ihn zur Rückkehr zu bewegen. Er solle doch nicht vergessen, was ihr Vater für ihn getan hätte. Ihr Vater wolle nur das Beste für ihn und für sie. Damit lag Romanda bei Wolfgang ganz verkehrt.

Nach mehrstündiger Debatte sah Romanda ein, daß es sinnlos war, noch weiter zu reden und sie äußerte: „Du bleibst ein unverbesserlicher Querkopf, deswegen bist du schon einmal vom Studium geflogen. Du wirst dich niemals bessern. Und vielleicht bist du am Ende doch der Sieger? Ich kann nicht mehr zurück, zu tief ist der Sumpf, in dem ich stecke. Mach's gut, Wolfgang." Sie umarmten sich zum letzten Mal, und eine Geschichte ging zu Ende. Wenn ihm der Abschied auch nicht leicht fiel, so war er erleichtert, diese Geschichte überstanden zu haben.

Jetzt stand für Wolfgang an erster Stelle, sein Studium zum Abschluß zu bringen. Verpflegen konnte er sich im Krankenhaus. Maria hatte er, seit er sie verlassen hatte, nicht mehr gesehen. Wie sollte er auch, wenn er überall mit dem Mercedes unterwegs gewesen war. Ob seine Großmutter oder Charlotte geschrieben hatten? Dafür hatte er in den letzten Monaten keine Zeit gehabt. Und ehrlich gesagt, hatte er daran auch nicht gedacht. Jetzt mußte er an Marias Worte denken, welche sie ihm auf den Weg gab: „Den Ursprung doch vergessen." Ja, das war es. Ganz und gar vergessen hatte er diesen. Ob Maria immer noch in der kleinen Wohnung wohnte? Oder hatte sie vielleicht bereits einen Freund? Wolfgang fing an, die Äußerungen von Maria und Romanda zu vergleichen.

Hier mußte er feststellen, daß er Maria immer noch nicht vergessen hatte. Die kleine Wohnung hatte er noch genau im Gedächtnis, die Treppen zum ersten Stock und die Straße, die er so oft nachts vom Postdienst zu Maria entlang geeilt war, alles das kommt ihm jetzt in den Sinn. Seine Gedanken kehren nach Zinnowitz zurück, zu Großmutter und zu Charlotte, was die wohl machen? Ob Großmutter vom Roten Kreuz vielleicht eine Nachricht über seine Mutter hatte? Es stehen zu viele Fragen offen. Damit kann er so nicht weiterleben, er wollte morgen Maria aufsuchen, um bei ihr wegen einer Nachricht von Usedom nachzufragen. Morgen, wenn er von der Uni käme, würde er erst in die Danckelmannstraße gehen.

Es war ein herrlicher Maientag. Charlottenburg lebte besonders an solchen Tagen wie diesen auf. Die Straßencafés hatten Hochkonjunktur. Lachend und scherzend wanderten die Menschen an diesem Nachmittag durch die Straßen, es waren alle Generationen vertreten. Durch die Danckelmannstraße spazierte ein einsamer junger Mann, der diese Pracht der Natur heute nicht so recht wahrnehmen konnte. Sein Gesichtsausdruck wirkte eher verspannt als gelassen. Es war Wolfgang, der immer noch überlegte, ob er Maria besuchen sollte oder besser nicht. Und dann kam der feste Entschluß, vorbeizuschauen. Er hatte alles noch einmal überlegt und durchdacht, und dabei wurde ihm bewußt, daß er allein an dieser Trennung die Schuld trug.

Er stand nun vor der Wohnung und überlegte nochmals, dann drückte er auf den Knopf. „Ja, bitte, wer ist da?“ Diese vertraute Stimme schnürte Wolfgang den Hals zu, und er konnte nur mit großer Mühe mit seinem Namen antworten. „Zu wem möchtest du, Wolfgang“, kam die Frage. „Natürlich zu dir, Maria“, erwiderte er. „So natürlich ist es nicht, doch komm bitte hoch“, kam die Antwort. Am liebsten würde er jetzt umdrehen, doch nun war er hier und ging hoch. Die Tür war offen und darin stand Maria, genauso wie früher: offen, ehrlich und selbstbewußt. „Das ist Lindow, genau wie die Natur, so auch die Menschen“, dachte Wolfgang und näherte sich der Wohnung. „Möchtest du reinkommen oder willst du mir nur etwas ausrichten oder mich etwas fragen?“ – „Ich würde gerne reinkommen, wenn du es erlaubst“, antwortete Wolfgang. „Bitte, aber nur dann, wenn ich mit einer anderen keinen Ärger bekomme“, entgegnete Maria. „Nein, das ist vorbei, Maria“, antwortete Wolfgang halblaut.

Er schaute sich im Zimmer um, und hundert Gedanken zogen in Eile durch seinen Kopf. So einfach und gemütlich wie früher, so sauber und bescheiden immer noch eingerichtet. Es gab keine neuen Möbelstücke, es hingen keine neuen Kleidungsstükke an der Garderobe, und das kleine, bescheidene Bücherbord mit den alten Büchern

– Goethe, Schiller und Novalis –, alles das versetzte Wolfgang in eine Stimmung, aus der er sich zunächst nicht befreien konnte. „Bitte setz dich", forderte ihn Maria auf. Gern folgte er dieser Aufforderung und vergrub das Gesicht in seinen Händen. „Was ist denn, Wolfgang", fragte Maria ihren Besuch. „Nichts, laß mich bitte eine Minute nachdenken", erwiderte Wolfgang.

Währenddessen meldete sich aus der Ecke hinter dem Vorhang eine Säuglingsstimme. Erschrocken sprang Wolfgang auf. „Bleib bitte sitzen, es ist nur unser Sohn Benjamin", erklärte Maria. „Soll – soll das heißen – dein und mein Sohn", fragte Wolfgang. „Ja, deiner und meiner. Ohne dich wäre es wohl schwierig", antwortete Maria. Er wollte sie umarmen, doch Maria schob ihn zurück mit der Bemerkung: „So schnell geht es nicht, mein lieber Wolfgang. Wenn du es wirklich ernst meinst, müssen erst einige Sachen geklärt werden." – „Ist es ein Mann", fragte Wolfgang. „Nein, das ist es nicht", antwortete Maria. „Dann bin ich ja beruhigt", erwiderte Wolfgang. „Und ich, kann ich auch beruhigt sein?", fragte Maria. „Ja, du kannst auch beruhigt sein, meine liebe Maria", erwiderte Wolfgang.

Der kleine Benjamin machte sich immer heftiger bemerkbar, und Maria holte den Kleinen aus seinem Bettchen. Neugierig schaute Wolfgang auf das kleine, unschuldige Wesen und war sprachlos. Morgen würde er zwei Monate jung sein. Langsam erholte sich Wolfgang von dem Schock und fragte: „Wer war dir denn behilflich?" – „Du bist der erste, der danach fragt. Es ist ein gutes Zeichen von dir für den Anfang", entgegnete Maria. „Es war mir keiner behilflich, und wenn alles normal verläuft, kann man sich selber helfen. Nach sechs Tagen kam ich vom Krankenhaus nach Hause, und danach besuchte mich noch zwei Tage eine ganz nette Hebamme." – „So ein schönes Kind", wiederholte Wolfgang immer und war unsagbar tief bewegt. Er schaute zu, während die Mutter ihr Kind stillte. „Wie konnte ich überhaupt …", dachte er und versprach sich innerlich, seine Maria und seinen Benjamin niemals zu verlassen.

„Dort in der linken Schublade liegen zwei Briefe für dich", sagte Maria, dabei auf die Schublade deutend. Er holte die Briefe hervor und begann, diese leise zu lesen. Maria beobachtete ihn dabei und schmunzelte. Sie bemerkte, wie sich seine Gesichtsfarbe veränderte. Seine Hände begannen zu zittern und Schweißperlen traten auf seine Wangen. Maria tat so, als würde sie das alles nicht bemerken. Sie sah auch, wie Wolfgang hin und wieder zu ihr rüberschaute.

Es dauerte eine Weile, bis er beide Briefe durchgelesen hatte. Sie hatte inzwischen den Prachtjungen ruhiggestellt, gewickelt und ins Bettchen gelegt. Als sie sich Wolfgang widmete, hatte dieser sich immer noch nicht erholt. Und endlich sagte er: „Es sind in der kurzen Zeit meiner Abwesenheit so viele erfreuliche Dinge passiert, daß ich es kaum begreifen kann.“ – „Ja, Wolfgang, es gibt auch andere schöne Dinge im Leben als feiern, angeben, teure Wagen zu fahren und im Überfluß zu leben. Und diese anderen Dinge, das sind die wahren, die uns Menschen entwickeln. Dein Leben, das du in diesen acht oder neun Monaten geführt hast, entwickelt auch, aber in die falsche Richtung. Ich hoffe, du hast daraus gelernt, und wenn nicht, wirst du andere Dinge durchleben müssen, bis du die Wahrheit erkennst oder auch nicht.“ – „Wie ich das sehe, werde ich heute wohl kaum in der Lage sein, dir etwas entgegenzusetzen. Es wäre vielleicht besser, ich komme morgen wieder vorbei“, entgegnete Wolfgang. „Mach, wie du es für richtig hältst, Wolfgang. Ich habe nicht vor, dir hier eine Predigt zu halten. Du kannst aber von mir nicht verlangen, daß ich diese Zeit ohne dich einfach so leicht wegstecken kann“, erwiderte Maria.

„Trotz allem bitte ich dich, mir zu erzählen, wie du die Zeit ohne mich verkraftet hast, zumindest in Kürze, bitte.“ – „Körperlich, wie du siehst, habe ich diese Zeit gut verkraftet. Mein Inneres kann ich dir nicht offenbaren, schon gar nicht heute. Ich bin weiterhin beim Supermarkt beschäftigt, wo man mir die Leitung anvertraut hat. Dadurch verdiene ich gut und habe mir etwas gespart. Wie ich gelitten habe, wirst du wohl kaum verstehen, aber das hilft uns jetzt auch nicht weiter. Zur Zeit kann ich noch bei Benjamin zu Haus weilen, ich habe mir den Jahresurlaub zurückgehalten und brauche somit erst in drei Wochen zur Arbeit. Für danach habe ich hier aus der Nachbarschaft ein Kindermädchen für unseren Kleinen. Und nun erzähle du aus deinem schönen Leben mit Romanda.“

„Verstehe bitte, wenn ich dir das ein anderes Mal erzähle. Heute bin ich dazu nicht in der Lage“, erwiderte Wolfgang. „Ein andermal nur dann, wenn du es mit uns beiden ernst meinst, andernfalls komme bitte nicht wieder“, bekräftigte Maria ihre Standhaftigkeit. „Das habe ich für mich bereits entschieden. Maria, mache es mir bitte nicht schwerer, wie es bereits ist“, antwortete Wolfgang. Sie unterhielten sich noch bis in die Nacht hinein, dann mußte Wolfgang gehen, denn so schnell konnte Maria nicht umschalten, was sie auch Wolfgang deutlich zu verstehen gab. Er steckte seine Briefe in die Tasche und verabschiedete sich bei Maria. Die Briefe wollte er in seiner Wohnung noch einmal in Ruhe durchlesen.

Kapitel 18

Die Nachricht von Moskau

Verliebt und mit guten Nachrichten beladen flog Georg nach Berlin zurück. Es würde ihm ein großes Vergnügen sein, diese gute Nachricht Charlotte zu schildern. Was für ein Zufall, dachte Georg, hier in Moskau eine Frau aus Selbongen kennenzulernen. Aber für Selbongen ist es nicht ganz so ungewöhnlich, denn dieses schöne Dorf liegt ja direkt an der Hauptverbindungsstraße. Aber Lindendorf, wem soll er das verständlich machen. Daß man bis nach Moskau fahren muß, um ein Mädel aus Selbongen kennenzulernen. Schließlich genügt es, daß Susanne und er dieses verstehen. Und hier, auf dem Rückflug nach Berlin, hatte Georg eine Idee. Wenn es mit Susanne zu einer festen Freundschaft kommen sollte, wäre es doch schön, die Heimat im Masurenland zu besuchen. Es müßte ohne Zeitdruck sein, irgendwann vielleicht in ein oder zwei Jahren. Vorausgesetzt, Susanne würde nach Deutschland kommen. Diese Idee wollte er locker verfolgen.

Georgs Gedanken gingen dann in die Vergangenheit zurück. Als er zum ersten Mal Susanne vor Jahren in Moskau begegnete, war sie ihm schon aufgefallen. Damals konnte man am Gesichtsausdruck dieses Mädchens von Sibirien ihre Sorgen ablesen und erkennen. Sie versuchte, selbstsicher aufzutreten, was ihr nur selten gelang. Auch er war zur damaligen Zeit längst nicht so bewandert wie heute. Es war Georg bewußt, daß diese Begegnungen kein Zufall sein konnten. So viele Zufälle auf eine Sache bezogen konnte es nicht geben. Und er versuchte, darüber tiefer nachzudenken. „Was für ein Faden zog ihn zu dieser Frau? War es eventuell das gemeinsame Denken oder Fühlen und Wollen, oder alles zugleich? Genaugesehen haben sie gemeinsam, daß sie beide auf dem gleichen Boden im Masurenland inkarniert sind. Danach haben sie ganz verschiedene Wege gehen müssen. In unterschiedlicher Umgebung und Gesellschaft fand ihre Erziehung und ihr weiteres Leben statt. Bei der Geburt haben sie verschiedene Erbteile auf diese Erde mitgebracht und haben jetzt trotzdem vieles gemeinsam. Merkwürdig und interessant zugleich“, dachte Georg. „Und wenn dieser Faden sie beide verbinden würde, so wird er auf dieser kurzen Strecke doch nicht reißen? Die Zeit wird zeigen, was uns das Schicksal beschert.“ Aus dem Dienst im Innenministerium möchte er lieber heute als morgen aussteigen. Hier wird er mit einem Trick vorgehen müssen. Solche und ähnliche Gedanken über die Zukunft beschäftigten Georg auf dem Flug nach Berlin. Am späten Nachmittag, in Berlin angekommen, fuhr Georg gleich zu Charlottes Wohnung, um dieser alle Neuigkeiten zu berichten. Leider war sie nicht zu Hause. Er fuhr dann ins Ministerium, um dort in der Kantine noch etwas zu essen und fuhr danach in seine Wohnung.

Am darauffolgenden Tage erfuhr Georg im Ministerium, daß Charlotte diese Woche frei habe und erst am Montag wieder zum Dienst kommen würde. Schade, dachte Georg, so muß ich eben bis Montag warten. Während der Mittagspause hörte Georg in der Kantine von Kollegen, daß diese vorhatten, mit einem Kleinbus am Samstag früh ans Meer nach Zinnowitz zu fahren. Er überlegte kurz und schloß sich der kleinen Gruppe an. Vielleicht traf er dort Charlotte und konnte auch gleich ihrer Großmutter seine Neuigkeiten schildern. Gut gelaunt verließ er nach Dienstschluß das geheime Gebäude, und am nächsten Morgen fuhr der Kleinbus mit der lustigen Gruppe nach Zinnowitz. Dort angekommen ging Georg gleich zur Rezeption ins Hotel, um sich nach Frau Krall zu erkundigen. Er erfuhr, daß diese frei habe. Georg ließ sich ihre Anschrift geben und machte sich dann auf den Weg in Richtung Sophies Wohnung.

Dort angekommen öffnete ihm die Dame des Hauses die Tür. Als sich Georg vorstellte, kam aus dem Innern auch schon Charlotte. „Ach, Georg, wie hast du uns hier gefunden? Komm doch bitte herein.“ Mit einer freundlichen Geste bestätigte Sophie die Aufforderung ihrer Enkeltochter. Als Charlotte Georg dann ihrer Mutter vorstellte, stutzte dieser. Genau und aufmerksam schaute er auf Anna und bemerkte dann: „Hier gibt es für mich keine Zweifel, Sie sind die Mutter von Susanne.“ Diese Bemerkung genügte, um alle drei Damen in Schweigen zu versetzen. Erst nach einer geraumen Weile forderte Sophie dann Georg auf, Platz zu nehmen. Und Sophie war es auch, die Georg bat, zu erzählen, was er in Moskau erfahren hatte.

„Um meine Begegnung mit Susanne genau zu schildern, müßte ich etwas ausholen. Wenn es Ihre Zeit erlaubt, will ich das gerne tun“, erklärte Georg. „Wir bitten Sie darum“, riefen alle drei Damen fast gleichzeitig. Und Georg begann: „Aufgrund meiner Tätigkeit, zuerst in Warschau und jetzt in Berlin, bin ich oft nach Moskau unterwegs. Vor einigen Jahren erhielt ich in Moskau den Auftrag, vom Bahnhof eine 17jährige Frau abzuholen und ins Hotel zu bringen. Diese Frau kam nach Moskau von Krasnojarsk“, bei diesen Worten zuckte Anna zusammen, „und sollte studieren. Mein Auftrag war es, diese Frau sicher ins Hotel zu bringen und ihr zu sagen, daß sie am nächsten Tag von einem Herrn abgeholt würde. Der Auftrag wurde von mir ausgeführt, und danach habe ich sie noch einmal von der Akademie zum Ministerium und zurück gebracht. Lange mußte ich an diese junge Frau denken. Sie hatte in meinem

Inneren einen tiefen Eindruck hinterlassen. Sie hatte mich über das Leben in Moskau gefragt und noch andere Fragen an mich gestellt, die ihr helfen sollten, sich in Moskau zurechtzufinden. Ich habe ihr gerne geantwortet.

Es war eine kluge Frau, die mich mit ihrem Verhalten faszinierte. Trotz der jungen Jahre sah man ihr an, daß ihr der kurze Lenz Kummer und Sorgen beschert hatte. Lange Zeit danach mußte ich an diese Frau denken, oberflächlich hatte ich dieses Erlebnis nach Jahren vergessen. Der Grund war, daß mein Herz von neuen Bekanntschaften und Erlebnissen unberührt blieb; dort schlummerte sie noch immer, diese Frau aus Moskau. Es verliefen die Jahre, ich war oftmals in Moskau, doch diese Traumfrau habe ich nicht gesehen. Und plötzlich war es dann so weit. Nach Berlin kam ein Ensemble aus Moskau mit einer berühmten Sängerin, Su Bromowna." – „Susanne", rief Anna, die ihre innerliche Freude und Regung nicht weiter verbergen konnte. „Ja, es war Susanne", bestätigte Georg. „Für mich war es die Glückseligkeit. Ich hatte so lange gesucht und gefragt, bis ich sie nach der Vorstellung aufgespürt hatte.

Als ich sie wiedertraf, sah ich vor mir eine selbstbewußte Dame, Reife, Ruhe und Wahrheit ausstrahlend. Ihre Gesichtsform und ihre Haut, ihre Bewegungen und ihr Auftreten verrieten einen geradlinigen Lebensstil. Sie können sich vorstellen, wie mich der Anblick dieser Person verwirrte. Und so, wie sie aussah, war auch ihr Verhalten mir gegenüber. Schweigsam, zurückhaltend und nur das Nötigste von sich gebend, so verlief unser Gespräch recht oberflächlich. Um sie noch einmal in Deutschland zu sehen, bin ich nach Zinnowitz gekommen, um sie hier beim Auftritt zu sehen. Auf meine Bitte, ob ich sie in Moskau besuchen dürfe, antwortete sie mir, daß sie fast täglich im Kulturhaus der Akademie zu finden sei, ohne mir ihre Wohnanschrift zu nennen. Um so mehr war ich erfreut, sie in Moskau anzutreffen. Wir unterhielten uns bis in die Nacht hinein. Ich erzählte ihr alles das, was du mir aufgetragen hattest, Charlotte.

Sie schilderte mir, daß sie in Selbongen geboren wurde und mit Olga Bromowna erst in Deutschland und dann in Sibirien an verschiedenen Orten gewohnt habe. Den Wecker aus Selbongen hat Susanne immer noch in ihrer Wohnung, und dieser weckt sie immer noch pünktlich. Anfang voriger Woche war Susanne nach Krasnojarsk geflogen, um Sie" – dabei schaute Georg auf Anna – „dort eventuell zu finden. Sie mußte dort erfahren, daß Sie bereits nach Deutschland ausgewandert waren. Susanne wird sich ab sofort um die Ausreise nach Deutschland bemühen. Meine Anschrift sowie die deine aus Berlin, Charlotte, habe ich ihr hinterlassen. Und hier die Anschrift von Susanne", dabei legte Georg einen Zettel auf den Tisch. „Nun habe ich euch alles Wichtige nach bestem Wissen und Gewissen geschildert und warte genauso ungeduldig auf Susanne wie ihr."

Nach dieser Schilderung schwiegen Erzähler und Zuhörer, und nur die Wanduhr tickte ihren alten Rhythmus weiter, denn die Zeit darf nicht stehenbleiben. Auf ausdrücklichen Wunsch der Damen war Georg zum Mittagessen geblieben. Sie sprachen über die Heimat, wie es jetzt dort wohl aussehen möge. Georg erzählte über die Zeit aus den fünfziger Jahren, aus seiner Schulzeit und das Studium in Polen, über die Verhältnisse der neu angesiedelten polnischen Bevölkerung zu den zurückgebliebenen Deutschen. Und hier waren sich alle Anwesenden einig, daß das Volk schnell zueinander finden möge – außer einigen Ausnahmen, die es überall gibt –, wenn die herrschenden Organisationen sie nicht gegeneinander aufhetzen würden. Insbesondere die Menschen in der Natur, sie streiten und schlichten schnell. Wenn die Medien und die sogenannte Allgemeinheit eingreifen, würde es kritisch.

Das Kettchen von Susanne für Charlotte hatte Georg absichtlich nicht hier in Zinnowitz überreicht, das sollte eine Überraschung in Berlin sein. Nachmittags hatte sich Georg verabschiedet und seine Berliner Gruppe wieder aufgesucht. Die drei Damen gingen gemeinsam ans Meer, um sich mit der guten Nachricht über Susanne vertraut zu machen. Das weite Meer, der erfrischende Ostwind und der Duft des Kiefernwaldes, das alles ließ sie die unbefangene Natur genießen und das Wahre vom Unwahren unterscheiden. Georg hatte so begeistert von Susanne erzählt, daß jetzt allen dreien nur noch Susanne im Kopfe schwebte. Besonders Charlotte wunderte sich über Georg, der sonst so frauenscheu erschien. Anna war mit einer innerlichen Freude und Zufriedenheit erfüllt, die sie in Worten nicht mitteilen konnte. Daß sie das alles noch erleben durfte, dafür war sie den Göttern aus tiefem Herzen und Gefühl dankbar. Dankbar für jeden Tag, den sie hier in Zinnowitz erleben darf. Erleben gemeinsam mit Mutter und Tochter, wissend, daß die anderen gut aufgehoben sind.

Wenn sich Wolfgang auch noch nicht gemeldet hatte, was verständlich war. Irgendwann würde eine Nachricht von ihm kommen. Über Wolfgang wurde viel gesprochen, und hier mußte sich Anna über ihre Mutter wundern, wieviel Verständnis diese für ihren Enkel aufbrachte. Durch die Flucht von Wolfgang hatte es Charlotte im Ministerium nicht leichter. Mehrmals war sie gefragt worden, wie sie dazu stehe. Und daß sie eine Zeitlang beschattet wurde, war ihr auch bekannt. Darüber wollte Charlotte nicht sprechen, denn Großmutter hielt immer noch an ihrem Spruch fest: „Wer andere beschattet, muß selber beschattet werden."

Trotzdem schätzte sie ihre Großmutter und holte sich in wichtigen Angelegenheiten ihren Rat, womit sie bis dahin immer gut bedient war. Schließlich hatte sie ihr die Mutter ersetzen müssen. Zwar durfte sich Wolfgang immer etwas mehr erlauben als sie, doch diesen alten Zopf, daß ein Mädel auf sich mehr achten muß als ein Junge, kann ihr auch Charlotte nicht abschneiden. Und warum auch. Für sie selbst ist diese Erziehung nicht zum Schaden gewesen, im Gegenteil. „Hoffentlich gelingt es Susanne, Moskau bald zu verlassen. Denn wenn sie eine gute Schauspielerin ist, wird es für sie nicht einfach sein", bemerkte Anna. Sie konnte das sagen, weil sie es unlängst selbst durchgemacht hatte, obwohl sie keine Berühmtheit in Rußland war. Über Georg ließ Su mitteilen, daß sie für die Ausreise eine Einladung benötige, und diese wollten Sophie und Anna gleich am Montag beantragen. „Gott sei Dank, daß ich es hinter mir habe. Aber Susanne ist noch jung und hat Unternehmungsgeist", äußerte Anna.

Kapitel 19

Der Weg zu den Behörden

Im Kulturhaus war die Sommerpause beendet und die Spielzeit am Theater sowie die Proben im Kulturhaus hatten wieder angefangen. Für Susanne war es bereits Routine. Somit hatte sie immer noch Zeit, am Deutschunterricht teilzunehmen. Es machte ihr Spaß und sie versuchte, keine Stunde des Unterrichts zu versäumen. Familie Gurion hatte sie auch besucht, um sich von Herrn Gurion noch einmal einige Tips für den Behördengang zu holen. Wie nützlich diese waren, davon konnte sie sich bald überzeugen. Es war nicht alles so einfach, wie sie sich das gedacht hatte. Überall saßen Menschen mit verschiedenen Gesichtern, und was sich hinter diesen Gesichtern verbarg, erkannte man spätestens, wenn man als Bürger von denen eine Bescheinigung oder Unterschrift verlangte. Die größten Schwierigkeiten versuchte man ihr im Kulturhaus zu machen.

Mittlerweile hatte Susanne auch die Unterlagen aus Deutschland bekommen. Bis sie alle Anlagen für ihren Antrag zusammen hatte, waren einige Wochen vergangen. Jetzt hatte sie den Antrag gestellt und wartete auf die Entscheidung der Herrscher. Von ihrem Bekanntenkreis waren nur noch wenige geblieben, die zu ihr hielten. Viele wandten sich von ihr ab, als sie erfahren hatten, daß sie sich um die Ausreise nach

Deutschland bemühte. Hier bekam Susanne zu spüren, daß der politisch-nationale Haß auch mehr als zwanzig Jahre nach Kriegsende immer noch in vielen Köpfen steckte. Aber diese Erfahrung war für sie ganz wichtig, denn dadurch erfuhr sie immer deutlicher, daß es Leute und Menschen gibt.

Eine freudige Überraschung brachte für Susanne ein Brief, den sie eines Tages aus ihrem Postfach im Hause holte. Es war ein Brief von ihrer Mutter Anna. Ungeduldig öffnete sie diesen und fing an zu lesen.

„Meine liebe Susanne, es ist für mich eine Freude, die ich weder in Worten noch in Schrift ausdrücken kann, die große Freude, meiner Tochter einen Brief schreiben zu dürfen. Es gibt viele Freuden und Überraschungen im Leben. Dieses aber ist ein Erlebnis besonderer Art.

Deine Vorgeburtszeit entwickelte sich unter meinem Herzen, die Zeit danach in meinem Herzen. Die ersten vier Jahre durfte ich Dich wachsen sehen. Es war eine schwere Zeit für uns alle. Und trotzdem haben Du und Deine Geschwister mir und Deinen Großeltern mit Eurem Dasein viel Freude bereitet. Dein Vater hat Dich in diesem Leben nur zwölf Tage lang gesehen. Doch in diesen Tagen wurdest Du von ihm verwöhnt. Noch tagelang nach seinem Abschied hast Du nach ihm gerufen. Das ist Vergangenheit. Und Gott sei Dank sind die grausamen Tage, als wir auseinandergerissen wurden, auch Vergangenheit. Heute freuen wir uns gemeinsam mit Deiner Großmutter und Deinen Geschwistern über die Tatsache, daß Du am Leben bist und daß wir in Kürze uns sehen werden.

Wir haben über Georg viel Gutes und Schönes über Dich erfahren können. Diese Nachricht gibt mir die Kraft, weiterzumachen. Die Kraft, fröhlich zu leben, wenn manchmal auch vieles nicht so ist, wie ich es mir wünschte. Es ist die Kraft, die mir Dein Geist gibt. Die vielen Jahre der Trennung haben uns zermürbt. Und heute weiß ich, daß wir uns in diesen Jahren oft sehr nahe standen, auch in der sinnlichen Welt, nur wußten wir es nicht.

Hier muß ich an unsere Fahrt mit der Eisenbahn von Krasnojarsk denken. Du bist mir aufgefallen, und ich Dir. Wir haben miteinander kein Wort gewechselt und doch spürten wir unsere Bindung. Georg erzählte uns, daß Du in Krasnojarsk gewesen bist, um mich zu suchen. Ich aber war kurz zuvor abgereist. Merkwürdige Wege geht das Leben. Es passieren Dinge, die wir nicht begreifen. Doch das Schicksal führt seinen Weg dem Ende zu. Und wenn unsere Begegnung in Berlin oder Zinnowitz ist, so wird es denn auch geschehen. Ich hoffe, daß man Dir nicht allzugroße Schwierigkeiten in den Bemühungen um die Ausreise macht. Ich mußte leider viel Negatives erfahren, als ich den Bescheinigungen nachlaufen mußte. So oder so, einmal hast Du es geschafft, und lasse Dich bitte nicht entmutigen. Es gibt sicher ganz viel zu erzählen, darauf sind wir gespannt und warten auf Dich mit Geduld und Hoffnung, daß dieses nicht zu lange dauert. Bleib gesund und sei ganz herzlich von uns gegrüßt und gedrückt von Mutter, Großmutter und Geschwister."

Susanne war stolz auf sich, daß sie den Brief ihrer Mutter, der in Deutsch geschrieben war, so gut lesen konnte. Guten Mutes ging sie nachmittags zum Theater. Hier war sie wieder in ihrem Element. Jetzt brauchte sie nur zu warten und Deutsch lernen, mehr nicht. Familie Gurion fragte jetzt oft bei ihr nach, wie weit ihre Sache fortgeschritten sei.

Eines Tages erhielt Susanne eine besonders wichtige Einladung von Familie Gurion. Sie sollte am Sonntag nachmittag zur Datscha kommen, es wäre wichtig. Susanne wußte nun nicht, ob es eine gute oder schlechte Botschaft war, die man ihr in der Datscha schildern würde. Ungeduldig wartete sie bis zum Sonntag. Endlich war es so weit, und sie erschien wie vorgesehen und eingeladen. Eine Feier war es nicht, denn es waren keine Gäste da. Freundlich wie immer wurde sie auch diesmal begrüßt. Susanne merkte aber von Anfang an, daß sich hinter dem freundlichen Gesicht noch etwas anderes verbarg. Und was es war, sollte sie gleich erfahren. Sie setzte sich an den Tisch, wo Frau und Herr Gurion saßen, und schaute auf Frau Gurion, die etwas zu sagen verriet.

Kapitel 20

Die Wende

Frau Gurion berichtete dann: „Liebe Su, du hoffst und wartest auf deine Ausreise nach Deutschland, und wir freuen uns mit dir. Leider mußte mein Mann auf Umwegen erfahren, daß dein Schicksal an deinem geraden Weg bastelt. Ich will es dir deutlich sagen, wie es um dich steht. Wir riskieren viel, indem wir es dir erzählen. Darum erzähle ich es dir und nicht mein Mann. Ein Geheimagent hier in Moskau verfolgt dich seit einigen Monaten. Mein Mann und ich wissen, daß er dieses aus rein privaten Gründen tut. Es ist keine Anweisung von oben. Leider können solche Leute viel Unangenehmes und Böses anrichten. In deinem Fall wird er versuchen, dich in Rußland zu behalten, mit welchen Methoden auch immer. Leute dieser Art sind unberechenbar, besonders, wenn es um ihren Egoismus geht."

Hier machte Frau Gurion eine Pause und schaute Susanne an, die nach diesen Worten erblaßt war. Fast leise und unsicher fragte Su: „Kann ich dagegen etwas tun? Sie kennen meinen Wunsch, meine Familie wiederzusehen.“ Frau Gurion erwiderte: „Ja, liebe Su, weil wir deinen Wunsch kennen, haben wir uns entschlossen, dir auch weiterhin zu helfen.“ – „Kennst du diesen Mann, der dich hier einfangen will“, fragte Herr Gurion. „Vom Theater aus habe ich Verehrer, wer dieser Mann aber sein könnte, da habe ich nicht die geringste Ahnung“, antwortete Su. „So bleiben uns nur zwei Möglichkeiten. Die eine wäre, du bleibst hier und wir warten ab, was weiter passiert und er ist bereits am Wirken an deinen Ausreiseunterlagen oder wir versuchen, dich nach West-Berlin zu schleusen. Dort müßtest du das erste Jahr unter anderem Namen leben, danach dürftest du wieder Kulinna heißen. Nur dann müßtest du das Treffen mit Georg für einige Monate oder vielleicht Jahre verschieben. Wenn du jetzt hier abwartest, wird es auch lange oder ganz lange dauern“, äußerte Herr Gurion.

„Nein – nein, wenn es geht, möchte ich nicht hier bleiben“, rief Su verzweifelt. „Nicht verzagen, Su, es kommt alles, wie es kommen soll“, beruhigte sie Herr Gurion und fügte hinzu: „Besorge dir zwei Paßbilder so schnell wie möglich und bringe diese hierher. Ich werde überlegen, wie wir es weiter voranbringen können.“ – „Die Fotos bringe ich gleich morgen vorbei“, kam die Anwort von Susanne. „Wenn du morgen kommst, dann werde ich dir die weiteren Schritte verraten. Du mußt damit rechnen, daß es dann ganz schnell gehen könnte. Solltest du private Dinge offenstehen haben, so versuche, diese morgen unauffällig zu erledigen. Von unserem Vorhaben darf aber kein Mensch außer uns erfahren“, bekräftigte Herr Gurion seine Weisung.

Am nächsten Tage war, wie vereinbart, Su nachmittags mit den Fotos zur Familie Gurion gefahren. Hier hatte sie nichts zu verlieren. Familie Gurion war sehr traurig darüber, daß sie Su auf diese Art verlieren würden. Sie hatten sich aneinander gewöhnt, sie war ihnen wie eine Tochter. Eines Tages, früher oder später, würde Su sie doch verlassen. Und vielleicht blieben sie noch lange gesund, dann würden sie Su in Berlin besuchen. Wer könnte es wissen, wie es in einem Jahr aussehen würde?

Als Su eintraf, war Herr Gurion vom Ministerium noch nicht zu Hause. Er traf erst eine halbe Stunde später ein. Ernst wie immer betrat er die Wohnung und sagte: „Ah, Su ist auch hier. Leider geht unsere Geschichte mit Su dem Ende zu. Und trotzdem sieht für dich, liebe Su, die Sache etwas günstiger aus, als ich dachte. Du brauchst deinen Namen nicht zu wechseln. Du fährst unter deinem richtigen Namen, Susanne

Kulinna, nach Berlin. Und unter deinem Namen kannst du in West-Berlin leben und dich frei bewegen. Weil du hier in Moskau politisch zurückgezogen gelebt hast und keine Geheimnisse verraten kannst, wird man dich von hier aus nicht verfolgen. Von West-Berlin aus kannst du beruhigt Besuche in Ostdeutschland und anderen sozialistischen Staaten machen." Das klang für Susanne beruhigend und fast wäre sie Herrn Gurion um den Hals gefallen für diese gute Nachricht. „Dann kann ich ja auch Selbongen besuchen", bemerkte Susanne, und ein Kopfnicken von Herrn Gurion bejahte ihre Frage.

Herr Gurion fuhr dann weiter fort: „Übermorgen um sieben Uhr fliegst du mit einem Kurier des Militärattachés nach Berlin-Schönefeld und von dort aus mit dem Taxi nach West-Berlin. Ein Taxi holt dich um fünf Uhr dreißig von zu Hause ab. Mit diesem Taxi kommt der Kurier gefahren, und der hat dann auch den Paß für dich." – „Wie soll ich Ihnen dafür danken, liebe Familie Gurion", entgegnete Su. Und Herr Gurion antwortete: „Das kann ich dir sagen, liebe Su. Danke uns mit deinem Herzen, mit deinen Gedanken, mit deinem Verhalten anderen gegenüber, danke uns mit allem, was dir einfällt, nur nicht mit materiellen Sachen, denn diese haben keinen beständigen Wert und schon gar nicht für unseren Geist." Nach diesen Worten war Su gerührt, sie umarmte Frau und Herrn Gurion, ihnen mit leisen Worten dankend.

Dann ergriff noch einmal der Herr des Hauses das Wort: „Die vielen Jahre unserer Bekanntschaft haben uns immer mehr verbunden. Du, liebe Su, bist uns ans Herz gewachsen und wir hoffen, daß wir dir in vielem geholfen haben. Denn du hast uns sehr viel gegeben mit deinem Wesen. Du hast uns angenommen, und wir haben dich angenommen. Bei so einer gegenseitigen Annahme ist es egal, wer gibt und wer nimmt. Genauso egal ist es, wieviel jeder gibt oder nimmt. In so einer Verbindung macht das Geben genausoviel Freude wie das Nehmen. Es muß gern gegeben und gern genommen werden. Wenn eine dieser Taten nicht von Herzen kommt, ist diese Verbindung unterbrochen. Das ist dann, wenn jede Seite denkt, nur er habe was gegeben und dabei vergißt, für sich mehr genommen zu haben.

Diese Verbindung war zwischen uns von Anfang an, und meine Frau und ich, wir hoffen, daß es für ewig bleibt. Hab tausend Dank, liebe Susanne. Zehn Jahre ist es nun her, seit wir uns kennen. In diesen zehn Jahren ist vieles anders geworden, in der Politik, Religion und Industrie. Vieles ist besser, einiges aber bedeutend schlechter geworden. Die Menschen kämpfen immer noch gegeneinander. Immer mehr wird die Zivilbevölkerung in die Vernichtungsmaschinerie einbezogen. Und alle diese unschuldigen Menschen, die diesen Vernichtungsmethoden zum Opfer fallen, sind

Opfer einer Herrschsucht von einzelnen macht- und geldhungrigen Leuten, wenn man diese Gestalten überhaupt Leute nennen kann.

Und auch hier stecken Politik, Industrie und Religion dahinter. Würden da solche Verbindungen bestehen wie die unseren, würde es diese Kriege nicht geben. Nationalität würde dann keine große Rolle spielen. Familienbanden sind da genauso gefährlich wie Nationale. Wir hoffen, daß dir das Leben in Deutschland weitere Erkenntnis bringt, dann kann dir nicht viel passieren. Vielleicht will es das Schicksal, daß wir uns auf dieser Erde noch einmal sehen, und wenn nicht, so hoffen wir für später. Bleibe gesund, liebe Su."

Susanne bedankte sich nochmals für diese weisen Worte und eine Stunde später fuhr sie dann in ihre Wohnung. Daß sie aus Moskau würde fliehen müssen, daran hätte sie nicht im Traum gedacht. Am darauffolgenden Tage packte sie ihre Sachen in einen Koffer und war somit abfahrbereit. Sie hatte hier nicht viel zu verlieren. Ab Abflugstag klingelte der Wecker zum letzten Mal in Moskau, es war vier Uhr. Danach wurde der Wecker sorgfältig in den Koffer gesteckt. Vielleicht konnte dieser Susanne irgendwann in Selbongen wecken?

Pünktlich um fünf Uhr dreißig stand das Taxi mit dem Kurier und Susannes Paß vor der Wohnung. Der Gedanke, daß sie hier floh, brachte Susanne ins Schwitzen. Der Kurier, ein Mann von vielleicht Mitte fünfzig, begrüßte sie freundlich und es entwickelte sich ein oberflächliches Gespräch, über das Wetter, den Straßenverkehr in Moskau und über die Raumfahrt. Die Zeit verlief schnell und bald saßen Susanne und ihr Begleiter in der Halle des Flughafens. Aufgeregt schaute Susanne sich um. Nach Schönefeld war sie bereits zweimal geflogen. Heute war es etwas anderes. Als ihr Begleiter sie fragte, ob sie vor dem Fliegen so große Angst habe, da sie so aufgeregt sei, antwortete sie mit Ja, das sei die Angst vor dem Fliegen. Der Herr versuchte, sie zu beruhigen, indem er ihr erzählte, wie oft er bereits geflogen sei und nie wäre etwas passiert. Die Ausgangstür zum Rollfeld öffnete sich, und die Wartenden erhoben sich wie auf Kommando und gingen in Richtung Rollfeld.

Bald darauf saßen die Passagiere im Flugzeug, und der Silbervogel hob vom Rollfeld ab, hoch in die Wolken. Um nicht zu viel von sich erzählen zu müssen, lehnte Susanne ihren Kopf zur Seite, so, als wolle sie schlafen. Ihrem Begleiter war es recht, denn der war wirklich müde. Während des Fluges überdachte Susanne noch einmal, was sie wann und wo zu machen hatte. Auf Weisung Herrn Gurions sollte sie nichts notieren, es müßte alles im Kopfe sein, hatte dieser gesagt. Endlich war Berlin in Sicht und Susanne war noch immer aufgeregt. Nach der Landung wieder die aufregende Paßkontrolle und der Zoll. Erleichtert atmete Susanne auf, als sie diese Zeremonie hinter sich hatte. Jetzt noch eine Kontrolle und dann die Freiheit. Ach, es wäre endlich so weit …

Die Sekunden wurden jetzt zu Minuten, und die Minuten zu Stunden. Ihr Begleiter winkte ein Taxi herbei, welches sie bis zum Grenzübergang bringen sollte. Als der Grenzsoldat Susannes Paß mehrmals durchblätterte und sie immer wieder prüfend anschaute, fiel sie fast um. Endlich hielt sie ihren Paß in den Händen und durfte auf die andere Seite gehen, wo ihr Begleiter bereits auf sie wartete. Von hier ging es zum Aufnahmelager für Flüchtlinge. Kurz davor ließ der Kurier das Taxi halten, Susanne stieg aus und das Taxi mit dem Kurier war blitzschnell verschwunden. Su fragte sich durch und fand dann auch gleich das Aufnahmelager für Flüchtlinge. „Ein komisches Gefühl, hier im Westen", dachte Susanne und schaute sich unsicher um.

Eine ältere Dame, die sie bemerkte, war ihr behilflich, die Anmeldung zu finden. Sie war hier bereits einige Wochen und kannte sich aus. „Wo bin ich hier reingeraten", dachte Susanne und Wehmut überkam sie. Nach kurzer Zeit war dieses Gefühl jedoch weg und sie folgte der Dame in das Innere des Gebäudes. Alles anders, alles neu und unbekannt. Sie faßte sich ein Herz und beschloß, ihre Unsicherheit nicht zu zeigen. Die Dame erklärte Susanne noch einige Tips, wie sie sich verhalten sollte, damit man sie nicht ständig mit unnötigen Fragen belasten würde. Wenn sie von den Amerikanern gerufen würde, solle sie sagen, sie interessiere Politik überhaupt nicht, dann hätte sie bald Ruhe, ansonsten würden die stets weitere Fragen haben, belehrte die Dame Susanne. Bei der Anmeldung angekommen, wurde die Rußlanddeutsche registriert. „So also ist es, ich bin hier eine Rußlanddeutsche", dachte Susanne. „In Rußland war ich eine Deutschrussin. Also doppelt national, auch nicht schlecht", überlegte sie, „immerhin besser als einfach." Sie bekam einen Raum zugewiesen, in dem noch mehrere Betten standen, mit einem Schrank, wo sie ihre Sachen unterbringen konnte, einer Kochmöglichkeit und so weiter.

Erschöpft und mit neuen Erkenntnissen ging Susanne am späten Abend zu Bett. Einschlafen konnte sie lange Zeit nicht. Zu aufregend waren die Erlebnisse der letzten Tage gewesen. Und es würden noch Tage vergehen, bis sie wieder zur innerlichen Ruhe kommen würde. Dabei dachte sie an die Gurions, die sie von Sibirien weggeholt und ihr die Ausbildung am Theater ermöglicht hatten, die stets versucht hatten, sie von unangenehmen Dingen fernzuhalten, ihr das Leben in Moskau erträglich gemacht und in allen Jahren sie mit Herz und Geld unterstützt hatten. Und jetzt dieses Risiko, das sie mit ihrer Flucht nach Berlin auf sich nahmen, kaum zu begreifen, daß fremde Menschen zu solchen Opfern bereit sind. Diese zwei Menschen wird sie stets in ihrem Herzen tragen. Und vielleicht ändern sich die politischen Umstände, sodaß sie doch noch nach Moskau fahren kann, um den Gurions einen Besuch abzustatten.

Daß Su jetzt hier im Westen lebte, konnte sie noch immer nicht begreifen. Als sie noch in Rußland war, schien für sie der Westen unerreichbar. Es war für sie eine Welt, von der sie nicht zu träumen wagte. Jetzt war sie hier, besaß die Freiheit, zu handeln und ihr Leben so zu gestalten, wie sie es für richtig hielt. Mitternacht war längst vorbei, als sie endlich einschlief. Ihren Wecker hatte Susanne nach Berlin mitgenommen. Wecken brauchte er sie hier nicht. Bei so viel Aufregendem wachte sie früh genug auf, um sich für den Tag vorzubereiten.

Bei der Anmeldung erhielt Susanne einen Laufzettel mit Reihenfolge, Uhrzeit und Zimmernummern der Amtszimmer. Über die reibungslose Abwicklung ihrer Ankunft war sie angenehm überrascht. Sie war erstaunt auch darüber, wie Freiheit mit Ordnung nebeneinander funktionierten. Über die Verhältnisse in Moskau wurde sie auch befragt. Ihre Antworten waren bedacht und genau, schließlich hatte man sie nicht bedrängt, unbedingt viel zu erzählen. Wie sie in den Westen gekommen war, blieb allerdings ihr Geheimnis, aus Rücksicht auf Familie Gurion.

Beim gemeinsamen Abendessen lernte Susanne weitere Leute kennen. Es wurden Eindrücke ausgetauscht und Ratschläge vermittelt. Die vielen Erlebnisse, Erkenntnisse und Schicksale der hier weilenden Menschen verschiedener Nationalitäten zu verstehen, bedurfte einer echten Lebenskunst an Verständnis, Geduld und Stärke des Geistes. Lange konnte Susanne hier nicht sitzen bleiben, sie suchte ihr Zimmer auf, wo sie in Ruhe über den abgelaufenen Tag nachdenken wollte. Der Tag, in Gedanken rückwärts in der Reihenfolge vorbeiziehen lassend, ließ sie deutlich erkennen, was sie hätte anders machen sollen oder können. Und das war die Erfahrung und Erkenntnis für den nächsten Tag.

Beruhigend war für sie die Tatsache, daß sie gutes Deutsch sprach. Dieses war ihr an mehreren Amtsstellen bestätigt worden. Das gab ihr Mut zum Weitermachen und sich noch intensiver damit zu beschäftigen. Die nächsten drei Tage liefen ähnlich ab, und danach kam das Wochenende. Für Susanne war es das erste Wochenende in West-Berlin und in Freiheit. Susanne nutzte diese freie Zeit, um sich mit der hiesigen Gegend vertraut zu machen. Das Großstadtleben war ihr nicht neu, und gleich nach dem Frühstück fuhr sie in Richtung Zoo. In Ost-Berlin war sie bereits mehrmals gewesen, doch hier war alles anders. Die Straßen, der Verkehr, die dekorierten Schaufenster, die Menschen verschiedener Nationalitäten und deren Gesichter und Bewegungen, alles, aber auch alles war ganz anders.

Nach dem Zoobesuch schlenderte Susanne über die Hardenbergstraße zum Ernst-Reuter-Platz, danach weiter die Straße des 17. Juni entlang zum Brandenburger Tor. Es war ein sonniger Sonntag im Herbst des Jahres 1969. In Gedanken versunken spazierte die rußlanddeutsche Masurin am Brandenburger Tor in Berlin. Die Blätter fielen von den Bäumen, obwohl es windstill war. Die ersten Nachtfröste unterbrachen deren Verbindung zum Mutterstamm, und so tanzten sie jetzt fast im Walzertakt ihren Todestanz, bis sie dann letztendlich auf festem Boden landeten, um als Nahrung für die jungen Blätter im nächsten Frühling zu dienen. „Genau wie die Blätter tanzen und zappeln auch wir", überlegte Susanne, „bis wir dann irgendwann ruhig bleiben."

Als sie in ihre Wohnstätte zurückkehrte, war es dunkel geworden. Beim Abendbrot war sie eine der letzten. Danach suchte sie den Fernsehraum auf, um sich einen Film anzusehen. Nach kurzer Zeit merkte Susanne, daß sie noch nicht im Stande war, sich so weit zu entspannen, um einen Film anzusehen. Zu vieles ging ihr durch den Kopf. Wie sollte es weitergehen? Mutter, Großmutter und Geschwister waren in Ostdeutschland, und Georg auch, wann würde es ihr wohl möglich sein, diese ihr lieben Menschen zu treffen?

Morgen würde sie nach Zinnowitz schreiben, damit ihre Mutter und die anderen erfuhren, wo sie jetzt weilte. Sie vertraute dem Schicksal, und das hatte sie bis hierher sicher begleitet. Am folgenden Montag wurde ihr eine Halbtagsstelle in der Aufnahme für Rußlanddeutsche angeboten, welche sie gerne angenommen hatte. Bürger aus der Tschechoslowakei betreute sie auch aushilfsweise, denn nach dem Prager Frühling kamen ungewöhnlich viele Menschen von dort, die hier Schutz suchten. Es war für Susanne eine Freude, hier mithelfen zu dürfen. Täglich neue Menschen kennenzulernen, neue Lebensgeschichten zu erfahren, war für sie interessant und lehrreich. Im Deutschunterricht machte sie Fortschritte, und es machte ihr auch Spaß.

Die Tage vergingen, aus Tagen wurden Wochen und aus Wochen Monate. Mittlerweile hatte Susanne erfahren müssen, daß es nicht genügte, die Sprache der Menschen zu beherrschen, um diese auch zu verstehen. Erst wenn man deren Mentalität, Sitten und Gewohnheiten kennt, kann man einen Schritt weiterkommen. Und Susanne war auf dem Wege, dieses zu begreifen und zu verstehen. Oft mußte sie an ihre Mutter denken, wie diese damals im Zug den Menschen zuhörte. Jetzt wußte sie es, wenn man lernen will, sollte man auch Zuhören lernen. Denn wenn man nur von sich erzählt, kann man nicht dazulernen.

Nach monatelangem Suchen hatte sie eine kleine Wohnung in Neukölln anmieten können. Mit gebrauchten Möbelstücken ausgerüstet hatte es sich Susanne gemütlich eingerichtet. Einen kleinen Bekanntenkreis aus der Künstlerszene hatte sie auch bereits. Auftritte mit einem bekannten Orchester, Su dabei als Sängerin und am Klavier, hatte man ihr ebenfalls in Aussicht gestellt. Mit einem Amateur-Ensemble probte sie dreimal wöchentlich. Die Beschäftigung in der Aufnahmestelle durfte sie immer noch behalten, so hatte sie ein bescheidenes Einkommen und auch noch Zeit, die Künstlerwelt zu erforschen.

Von ihrer Familie aus Zinnowitz hatte sie immer noch keine Antwort auf ihre Briefe erhalten, die sie von ihrer neuen Wohnung aus geschrieben hatte. Ein Grund, zu zweifeln, ob diese Briefe ihre Mutter erreicht hatten. Aufgrund dieser Tatsache war Susanne sehr froh, als sie erfuhr, daß die Mutter einer Bekannten zu Besuch nach Heringsdorf fuhr und bereit war, einen kleinen Brief an ihre Mutter nach Zinnowitz mitzunehmen.

Kapitel 21

Warten und Hoffen

Die Einladung an Susanne hatte Anna vor Monaten abgeschickt, danach hatte sie noch einen Brief geschrieben, aber von Susanne war immer noch keine Nachricht gekommen, wie weit sie in ihren Bemühungen um die Ausreise war.

Merkwürdig, dieses Schweigen von Susanne, dachte Anna. Sie vermutete, daß die russischen Behörden Susanne nicht ausreisen lassen wollten. Sophie versuchte, sie zu beruhigen, doch Anna hatte genug Unklarheiten erlebt und ahnte nichts Gutes. Eines Tages kam der Brief mit dem Vermerk „Empfänger unbekannt“ zurück. Jetzt fühlte sich Anna in ihrer Vermutung bestätigt, daß Susanne nicht ausreisen durfte.

Es waren bereits sieben Monate vergangen. Der Frühling rückte ins Land, aber keine Nachricht, weder von Susanne noch von Wolfgang. So konnte dieser Frühling Anna und Sophie nicht erfreuen. Georg fragte genauso besorgt nach Susanne. Bekäme er doch nur einen Auftrag, um nach Moskau fahren zu können, doch auch dieser blieb aus. So wurde weiter gehofft und gewartet. Charlotte kam einmal im Monat nach Zinnowitz, so wurde dann gemeinsam gewartet und allerhand vermutet.

Anna hatte inzwischen eine Beschäftigung im Pflegedienst in Wolgast aufgenommen. Jedes zweite Wochenende war sie im Dienst und war mit ihrer Tätigkeit sehr zufrieden. An den Wohnort Zinnowitz hatte sie sich gewöhnt und sie möchte hier auch bleiben. Das weite Meer, der sandige Boden, die Kiefern und vor allem die Menschen hier, alles das ließ sie frei atmen und leben. Wenn sich jetzt nur die Ungewißheit über Susanne und Wolfgang klären würde, wäre sie vollkommen zufrieden.

An einem Sonnabend nachmittags, als Anna aus Wolgast kommend aus dem Zug stieg, wurde sie von ihrer Mutter am Bahnsteig empfangen. „Daß du mich vom Bahnhof abholst, muß doch einen besonderen Grund haben, Mutter", fragte Anna. „Hat es auch", antwortete Sophie und fügte hinzu: „Den Grund wirst Du leider erst in unserer Wohnung erfahren." Anna spürte, es war eine Nachricht von ihren Kindern. „Also gut, somit müssen wir uns beeilen", entgegnete sie ihrer Mutter und beschleunigte den Schritt. Daß es eine gute Nachricht war, bemerkte sie am Gesichtsausdruck ihrer Mutter.

In der Wohnung angekommen, griff Anna nach dem Brief, welcher auf dem Tisch geöffnet lag, und sie begann zu lesen. „Liebe Mutter, liebe Großmutter. Da ich auf meine Briefe von Euch keine Antwort bis jetzt bekommen habe, versuche ich es auf diesem Wege, und zwar über eine Frau, die sich bereit erklärt hat, diesen Brief für Euch mitzunehmen. Meine Pläne, zu Euch zu kommen, mußte ich über den Haufen werfen. Ich bin dank der Hilfe einiger Freunde statt nach Ost-Berlin nach West-Berlin ausgewandert, besser gesagt, geflüchtet.

Ich bin auf dem Wege, mir eine Beschäftigung im Kunstbereich zu beschaffen und habe auch gute Aussichten. Was mich dazu bewegt hat, hierher zu kommen, werde ich Euch gern beim ersten Treffen persönlich erläutern. Wichtig ist, daß ihr von mir gehört habt. Bitte grüßt ganz herzlich meine Geschwister und Georg. In der Hoffnung, daß wir uns bald wiedersehen, verbleibe ich mit herzlichen Grüßen, Eure Susanne."

Als Anna diese Zeilen gelesen hatte, mußte sie sich erst einmal setzen und schwieg eine ganze Weile. „Seltsam", kam es nach einigen Minuten aus ihrem Munde im halblauten Ton hervor, „ich verstehe die Welt nicht mehr, sie hat Schwierigkeiten nach Ostdeutschland zu kommen und flüchtet statt dessen in den Westen, verstehst Du das, Mutter?" – „Irgendwann werden wir das alles erfahren, nur nicht heute", antwortete Sophie.

Als Anna den Briefumschlag ohne Postmarke sah, fragte sie ihre Mutter, auf welchem Wege dieser hierher gekommen sei. Sophie erzählte ihrer Tochter, daß ihn ein junger Mann aus Heringsdorf gebracht und ihr auch mündlich die Anschrift von Susanne in Neukölln gegeben habe. Sophie äußerte dann weiter: „So viele Jahre nach dem Krieg, und immer noch wird das Volk betrogen, indem sogar die Privatpost einbehalten wird. Gott sei Dank, daß wir auf diesem Wege erfahren durften, wo Susanne steckt. Ich hatte Schlimmeres befürchtet." – „Und so wird es auch mit Wolfgangs Briefe aus dem Westen sein", bemerkte Anna.

Diese frohe Botschaft war Anlaß genug, um mit den Gedanken und Erinnerungen ins Masurenland nach Selbongen zurückzukehren. Es war ein warmer Nachmittag im Mai, so nutzten die beiden Frauen dieses Maiwetter für einen ausgiebigen Spaziergang. Der Fliederduft, der sie bei dem Spaziergang begleitete, lud geradezu ein, über die Heimat zu sprechen. „Während des Krieges hat das Kulturleben auch im Masurenland gelitten", fing Sophie an zu erzählen. „Und trotz allem verstand es die Dorfbevölkerung in Selbongen, das Leben durch Veranstaltungen erträglicher zu machen. Wenn ich an die Sommerfeste denke, die besonders für die Kinder gedacht waren, das Kasperletheater, veranstaltet von der Mormonischen Kirche oder das Fest auf der Halbinsel am Inulzer See, veranstaltet vom Kindergarten. Das Theaterspiel, welches die Kleinen vorführen sollten, zusammen mit Dr. Pillemann, wo die Dorfbevölkerung zahlreich dabei war, nur der kleine Junge aus dem Kindergarten wollte den Doktor nicht spielen. Kannst du dich daran erinnern? Die schöne Insel auf dem Inulzer See, welche wir die Verlobungsinsel nannten? Der schöne Kinosaal bei Funk, die Läden bei Funk und Fladda? Die Maränenfeste auf dem Nikolaiker See mit dem Tanzvergnügen auf dem hellerleuchteten Dampfer bei Mondenschein? Das jährliche Fest, als der Stinthengst zu Wasser gelassen wurde? Die Johannifeste an den Seeufern, wo wir als Mädchen unsere aus Blumen geflochtenen Kränze mit brennenden Kerzen zu Wasser ließen?"

Der Blumenkranz mit seinen Lichtern
Im Wasser schwebend hin und her,
Kein schönres Bild für manchen Dichter,
Er schwimmt in Richtung Blumenmeer.

Der Mond, der nun längst aufgegangen,
Schaut zu in dieser Sommernacht,
Ein neuer Tag ist angefangen,
Die ersten sagen „Gute Nacht".

Die Lagerfeuer werden kleiner,
Ein jeder sucht den Weg nach Haus,
Die wahre Antwort hat wohl keiner,
Im nächsten Jahr, da stellt sich's raus.

Die Kirchenuhr hat Eins geschlagen,
Am Ufer still, es rauscht der Wald,
Es bleiben offen viele Fragen,
Die Antwort kommt nur selten bald.

Als letzter Gast der großen Feier,
Verläßt der Mond nun das Geschehn,
Nur einsam steht da noch ein Reiher,
Und will noch nicht nach Hause gehn.

„Wie wir zum Tanz oder auch zu anderen Veranstaltungen nach Nikolaiken zu Fuß liefen oder mit dem Fahrrad fuhren? Und der Nachhauseweg immer der schönste war, weil uns da die Jungs aus dem Dorf begleiteten? Obwohl wir von früh bis spät schuften mußten, waren diese arbeitsfreien Stunden immer schön. Im Winter bei strengem Frost und tiefem Schnee die Schlittenfahrten durch den Wald. Mehrere Rodelschlitten, aneinander gebunden, und vorn ein oder zwei Pferde, die diesen Zug durch den tiefen Schnee zogen? Die Weihnachtsfeste mit den hellerleuchteten Bäumen? Danach die stille Zeit, und das Osterfest, als wir die aufgehende Sonne mit dem Osterlamm beobachteten, dabei Palmkätzchen pflückten und uns gegenseitig mit Quellwasser begossen?

Alle diese Sitten und Bräuche schienen so nebenher zu laufen, doch hatten sie für unser Leben eine große Bedeutung. Sie hielten das Volk zusammen, und es lebten unterschiedliche Religionen nebeneinander in Frieden. Man hat uns als Ostpreußenland gelobt, es war die Kornkammer Deutschlands, unser Land ernährte ein Millionenvolk mit Fleisch und Getreide. Wir waren stolz auf diese Verdummung und haben noch mehr geschuftet. Kluge Regisseure hatten uns damals schon in Filmen und Theaterstücken als Mägde und Knechte, als dienendes Volk dargestellt, doch wir haben es immer noch nicht verstanden.

Erst nach der grausamen Nacht im November 1938 sahen wir, zu welchen Taten Partei und Regierung fähig waren. Menschen, mit denen wir friedlich lebten, wurden zu unseren Feinden gemacht. Menschen, bei denen wir unsere Sachen für den täglichen Bedarf einkauften und dabei stets gut bedient wurden, waren über Nacht zu Feinden gemacht worden. Leider haben es viele Diener weiterhin nicht begriffen, was gespielt wurde. Die es begriffen haben, merkten, daß es zu spät war, sich aufzubäumen. Und wer es tat, kam ganz schnell an die Front oder woanders hin. Spätestens dann haben viele Menschen in Ostpreußen gesehen, daß nur Arbeiten und Dienen, daß nur Gehorchen und Bestätigen der falsche Weg ist. Und dafür müssen wir mit unserem Schicksal zahlen, liebe Anna.

In Selbongen ging das Leben weiter wie in jedem anderen Dorf, als wäre nichts besonderes geschehen. Der Fischer stellte und holte seine Netze täglich aus den drei Seen, der Dorfbekanntmacher klingelte die Geschehnisse und Bestimmungen wie immer mit seiner Glocke aus, und der Dorfschullehrer führte seinen Schulunterricht täglich weiter aus. Der Gottesdienst in der Mormonenkirche ging weiter, es wurde gesungen und gebetet. Natürlich mußte auch weiter gearbeitet werden.

Als dann in den vierziger Jahren durch den Dorfbekanntmacher immer mehr gefallene Männer aus dem Dorf gemeldet wurden, hatte auch der letzte Anhänger gesehen, wohin das führt.“ – „Und leider begreifen es andere Völker auch heute noch nicht und kämpfen weiter“, bemerkte Anna. „Ich glaube nicht daran, daß die Menschheit so von selbst irgendwann aufhört, sich zu hassen. Und trotz aller dieser Taten, die du soeben schildertest, habe ich den innerlichen Wunsch, noch einmal nach Selbongen zu fahren und in einem der drei Seen meine Füße im Wasser zu baden. Noch einmal barfuß diesen Boden betreten und zum Himmel aufschauen. Einmal noch sehen, wie in Selbongen die Sonne untergeht und der Mond seinen nächtlichen Zug durch das Masurenland beginnt.

Einmal noch die Lindenallee von der Schule zum Wigon bis in den Wald hinein und die Birkenallee von Selbongen nach Nikolaiken zu Fuß abwandern und vom Eulenkopf hinunter in den Tiefsee schauen, vom Friedhof, oben auf der Böschung sitzend, warten, bis der Zug aus Nikolaiken in Richtung Sensburg und Allenstein fährt. Die Eisenbahnbrücke und auch die Straßenbrücke über den Nikolaiker See sind vom deutschen Militär Anfang Januar 1945 gesprengt worden, damit die russische Front nicht über den See kommen sollte. Was für ein Unsinn, denn das Eis auf dem See war damals so stark, daß die russische Front über das Eis schneller voran kam als über die Brücken, denn mit dem Zug kamen die Russen nicht gefahren. Es war aber die Zerstörungslust auf beiden Seiten. Nach so vielen Jahren wird doch wohl alles geregelt sein“, äußerte Anna ihre Wünsche und Träume, die sie so viele Jahre in Sibirien verfolgten. „Diesem Unternehmen würde ich mich gerne anschließen, sollte ich dann noch so gesund wie heute sein“, fügte Sophie hinzu. „Die Hoffnung wollen wir nicht aufgeben, Mutter, und wenn noch Jahre vergehen sollten“, erwiderte Anna. „Zu viele Jahre dürfen es nicht sein, sonst kann ich dich oder Euch nur im Geiste begleiten“, antwortete Sophie. „Auch hier können wir nichts beschleunigen noch verzögern“, ergänzte Anna die Überlegung. Nach diesem Gedankenausflug nach Selbongen waren die beiden Frauen wieder bei ihrer Wohnung angelangt. Sie beschlossen, am nächsten Tag Charlotte zu benachrichtigen und Susanne einen Brief nach Berlin zu schreiben.

Kapitel 22

Die Bekanntschaft

Müde und innerlich am Boden zerstört erreichte Wolfgang seine Wohnung. Der Schritt, von Romanda wegzugehen und jetzt mit Maria es wieder zu versuchen, kostete ihn weit mehr innerliche Kraft, als er gedacht hatte. Dazu die Überraschung mit Benjamin, worüber er sehr froh war. Das Beste für den Kleinen aber war, daß dieser so eine standhafte, selbstbewußte Mutter hatte. Und natürlich für ihn selbst auch, daß er so eine tüchtige Frau erwischt und zu ihr zurückgefunden hatte. Eine Frau, die mit ihrem Kind das Leben ohne Eltern, Ehemann oder sonst wem so vorbildlich meisterte. Maria war genauso geblieben wie sie vor Monaten gewesen war. Hier würde er einiges zulegen müssen, um mit ihr Schritt zu halten. Einige Wochen noch, dann war er auch mit seinem Studium fertig. Und dann sah die Welt schon anders aus. „Obwohl es anfangs nicht leicht war. An so einer Frau wie Maria brauchte er nicht zu zweifeln“, dachte Wolfgang und holte die Briefe hervor, um diese zu lesen.

Zuerst den Brief mit dem ältesten Datum. Es war ein Brief von seiner Großmutter, die ihm schrieb, daß seine Mutter vom Roten Kreuz aufgefunden worden sei, und zwar in Krasnojarsk, und daß diese die Aussicht habe, bald nach Deutschland zu kommen. Außerdem gab es noch viel Neues, doch alles andere war für Wolfgang heute nicht so wichtig wie die Nachricht über seine Mutter. Zweimal las er den Brief und wußte es nun genau, seine Mutter lebte. Als er den zweiten Brief in die Hand nahm und die ersten Zeilen überschaute, glaubte er seinen Augen nicht zu trauen. Es war ein Brief von seiner Mutter aus Zinnowitz. Als er auch diesen Brief zweimal gelesen hatte, schämte er sich vor sich selbst.

Während dieser letzten Monate hatte sich um ihn so vieles getan, und er selbst hatte den großen Herrn gespielt und sich mit fremden Machenschaften geschmückt. Wie konnte er nur. Doch Reue half nicht, besser machen hieß es jetzt, und das wollte Wolfgang auch in die Tat umsetzen. Morgen würde er nach Zinnowitz schreiben; was würden sich Großmutter, Urgroßmutter und Mutter wundern und freuen, daß sich auch bei ihm einiges getan hatte. Von seinem Fehltritt wollte er nicht schreiben, warum auch. Maria wollte er zum Wochenende besuchen. Sein Entschluß stand fest, er möchte mit Maria so schnell wie möglich eine Familie gründen. Gegründet war diese eigentlich bereits, nur er mußte noch seinen Teil dazu beitragen.

Über den unangemeldeten Besuch von Wolfgang war Maria glücklich, doch konnte sie dieses Glück nicht so recht genießen. Zu lange war die Zeit der Trennung mit Wolfgang gewesen und zu viel hatte sie in der Zeit seiner Abwesenheit durchmachen müssen. Und darum wollte sie es Wolfgang nicht allzu leicht machen. Zur Zeit kam sie auch ohne ihn ganz gut zurecht. Daß sie ihn immer noch liebte, war keine Frage, nur von seiner Seite sollte mehr Innerliches kommen, allein das Versprechen genügte nicht. Zu sehr hatte er sie enttäuscht. Er sollte erst sein Studium beenden. Während dieser Zeit könne er sie besuchen und sehen, wie sein Sohn wuchs und gedieh.

Am Wochenende war, wie vereinbart, Wolfgang gekommen und gemeinsam machten sie mit Benjamin einen ausgiebigen Spaziergang. Wolfgang erzählte Maria dabei über die Ankunft seiner Mutter in Zinnowitz. Darüber freute sich auch Maria, denn nach den Erzählungen von Wolfgang über seine Mutter liebte auch sie diese Frau. Schade, daß sie das nicht alles miterleben durften, die Ankunft, den Empfang und das Wiedersehen. Zu schnell war dieser Nachmittag vergangen und sie verabredeten sich wieder für Donnerstag abend. Wolfgang war mit Marias Handeln nicht ganz einverstanden, doch was blieb ihm übrig? Und so vergingen Tage und Wochen. Wolfgang war mit seinem Studium mittlerweile fertig, und Maria ging wieder ihrer Beschäftigung nach.

So lange Benjamin noch Säugling war, arbeitete Maria nur halbtags. Eine ganz liebe ältere Frau versorgte ihn während der Zeit von 13 bis 18.30 Uhr. Für die Strecke zur Arbeit benötigte sie zwanzig Minuten für die Hinfahrt und die gleiche Zeit für die Rückfahrt. Während der Fahrt mit der U-Bahn traf sie immer wieder dieselben Leute, die diese Strecke fuhren. Diese Fahrten waren für Maria immer interessant. So verschiedene Leute, verschiedene Sprachen und Kleidung. Einige dieser Leute freuten sich, sie wieder zu treffen, und Maria freute sich ebenfalls.

Seit einer Woche fiel ihr eine junge Dame auf, die sich überwiegend dort hinsetzte, wo wenig Leute saßen. Es war eine hübsche Frau, vielleicht zwischen zwanzig und dreißig. Da diese Frau und Maria sich auf dieser Fahrt öfter sahen, lächelte sie der seltsamen Dame zu. „Einmal müßte ich sie ansprechen“, dachte sie, und einige Tage später tat sie es auch. Während dieser ersten Unterhaltung erfuhr sie, daß die junge Dame bei einem Amateur-Ensemble an den Proben teilnahm. Viel mehr konnte sie ihr nicht entlocken, sie war sehr zurückhaltend und erzählte von sich sehr wenig. Wo ihr Ursprung war, verriet Maria anfangs auch nicht. Und so blieb es zunächst dabei, daß eine von der anderen außer dem Vornamen nicht viel wußte.

Und trotzdem möchte Maria sie näher kennenlernen, denn diese Frau besaß ein rätselhaftes Wesen, welches irgendwie geheimnisvoll wirkte. Wolfgang war jetzt im Krankenhaus beschäftigt, wo er viele Überstunden machte, damit er Maria etwas unterstützen konnte, denn durch ihre Halbtagsarbeit verdiente Maria bedeutend weniger. Er besuchte fast jeden zweiten Tag seine Familie, und alles deutete darauf hin, daß auch Maria bald einverstanden war, daß er zu ihr und Benjamin ziehen würde.

Wenn sie und Wolfgang abends zusammensaßen und über den abgelaufenen Tag sprachen, gab es immer etwas Neues. Und so erzählte sie ihm auch über die seltsame Frau in der U-Bahn. Wolfgang schlug vor, sie sollte diese Frau doch einmal einladen, es würde bestimmt interessant sein, von dieser Person etwas zu hören. Diese Idee wollte Maria verwirklichen und beschloß, sie beim nächsten Treffen einzuladen. Leider war die nette Bekannte beim nächsten Mal nicht da, und auch später suchte Maria sie vergeblich unter den Fahrgästen. Sie sagte das Wolfgang und beide trauerten der netten Bekannten nach. Und da fiel ihr plötzlich ein, daß Susanne ihr erzählt hatte, daß sie mit dem Ensemble öffentlich auftreten würde. Die Anschrift der Probestelle des Ensembles wußte Maria von Susanne, und sie erkundigte sich dort über das Datum der Vorführung. An jenem Sonnabend nachmittag fuhren sie gemeinsam zu dieser Vorführung hin, und tatsächlich stand da Susanne auf der Bühne, sang und spielte Klavier.

Das Publikum applaudierte, Wolfgang und Maria am lautesten. Inzwischen hatte auch Susanne sie bemerkt und lächelte Maria zu. Daß Susanne so eine gute Sängerin war, hatte sie nicht ahnen können. Nach der Vorstellung war Susanne zu ihr gekommen und begrüßte sie und Wolfgang herzlich und offen. Diese Gelegenheit nutzte Maria, um sie zu sich einzuladen. Gern nahm Susanne die Einladung an, nur sollte sich Maria noch zwei bis drei Wochen gedulden. Susanne wußte, wo Maria beschäftigt war, und wollte ihr rechtzeitig Bescheid sagen.

Auf dem Nachhausewege unterhielten sie sich noch über diesen schönen Abend, den ihnen Susanne bereitet hatte. Außer dem Vornamen wußte Maria jetzt auch, daß

Susanne eine Rußlanddeutsche sei. Mehr über diese rätselhafte Frau zu erfahren erhofften sie sich während ihres Besuches bei ihnen. Mittlerweile hatten Wolfgang und Maria festgestellt, daß sie zueinander passen würden und hatten beschlossen, in Kürze zu heiraten. Nur ganze fünf Tage nach dem netten Besuch des Auftritts von Susanne erschien diese bei Maria im Geschäft und kündigte ihren Besuch für zwei Tage später an. Für Maria war dies eine unerwartet freudige Überraschung. Als sie das Abends Wolfgang erzählte, freute sich dieser genauso riesig. Zwar hatte Wolfgang an diesem Abend im Krankenhaus Dienst, er wollte aber versuchen, mit einem Kollegen zu tauschen. Sehr schnell waren die zwei Tage verlaufen, mit dem Diensttausch von Wolfgang klappte es auch, und es schien ein schöner Abend zu werden.

Maria hatte ihre Wohnung einladend gemütlich gemacht, und so fing der Abend auch an. Kurz nach sieben Uhr abends erschien Susanne. Maria und Wolfgang erwarteten sie und begrüßten sie herzlich. Susanne bewunderte den kleinen Benjamin und die gemütliche Wohnung von Maria. Susanne setzte sich auf den ihr angebotenen Stuhl und Wolfgang schenkte Tee ein, während Maria sich noch um Benjamin kümmerte. Nachdem der Tee eingeschenkt worden war, erschien Maria. Doch bevor mit dem Teetrinken begonnen wurde, stellten sie fest, daß Susanne auf einmal die Farbe im Gesicht änderte und sehr blaß wurde. Auf Wolfgangs Frage, ob es ihr gutgehe, antwortete Susanne fragend: „Sind Sie das“, und deutete dabei auf einen Briefkopf mit der Inschrift Dr. Wolfgang Kulinna. „Ja, das bin ich“, antwortete Wolfgang. „Sind Sie in Selbongen geboren“, fragte Susanne weiter. „Das bin ich“, kam die Antwort zurück. Starr und schweigend schaute Susanne abwechselnd auf Wolfgang und Maria. Im Zimmer war Stille. Nur die alte Wanduhr tickte ihre Sekunden, die in Minuten übergingen. Dann ging Susanne auf Wolfgang zu, umarmte ihn und schluchzte: „Wolfgang, mein Bruder.“ Jetzt wußten alle Anwesenden, hier und heute hatte eine große Stunde geschlagen.

Eine Stunde, an der zu offensichtlich übersinnliche Kräfte gewirkt hatten und diese Zusammenkunft vorbereitet hatten. Nur langsam erholten sich Susanne und Wolfgang von diesem Wunder, welches hier soeben geschehen war. Und Maria war froh, Zeugin dieser Begegnung gewesen zu sein. Es wurden jetzt Erlebnisse und Erkenntnisse von beiden Seiten erzählt, zu ernst war diese Stunde, um zu feiern. Der Bedeutung dieser Zusammenkunft sollte mit Würde und Achtung gedacht sein. Darüber waren sich alle einig. An ihre Heimat konnten sich weder Susanne noch Wolfgang erinnern. Susanne konnte sich nur daran erinnern, daß sie oft am See im Sand Kuchen gebacken hatte. Wolfgang wußte aus Erzählungen seiner Großmutter etwas über

Selbongen. Und dabei überlegte er, ob es doch nicht irgendeine Möglichkeit gäbe, mit Charlotte, Mutter und Großmutter zusammenzukommen.

Für so eine Zusammenkunft, so Wolfgangs Meinung, wäre doch Selbongen die beste Stelle. Susanne schaute Wolfgang fragend an, als wolle sie sagen, wie das wohl möglich wäre. Dieser verstand den Blick seiner Schwester und erläuterte sogleich seine Gedanken: „Wir könnten doch per Flug nach Warschau oder Posen fliegen und von dort aus mit dem Taxi nach Selbongen fahren." Darauf bemerkte Susanne: „Polen ist doch ein sozialistischer Staat, und um dort eventuell noch eingesperrt zu werden, dazu habe ich keine große Lust."

Wolfgang erwiderte darauf: „Das ist richtig, daß Polen dem sozialistischen Block angehört. Der polnische Sozialismus sieht aber ganz anders aus als der in Ostdeutschland oder Rußland. Polen würde diesem Block schon lange nicht mehr angehören, wenn sie nicht vom Osten den Russen, vom Westen den Deutschen und vom Süden den tschechoslowakischen Sozialismus hätten. Dieses Land ist von allen Seiten eingekreist und muß gehorchen, vor allem Ostdeutschland ist da wachsam. Aufgrund dessen können wir ohne Angst in unsere Heimat fahren. Was Rußland oder die DDR von uns wollen, interessiert den Polen nicht. In Polen weilend sollte man schon die Vorschriften des sozialistischen Staates beachten. Das bedeute, keine Militäreinrichtungen zu fotografieren, am besten den Fotoapparat zu Hause lassen. Mutter, Großmutter und Charlotte könnten per Bahn oder PKW kommen. Für sie wäre es kein Problem."

Diese Idee von Wolfgang wurde festgehalten, um sie eventuell im Juni nächsten Jahres in die Tat umzusetzen. Am Schluß der Begegnung erklärte Susanne noch schnell den Grund ihres schnellen Besuches. Nach ihrem Auftritt mit dem Amateur-Ensemble erhielt sie ein Angebot eines großen Orchesters, dort als Sängerin aufzutreten. So könnte es passieren, daß sie in den nächsten Wochen sehr beschäftigt wäre und keine Zeit haben könnte, sie zu besuchen. Da sie jetzt aber verwandt seien, sähe es anders aus.

Es war Nacht geworden, bis dieses Ereignis mit dem Abschied beendet wurde. Es wurden Telefonnummern ausgetauscht und Wolfgang brachte seine Schwester nach Neukölln. Maria und Wolfgang wollten Susanne behilflich sein, in der Danckelmannstraße eine Wohnung zu finden. Hier gefiel es Susanne bedeutend besser und sie wären näher beieinander.

Kapitel 23

Die Vorfreude

Am nächsten Tag, gleich frühmorgens, hatte Sophie ihre Enkeltochter in Berlin angerufen und gebeten, sie möchte bitte zum Wochenende nach Zinnowitz kommen, um eine gute Nachricht zu empfangen. Mehr sagen mochte Sophie nicht, die Gespräche wurden fast immer abgehört. Charlotte hat diese Einladung freudig angenommen. Für Sophie und Anna war es jetzt eine aufregende und trotzdem schöne Zeit. Wenn Kinder und Enkelkinder von hier auch entfernt lebten, so lebten sie doch mit ihnen und in ihnen. Sie begleiteten sie mit guten Gedanken, Wünschen und Hoffnungen. Sie freuten sich, wenn sie von ihnen eine Nachricht erhielten oder wenn diese sie besuchten.

Sophie hatte in den letzten Monaten oft Herzbeschwerden. Es konnte aber nichts Ernstes sein, denn diese Beschwerden waren immer schnell vorbei. Im Hotel arbeitete sie nur noch aushilfsweise, sie bekam ihre Rente und brauchte nicht so viel zum Leben wie ein junger Mensch, pflegte sie zu sagen. So konnte sie sich um den Haushalt kümmern, wenn Anna im Dienst war. Immer aufs neue freute sie sich, den Ort Zinnowitz als ihre zweite Heimat gewählt zu haben. Genauso erging es Anna.

Wie am Telefon vereinbart, war Charlotte am Sonntag mittags in Zinnowitz eingetroffen. Sie war auf die gute Nachricht gespannt und eilte von der Bahn zu Mutter und Großmutter. Als sie nach der Begrüßung den Brief von ihrer Schwester durchgelesen hatte, wurde sie nachdenklich. Mutter und Großmutter verstanden diese Reaktion nicht ganz, aber Charlotte ließ sie nicht lange im unklaren und erklärte ihr Verhalten: „Daß es meiner Schwester gut geht, freut mich sehr, es ist mir aber gleichzeitig bewußt, daß ich meine Schwester in der nächsten Zeit nicht sehen werde. Und dabei habe ich mich so darauf gefreut. Georg wird auch nicht gerade begeistert sein, wenn er erfährt, daß Susanne im Westen lebt. Schade, aber es muß wohl so sein. Jetzt habe ich weder Bruder noch Schwester hier im Osten. Mir bleibt nur zu hoffen und abzuwarten, was die Zeit mit sich bringt." – „Ja, das Schicksal geht oft seltsame Wege, und da es uns schon so nahegebracht hat, kann es nicht mehr lange sein, daß es uns zusammenführt", bemerkte Anna und versuchte, ihre Tochter zu trösten.

Daß Susanne nach West-Berlin geflüchtet war, könne wohl nicht der einzige Grund für Charlottes Unzufriedenheit sein, so vermuteten Mutter und Großmutter. Und in der Tat, Charlotte war über die Wahl ihres Berufes unzufrieden. Nach Abschluß der

Oberschule hätte sie tiefer nachdenken müssen, bevor sie ein Studium anfing. Immer mehr wurde ihr bewußt, daß sie mit ihrem Studium über politische Wissenschaften im Ausland nicht viel anfangen konnte. Da war Wolfgang besser dran; und Susanne im Kunstbereich auch. Diese Tatsache ärgerte und kränkte sie. Als Schülerin war sie vom Sozialismus überzeugt, trotz behutsamer Mahnungen ihrer Großmutter. Heute führte sie ihre Tätigkeit im Ministerium nur mit Widerwillen aus. Sie bekam täglich zu spüren, daß sie ein Werkzeug politischer Intrigen war. Und rauskommen aus diesen Intrigen war ganz schwer.

Manchmal hatte sie das Gefühl, daß Georg die gleichen versteckten Gedanken hatte wie sie. Zu wenig kannte sie ihn, um ihm persönliche Gedanken oder Meinungen anzuvertrauen. Und übrigens hatte sie oft das Gefühl, Georg wüßte viel mehr, als er zu erkennen gab. Seine vielen Reisen ins Ausland, darunter auch westliche Länder, ließen mehr vermuten. Diese Überlegungen hatte sie ihrer Mutter bei gemeinsamen Spaziergängen am Meer anvertraut.

Nach dem Kaffee war Charlotte dann nach Berlin zurückgefahren. Es wehte ein starker Ostwind und das Rauschen der Ostseewellen lud zu einem Spaziergang nicht gerade ein. Während der Fahrt mit der Bahn nach Berlin gingen Charlotte wieder allerhand Gedanken durch den Kopf. Ob sie nicht auch versuchen sollte, in den Westen zu flüchten? Nein, erst würde sie abwarten. Jetzt war sie neugierig, wie Georg wohl auf Susannes Flucht in den Westen reagieren würde. Als Mitarbeiter des Ministeriums würde er sie auch dort besuchen können, und wenn er für sie Herzensgefühle hätte, würde er versuchen, einen anderen Weg zu suchen und Susanne aus seiner Tätigkeit fernhalten. Seinem Verhalten nach liebte er ihre Schwester, denn bei jedem Treffen fragte er, wie weit Susanne mit ihrer Ausreise sei. Für morgen abend hatte er sich auch wieder angekündigt, um zu fragen, ob Susanne geschrieben habe.

Beschäftigt mit so vielen Überlegungen war für Charlotte die Fahrt schnell verlaufen, und schon hielt der Zug in Berlin. Da es schon spät war, ging sie geradeaus in ihre Wohnung und nach den Nachrichten gleich zu Bett. Der Montag begann wie jeder andere Wochenanfang. Es war ein Arbeitstag im Ministerium, und ihre gestrigen Überlegungen hatte sie längst abschütteln müssen. Abends hatte, wie angekündigt, Georg sie besucht, und es wurde ein langer unterhaltungsreicher Abend.

Charlotte hatte dabei Georg über Susannes Flucht nach West-Berlin erzählt und stellte zu ihrer Überraschung fest, daß diese Nachricht Georg nicht umwarf, wie sie es vermutet hatte. Im Gegenteil, Georg wußte sofort einen Plan zu schmieden und äußerte: „Wenn es soweit kommen sollte, könnten sie sich im Masurenland in

Selbongen treffen. Die aus dem Westen könnten nach Warschau fliegen und von da mit dem Taxi weiter, deine Mutter, Großmutter, du und ich, wir fahren mit meinem Wartburg nach Selbongen. Und da ich der polnischen Sprache mächtig bin, will ich gerne die Führung in unserer Heimat übernehmen. Die schönste Zeit für so einen Ausflug wäre Anfang Juni. Es sind zwar noch einige Monate bis dahin, doch bis wir alle und alles zusammen haben, vergeht noch Zeit. Sobald wir über Wolfgang und Susanne mehr wissen, können die Vorbereitungen beginnen. In Sensburg habe ich aus der Studienzeit Bekannte, die uns beim Suchen eines Hotels behilflich sein werden."

Charlotte gefiel diese spontane Idee von Georg und da sie aus Erfahrung wußte, daß er kein Mann leerer Worte war, freute sie sich jetzt schon auf diese Reise. Dieser Unternehmungsgeist steckte Charlotte an, und sie planten gemeinsam, wie diese Fahrt nach Selbongen aussehen könnte. In Gedanken badeten sie schon im Inulzer See. Georg hatte sich von Charlotte die Anschrift von Susanne erbeten und wollte ihr einen Brief schreiben. Es war spät geworden, als die beiden auseinandergingen. Gut gelaunt kehrte Charlotte in ihre Wohnung zurück und konnte es kaum erwarten, den heute beschlossenen Plan ihrer Mutter und Großmutter vorzustellen.

In drei Wochen würde sie nach Zinnowitz fahren, dann gab es wieder viel zu erzählen. Bevor sie einschlief, dachte sie noch einmal an ihre Schwester, die knapp zwei Kilometer entfernt wohnte. Mit Georg war so intensiv über Selbongen geredet worden, daß sie auch nachts noch davon träumte. Die Tage wurden kürzer, wie jedes Jahr um diese Zeit. Die Laubbäume waren kahl und standen da wie stumme Zeugen einer dunklen, grauen Zeit.

Auch in Zinnowitz war es um diese Jahreszeit ruhig und die einheimische Bevölkerung konnte sich vom Sommertrubel erholen. Nur die Ostsee rauschte wie im Sommer, mal leise und mal heftiger. Die Winde wehten kräftiger und das Rauschen des Kiefernwaldes hörte sich jetzt an wie eine Klage gegen die aufkommende, nächtliche Kälte. Und trotzdem konnte der Herbst hier auch schön sein. Dieses Naturspiel war den Inselbewohnern bekannt. Anna und Sophie warteten dieses Wochenende auf Charlotte, die sie besuchen wollte. Charlotte kam gerne nach hier, denn auch sie liebte diesen Ort. Hier traf sie Bekannte aus alten Zeiten, mit denen sie immer noch die Natur des Meeres verband. Somit war der Weg vom Bahnhof zur Wohnung relativ lang.

Als Charlotte ihre Mutter und Großmutter in Georgs Plan einweihte, waren die beiden Damen hochbegeistert und freuten sich, bei diesem Unternehmen mitmachen zu dürfen. Sie würden ab sofort Geld sparen, damit alle ihre Heimat genießen könnten, wie Sophie es nannte. Wenn Wolfgang und Susanne mitmachten, könnte dem nichts im Wege stehen. Von Mutter und Großmutter wurde Charlotte mit Fragen überschüttet, die sie so nicht alle beantworten konnte.

„So, liebes Charlottchen, und nun haben auch wir für dich eine Nachricht, wenn wir schon bei Wolfgang sind", äußerte sich Sophie und reichte dabei ihrer Enkeltochter einen Brief von Wolfgang. Nachdem Charlotte den Brief von Wolfgang durchgelesen hatte, zeigte sie sich angenehm überrascht über so viele Neuigkeiten. Er hatte sein Studium beendet, hatte Familie und obendrein die Begegnung mit Susanne. Na, war das nicht ein gutes Omen für die Ostpreußenfahrt? „Es ist ein netter Brief, den Wolfgang geschrieben hat", bemerkte seine Schwester und fügte hinzu: „Ich bin gar nicht gewohnt, von ihm so inhaltsreiche Briefe zu lesen. Man merkt, daß er Vater geworden ist. Und hat auch noch das Glück, so eine nette Frau zu bekommen", scherzte Charlotte und fuhr weiter fort: „Hoffentlich haben wir bald die Gelegenheit, Maria näher kennenzulernen." Es war ein erholsames Wochenende, das Charlotte hier in Zinnowitz verlebte. Am Sonntag nachmittag fuhr sie dann nach Berlin zurück.

Kapitel 24

Die Vorweihnachtszeit in Berlin

Auch in der Großstadt Berlin war der Herbst deutlich zu spüren. Die kurzen, trüben Tage, das feuchtkalte Wetter, die langen Abende, alles das stimmte die Stadtbewohner schwermütig. Nur Susanne spürte Freude im Herzen und vollbrachte ihr Tagewerk mit Lust und Liebe. Es war der erste Advent, und die hellerleuchteten Straßen, die dekorierten Schaufenster, der unbegreiflich große Tannenbaum am Ernst-Reuter-Platz und das Wichtigste, die Begegnung mit ihrem Bruder und seiner Familie, alles das trug dazu bei, daß sie so gut gelaunt durch die Straßen Berlins schlenderte.

An den letzten Weihnachtsbaum in Selbongen konnte sie sich nicht erinnern. Hier war sie in einer neuen, alten Welt. Und diese Gnade gab ihr Kraft und Hoffnung für ihr weiteres Dasein hier in dieser Stadt. Wenn sie auch erst vier Jahre alt war, als sie aus ihrer Heimat gerissen wurde, so blieben diese Sitten und Bräuche der Inkarnationserde tief in ihrem Herzen verborgen, und wir sind glücklich, diese irgendwann wieder zu finden oder zu entdecken. Und diese Entdeckung erlebte Susanne jetzt und fühlte sich dabei sehr wohl.

Am Donnerstag konnte sie aus ihrer Wohnung in Neukölln nach Charlottenburg in die Danckelmannstraße umziehen. Durch Marias Vermittlung konnte sie dort eine Eineinhalbzimmerwohnung günstig anmieten. Sie war dann in der Nähe von Maria und Wolfgang und konnte auch gelegentlich auf Benjamin aufpassen. Am zweiten Adventssonntag sang sie zum ersten Mal mit einem großen Orchester, bei welchem sie einen Jahresvertrag erhalten hatte. Sie hatte bereits mehr als hundert Mal auf der Bühne gestanden, doch fieberte sie diesmal dem Auftritt etwas unsicher entgegen. Als es dann soweit war, hatte sie kein Lampenfieber mehr, und sie wurde vom Publikum mit tosendem Beifall gefeiert. Und das gab ihr ungeheuer viel Selbstbewußtsein und Sicherheit für den nächsten Auftritt. Am Schluß mußte sich Susanne mehrmals dem Publikum zeigen, bis endlich Ruhe eintrat.

Als sie danach ihren Bruder und Maria aufsuchte, die auch das Konzert besucht hatten, empfing Wolfgang sie mit den Worten: „Schau an, wer hätte das gedacht, die Susanne aus Selbongen." Darüber mußte Susanne so herzhaft lachen, daß ihr die Tränen kamen. Danach wurde dieser erste große Auftritt von Susanne bei Maria und Wolfgang gefeiert. Fünf- bis sechsmal in der Woche hatte Susanne Proben und Auftritte, so blieb ihr für andere Beschäftigungen kaum Zeit. In ihrer Freizeit ging sie oft zu ihrer Schwägerin, um sich mit Benjamin zu beschäftigen und somit auch ihre Schwägerin zu unterstützen. Wolfgang arbeitete oft zwölf bis sechzehn Stunden täglich im Krankenhaus, so freute sich auch Maria über die Anwesenheit von Susanne.

Eine Woche vor Weihnachten bekam Susanne einen Brief, der sie sehr erfreute und für sie eine große Überraschung war. Es war ein Brief von Georg. Ungeduldig öffnete sie diesen. „Liebe Susanne, es war immer mein Herzenswunsch, Dir einen Brief zu schreiben. Heute ist dieser Wunsch Wirklichkeit geworden. Natürlich hätte ich Dich lieber in Ost- als in West-Berlin gesehen, doch da es nun so ist, will ich daraus das Beste machen. Da Du auch Deinen Bruder im Westen hast, ist es für Dich nicht ganz so schwer, nehme ich an. Ich könnte mir vorstellen, daß Du Dich in der neuen Umgebung wohlfühlst.

Deine Schwester, Mutter, Großmutter und ich haben beschlossen, im kommenden Mai oder Juni nach Selbongen zu fahren. Wenn ihr, Du und dein Bruder mit Familie per Flug auch kommen könntet, wäre es doch ein nettes Ereignis für uns alle. Da ich über die polnische Sprache verfüge, würde ich die Organisation und Führung übernehmen. Insbesondere auch, weil Du dabei wärest. Es würde mich sehr freuen, wenn Du und Wolfgang mit Familie diesem Vorhaben zustimmen würdet. Deine Schwester und ich haben uns lange über diesen Ausflug unterhalten, und Deine Mutter und

Großmutter sind auch darüber begeistert. Schreibt uns, zu welchem Termin Ihr fliegen könntet, dann würden wir das Weitere planen, selbst wenn es nur fünf Tage sind."

Die Tatsache, von Georg einen Brief erhalten zu haben, war für Susanne überraschend und unbegreiflich. Und noch unbegreiflicher war der Inhalt dieses Briefes. Er schrieb es so, als wäre alles ganz natürlich und selbstverständlich. Dabei wäre dieser Ausflug, wie Georg es nannte, ein außergewöhnlich wichtiges Ereignis. Nach so vielen Jahren die Heimat besuchen, die Erde betreten, wo man laufen lernte und die ersten Worte sprach. Das Land besuchen, wovon man nur zu träumen wagte, welches tief im Herzensgrund bewahrt wurde und nur selten in Erinnerungen auftauchte, und das alles nach so vielen Jahren der Flucht, von einem Ort zum anderen, von Ostpreußen in Richtung Osten bis an die chinesische Grenze.

Auf dem Rückzug nach Westen der längere Aufenthalt in Moskau. Und überall lebten Menschen, die mit den herrschenden Umständen zufrieden sein mußten, weil sie keine Auswahl hatten. Überall lebten Menschen, die über ihr Schicksal schwiegen und es in sich trugen, und andere, die leer herumliefen, weil sie sich leergeredet hatten. „Auch das ist natürlich", dachte Susanne und kehrte mit ihren Erinnerungen nach Tschersk zurück. Manchmal träumte sie von diesem Ort, wieso sie so vieles so und nicht anders gemacht hatte, konnte sich Susanne nicht erklären.

Und so quälte sie oft der Gedanke an den jungen Wolf, den sie erschossen hatte. Er hatte doch nur geheult und verriet nicht die geringste Lust, sie anzugreifen. Und trotzdem hatte sie ihm, in ihrer Verzweiflung, das Leben genommen. Dabei hatte sie, genau wie der Wolf, nach Olgas Tod tagelang am Fenster gesessen, in die Weite geschaut und stundenlang geweint. Trotz allem durfte sie eine Gnade erfahren, besonders durch die Gurions, die sie viele Jahre in Moskau begleitet haben. Bis hierher hatte Familie Gurion sie geführt und beschützt, jetzt mußte und konnte sie selbst wählen, wohin ihr weiterer Weg gehen sollte.

Aufgrund dieser Überlegungen über die Vergangenheit konnte Susanne kaum begreifen, daß sie jetzt auch noch ihre Heimat erleben durfte und in Selbongen das Wiedersehen mit Mutter, Großmutter und Schwester. Wie sehr die sich darüber wohl freuen würden? Und das alles würde Georg organisieren. Einfach wundervoll. Und Wolfgang würde vielleicht staunen, diese Nachricht zu hören. Immer mehr wurde Susanne mit dem Gedanken vertraut. Abends, mit dem Brief in der Tasche, besuchte sie Maria mit dem kleinen Benjamin. Wolfgang hatte heute evtentuell Dienst. Vielleicht war er auch zu Hause, denn bei ihm war die Arbeitszeit unterschiedlich. Als Maria von Susanne über das Vorhaben hörte, freute sie sich für Wolfgang. Sie selbst hatte von ihrer Mutter einen Brief erhalten, in dem ihre Mutter schrieb, daß sie eventuell eine Besuchserlaubnis erhalten würde. Sie war seit einem Monat Rentnerin und hatte große Hoffnung.

„Was für eine schöne Zeit", bemerkte Maria und fügte hinzu: „Sollten unsere Planeten wirklich so günstig stehen?" – „Das habe ich mich auch schon gefragt", ergänzte Susanne Marias Frage. „In knapp einer Stunde ist Wolfgang zu Hause; er wird gleich Pläne festsetzen wollen", sagte Maria. Susanne beschäftigte sich noch mit Benjamin und bald darauf war auch Wolfgang da. Als er Georgs Brief las, schmunzelte er triumphierend und sagte, gleich nachdem er diesen durchgelesen hatte: „Ich habe doch bereits gesagt, daß Selbongen unser Treffpunkt sein wird."

Er suchte sofort einen Kalender für das nächste Jahr hervor und stellte fest, daß Pfingsten die beste Zeit wäre. „Das ist die Zeit Ende Mai und Anfang Juni. Ich werde mich morgen erkundigen, welche Flüge von Berlin nach Warschau oder Posen gehen. Du, mein Schwesterchen, erkundige dich, ob du nächstes Jahr in dieser Zeit von deinem Orchester frei bekommst." – „Das will ich sofort tun", bestätigte Susanne den Vorschlag ihres Bruders.

Bis in die späte Nacht wurde an diesem Abend gesprochen. Wolfgang konnte sich zwar an Selbongen nicht erinnern, aber durch die Erzählungen von Großmutter war er auch ein richtiger Selbonger geworden. Da es bereits spät war, begleitete Wolfgang seine Schwester bis zu ihrer Wohnung, es waren nur zweihundert Meter. Susanne ging zwar sofort zu Bett, schlafen konnte sie aber noch lange nicht, zu aufregend war der Tag gewesen. Zu vieles ging ihr immer noch durch den Kopf. Für den nächsten Morgen hatte sie den Wecker gestellt, auch der sollte nach langer Zeit wieder einmal seine Aufgabe erfüllen. Besonders diesmal, wenn es um Selbongen ging.

In den nächsten Tagen gab es zwischen Susanne und Wolfgang nur ein Thema: die Fahrt nach Ostpreußen. Maria war auch guter Dinge, denn sie freute sich auf den Besuch ihrer Mutter. Als Susanne eine Woche später an Georg einen Brief schrieb, war der Zeitpunkt Pfingsten nächstes Jahr für Wolfgang und Schwester unumstößlich. Es war ein langer Brief, den sie an Georg schrieb, denn es gab auch vieles zu schreiben.

Als sie den Brief noch einmal las, wunderte sich Susanne über sich selbst, wie es möglich war, daß sie einem für sie noch fremden Menschen so viele vertrauliche Angelegenheiten schreiben konnte. Und sie stellte fest, daß es hier eine innerliche Verbindung zu diesem Menschen geben mußte. Hoffentlich sei diese Verbindung nicht trügerisch, dachte Susanne und schickte den Brief ab. Morgen ist Heilig Abend, worauf sie sich sehr freute. Die letzten Tage war sie viel bei Maria gewesen, mit der sie gemeinsam für Weihnachten gebacken hatte. Maria war eine Frau, die fast alles konnte; so lernte Susanne von ihr vieles, was sie im Leben gebrauchen konnte.

Kapitel 25

Warten, Hoffen und Glauben

Die Weihnachtszeit verbrachte Charlotte wie jedes Jahr in Zinnowitz. Trotz der anders lautenden sozialistischen Ideologie zog sie die gemütliche Atmosphäre der Weihnachtsstimmung bei Großmutter in Zinnowitz immer noch vor. Darauf freute sich Charlotte das ganze Jahr. Diese Atmosphäre fing schon beim Öffnen der Wohnungstür bei Großmutter an. Der Duft der selbstgebackenen Honigkuchen und Kekse, der sich in der ganzen Wohnung verbreitete, lud die Enkeltochter zum sofortigen Naschen ein. Das wußte auch Sophie und stellte dafür immer einen Teller des schmackhaften Gebäcks zum Empfang für Charlotte auf den Tisch. Auch die Weihnachtskerzen auf dem kleinen Bäumchen waren bei der Ankunft angezündet. Das Rauschen der Ostsee im Hintergrund gab dieser Stimmung die Krönung.

Als Wolfgang noch dabei war, lästerten und belächelten sie schon mal ihre Großmutter, wenn diese eine Weihnachtsgeschichte vorgelesen hatte und danach ein oder zwei Weihnachtslieder sang. Mit ihrer Großmutter konnten sie das machen, denn Sophie hatte für Kapriolen dieser jugendlichen Art großes Verständnis. Und auch die beiden mußten bald erfahren, daß ihre Welt doch nicht die Wahrheit war und sie noch viel lernen mußten. Und wer diesen Entwicklungsprozeß durchmachte, der war ein ganz normaler Mensch, oder besser gesagt, der wurde zum Menschen, pflegte Großmutter zu sagen, dabei oft Goethe zitierend: „Und solang du das nicht hast, dieses stirb und werde, bist du nur ein trüber Gast auf der dunklen Erde.“

Dieses Weihnachten hatte eine besondere Bedeutung, es waren die lang ersehnten Feiertage, gemeinsam mit ihrer Mutter, an die sie sonst nur gedacht hatten, in der Hoffnung, daß sie noch am Leben sei. Diesmal war sie dabei und sie feierten zusammen Christi Geburt. Es sollte Weihnachten sein wie früher einmal in Selbongen, wenn auch nicht alle dabei sein konnten, prophezeite Großmutter.

Gut gelaunt, mit solchen und ähnlichen Gedanken, fuhr Charlotte am 24. Dezember mit der Bahn nach Zinnowitz. Es lag zwar noch kein Schnee, dafür aber war es kalt und trocken und somit ein traumhaftes Weihnachtswetter. Auf der Insel wurde sie mit offenen Armen empfangen, und Großmutters Wohnung war gemütlich wie immer in der Weihnachtszeit. Besonders Anna war an so einem Tage wie heute mit Dankbarkeit erfüllt. Als alle drei Frauen abends gemeinsam beisammensaßen, erzählte Anna ihre Geschichte, welche sie in Krasnojarsk an einem Heilig Abend erlebt hatte.

„Es war am 24. Dezember 1957. Nach jahrelangem Aufenthalt in einem Land mit anderen Sitten hatte ich nicht daran gedacht, daß es der Geburtstag Christi ist. Vielleicht auch deswegen, weil wir an diesem Tage im Krankenhaus besonders viel zu tun hatten. Es gab an diesem Tage viele Unfälle, die versorgt werden mußten. Später als gewöhnlich beendete ich meine Schicht und ging abends in Richtung meiner Wohnung. Die Straßen waren mit Schnee und Eis bedeckt. Der Mond schien an diesem Abend, von der Sonne besonders stark beleuchtet, und der klare Himmel war voller Sterne. Übermüdet durch den zwölfstündigen Arbeitstag schlenderte ich so vor mich hin. Plötzlich stolperte ich über einen Eishuckel und fiel zu Boden. Als ich wieder auf den Beinen stand, stellte ich fest, daß mein Arm stark blutete.

Hundert Meter weiter klopfte ich an eine Haustür und ein älterer Herr öffnete mir die Tür. Als er meinen blutenden Arm sah, bat er mich in seine Wohnung. Dort kam mir eine Frau entgegen, die aus einem Hemd einen Verband anfertigte und meine Wunde versorgte. In der Wohnung war es warm, und ich fühlte mich gut aufgehoben. Daraufhin bat man mich zu einer gemeinsamen Tasse Tee. Stellt Euch vor, wie groß meine Verwunderung war, als ich im Nebenzimmer, in dem wir den Tee trinken sollten, ein kleines Weihnachtsbäumchen mit brennenden Kerzen stehen sah. Es war für mich damals wie ein Traum. Trotz meiner Müdigkeit und Schmerzen am Arm war ich wieder munter geworden.

Danach hatten wir schnell unsere gemeinsame Sprache gefunden, und es wurde ein später, aber schöner Heilig Abend, der erste dieser Art für mich in Krasnojarsk. Wie sich herausstellte, war dieser Herr mit seiner Gattin von Königsberg dorthin verschleppt worden. Ich mußte bei diesen Menschen übernachten und bin am ersten Weihnachtsfeiertag in meine Wohnung gegangen, um nachmittags die Spätschicht im Krankenhaus anzutreten. Diese Menschen habe ich später mehrmals besucht, und sie mich auch. Leider mußten diese netten Menschen in eine andere Stadt umziehen. Er war Wissenschaftler und mußte dorthin, wo er geschickt wurde. Dann und wann bin ich auch im Krankenhaus Menschen begegnet, die aus Ostpreußen kamen. Die meisten hatten sich aufgegeben und hatten weder Hoffnung noch Wünsche."

Nachdem Anna ihre Geschichte beendet hatte, erzählten auch Sophie und Charlotte ihre Erlebnisse aus der Vergangenheit. Als die Kerzen abgebrannt waren und die Uhr Mitternacht geschlagen hatte, war dieser Heilige Abend dieser drei Generationen hier auf der Insel Usedom beendet. Es war ein Weihnachtsfest, welches alle drei Frauen auch im späteren Leben oftmals erwähnten. Am 27. Dezember nachmittags fuhr Charlotte wieder nach Berlin. Mutter und Großmutter lebten ihr tägliches Dasein weiter, und so waren auch diese Weihnachtstage wieder ein Stück Vergangenheit, so wie ein erlebter Traum.

Ein neues Jahr war angefangen, doch die Sorgen der Menschen waren die alten geblieben. So verlief ein Jahr wie das andere. Und doch war jedes Jahr anders als das vorherige. In Annas und Sophies Leben war das vergangene Jahr von großer Bedeutung und von zahlreichen Erlebnisse geprägt. An den langen Winterabenden lebten sie gemeinsam in ihren Erinnerungen. In allen schweren Zeiten gab es immer wieder Tage, wo man lachen konnte, und diese Tage blieben im Gedächtnis.

Am Wochenende kam wieder einmal Charlotte nach Zinnowitz. So ein Wochenende war für Mutter und Großmutter immer eine Abwechslung in ihrem Leben auf der Insel. Charlotte hatte allerhand Neuigkeiten zu erzählen. Über das Großstadtleben in Berlin, über Kultur und Wirtschaft, was sonst in den Medien nicht verbreitet wurde. Inzwischen hatte Charlotte mit ihren Geschwistern einen regen Briefwechsel, besonders in der letzten Zeit, in der die Briefe auch ankamen. Wie gewohnt wurde Charlotte von den beiden Frauen herzlich empfangen. Schon bei der Begrüßung merkten Mutter und Großmutter, daß Charlotte diesmal gut gelaunt war. Den Grund der guten Laune sollten die Insulaner auch gleich erfahren.

Nach dem Essen fing Charlotte an zu erzählen: „Vorgestern erhielt Georg von unserer Susanne einen netten Brief, in dem sie schrieb, daß Wolfgang als auch sie über die Pfingstfeiertage gerne nach Selbongen fahren würden. Wenn es auch Mutter, Großmutter und mir passen würde, wären sie sehr erfreut. Und was sagt ihr beiden nun dazu“, fragte Charlotte und schaute die Gefragten dabei an. „Natürlich sind wir damit einverstanden“, kam es gleichermaßen zurück. Und Charlotte äußerte weiter: „Und wenn es Georg auch recht ist, so dürfte dem wohl nichts im Wege stehen. Wenn Ihr eure Reisepässe habt, kann ich sie bei meinem nächsten Besuch bei euch nach Berlin mitnehmen, damit Georg die Visa besorgen kann.

Stellt euch vor: Pfingsten in Selbongen! Vielleicht blüht dann noch der Flieder, und wenn der verblüht ist, pflücken wir im Wald am Kruschewkosee Maiglöckchen. Ich habe noch die Erinnerung, als wir am Waldesrand am Wigon Leberblümchen und

Buschanemonen gepflückt haben. Der Schnee war gerade verschwunden, da wurde der Erdboden an vielen Stellen im Wald durch die Natur mit einer weißblauen Decke bedeckt. Als wir die gepflückten Blümchen nach Hause brachten, hatten diese ihre Köpfchen hängen lassen, weil sie welk waren. Du, Mutti, hast sie in ein Glas mit Wasser gesteckt und die Blümchen erwachten wieder. Einmal durfte ich dich zum Bürgermeister Friedrich begleiten. Du hattest Lebensmittelkarten abgeholt und ich durfte mit, während Wolfgang mit Susanne und Großmutter zu Hause blieb." – „Interessant, daß Du Dich daran erinnern kannst", bemerkte Anna.

Charlotte fuhr dann fort: „Auch kann ich mich daran erinnern, daß bei uns auf dem Dachboden im Sommer immer ganz viele Kräuter zum Trocknen lagen. Daß wir Lindenblüten gesammelt haben, weiß ich noch genau. Wofür das alles gut war, weiß ich leider nicht mehr." – „Ja, liebes Charlottchen, das ist schön, daß du dich daran erinnerst. Vieles haben wir auch schon vergessen, jetzt, wo du es sagst, weiß ich es wieder. Mit diesen Kräutern haben wir euch Kinder und auch uns Erwachsene geheilt. Ich kann mich nicht erinnern, mit euch beim Arzt gewesen zu sein. Erstens war der nächste Arzt erst in Nikolaiken, und zweitens wurden wir so erzogen, daß man zum Arzt nur in ganz schweren und seltenen Fällen ging", erläuterte Sophie ihrer Enkeltochter die offene Frage. „Kräuter und Honig durften im Winter in keinem Haus fehlen. Als Nahrungsmittel war Weißkohl für den Winter sehr wichtig. Ob es heute noch so in Selbongen ist, das ist die Frage", beendete Anna das Thema Selbongen.

„Daß Georg die Fahrt organisieren und dazu auch unsere Formalitäten erledigen will, finde ich nett von ihm", bemerkte Sophie. „Er hat in Sensburg Bekannte, die für uns dort ein Hotel oder etwas anderes suchen sollen", entgegnete Charlotte. „Dann ist ja für alles gesorgt", bestätigte Anna die Feststellung ihrer Tochter. Viele Gespräche wurden noch an diesem Abend über Selbongen geführt. In dieser Vorfreude wurde noch viel geredet, doch wenig gesagt. Aber auch das gefiel den Damen. Charlotte war dann am Sonntag vormittags wieder nach Berlin gefahren.

Susanne wohnte jetzt ganz in der Nähe von Wolfgang und Maria. Sie war oft dort, wenn es ihre Zeit erlaubte. Wenn Maria Einkäufe tätigte, paßte sie auf Benjamin auf. Wolfgang machte Überstunden im Krankenhaus und kam somit selten in den Genuß, sich mit Benjamin beschäftigen zu können. Aufgrund ihrer neuen Anstellung beim Orchester hatte Susanne täglich Proben und Auftritte als Sängerin. Bis sie ihren Leistungsstand erreichte, den sie in Moskau hatte, würde es wohl noch einige Monate Zeit in Anspruch nehmen, überlegte Susanne. Sie arbeitete hart und war sich ihres Erfolges sicher.

Besonders Maria unterstützte sie seelisch dabei. Über ihre Vorfreude wegen der Fahrt nach Selbongen sprach Susanne viel mit Maria, die ihre Freude gut verstand. Sie selber würde ganz gerne nach Lindow fahren, wenn es die Politik erlauben würde. Um so mehr freute sie sich, wenn ihre Mutter sie besuchen würde. Trotzdem gab Maria die Hoffnung nicht auf, Lindow bald besuchen zu dürfen. Mit Wolfgang rätselten sie um die Wette, was sie am besten mitnehmen könnten. Die Zeit verging und die Störche waren im Masurenland bereits gelandet. „So ist es endlich auch für uns an der Zeit", bemerkte Wolfgang.

Die zeitweilige Trennung zwischen Maria und Wolfgang war längst durchgestanden, wozu Benjamin mit seiner Anwesenheit einen großen Teil beigetragen hatte. Durch Maria hatte auch Susanne davon erfahren, doch über diese Vergangenheit wurde bewußt nicht gesprochen. Es war Ende April und die warmen Sonnenstrahlen lockten Spaziergänger an den Lietzensee, um die Frühlingsluft zu genießen. Die sprießenden Bäume und Sträucher zogen die Aufmerksamkeit und Bewunderung der Menschen auf sich. Und diese Frühlingsatmosphäre nutzte auch Familie Kulinna voll aus.

Besonders der kleine Benjamin war sehr lebhaft geworden. Der Schriftverkehr zwischen Ost und West funktionierte mittlerweile normal, und die Vorbereitungsinformationen über die Reise nach Selbongen waren auf dem laufenden. Anfangs gab es Schwierigkeiten wegen des Visums bei der polnischen Militärmission in Berlin. Die polnischen Behörden verlangten, daß der Geburtsort von Wolfgang und Susanne mit dem polnischen Namen im Visum eingetragen werden sollte, also Zelwagi. Im Visum stand jedoch deutlich, daß der Geburtsort mit dem Ort im Reisepaß übereinstimmen müßte und der Ort im Reisepaß mit dem Ort in der Geburtsurkunde. In der Geburtsurkunde bei beiden stand aber Selbongen. Letztendlich stand es dann im Visum: Geburtsort Selbongen, Geburtsland Polska. Das Geld für den Pflichtumtausch war auch eingezahlt; somit sollte wohl alles geregelt sein.

Kapitel 26

Das Wiedersehen in Selbongen

Es war Ende Mai 1970. Der wolkenlose Himmel über der Ostsee ließ schon früh die Sonne über Zinnowitz scheinen, als hätte sie genausowenig schlafen können wie Sophie und Anna in dieser Nacht. Obwohl über diese Fahrt viel gesprochen, gedacht, überlegt und geschrieben wurde, war es so, als wäre der Tag plötzlich da.

Früh waren die Frauen aufgestanden, um auch nichts zu vergessen. Sämtliche für die Fahrt notwendigen Papiere hatte Georg in Berlin. Sie fahren heute mit der Bahn zu Charlotte, von dort geht es dann morgen früh mit dem Pkw nach Selbongen. An Medikamente mußte auch gedacht werden, denn Sophie hatte in letzter Zeit häufig Herzbeschwerden. Heute war sie gut gelaunt und unternehmungslustig. Den gemeinsamen Reisekoffer hatten sie und Anna längst gepackt.

Vor der Abreise erinnerte sich Sophie daran, als sie 1946 mit dem Handwagen, zusammen mit Charlotte und Wolfgang, niedergeschlagen und verzweifelt durch den Verlust von Susanne, hierher kam. Vierundzwanzig Jahre war das bereits her. Dabei stellte sie fest, daß sie nicht nur durch den Krieg, durch den Tod ihres Mannes, den die Russen in Selbongen erschossen hatten, sondern auch in der Nachkriegszeit hier in Zinnowitz viel gelernt hatte. Nicht allein durch ihr Schicksal, auch durch die heranwachsenden Kinder ihrer Tochter, die sie bei ihrer Entwicklung ständig beobachtete, wobei sie sich auch selbst entwickeln konnte.

Und dann nach vielen Jahren die Rückkehr Annas, die ihre Entwicklung in einer ganz anderen Welt durchmachen mußte. Jetzt das Zusammenleben mit ihrer Tochter, daß ihr durch Annas Schilderungen oft neue Wege offenbarte, und nun die gemeinsame Reise an ihren Ursprung, mit Tochter und Enkelkinder, und die Hoffnung auf ein schönes Wetter im Masurenland. Sie dachte an ihre Jugendjahre, an die Jahre ihrer Tätigkeit als Lehrerin, an ihr kleines Häuschen am See und vieles mehr. Inzwischen war es Zeit aufzubrechen, denn in knapp einer Stunde fuhr der Zug ab. Es war ein herrlicher Tag und singende Lerchen begleiteten die Damen auf dem Wege zum Bahnhof.

Während der Bahnfahrt nach Berlin stellten sie fest, daß sie in einem Land lebten, welches die Schöpfung mit natürlicher Pracht reichlich beschenkt hatte. Von der nächsten Bahnstation an gesellte sich ein Ehepaar zu ihnen, und es entwickelte sich eine nette Unterhaltung, die erst in Berlin endete. So war die Fahrt schnell verlaufen.

Charlotte und Georg empfingen die beiden Damen in Berlin, und Georg fuhr sie zu Charlottes Wohnung. Während des Essens bei Charlotte erläuterte Georg einige Einzelheiten über die bevorstehende Fahrt. Danach verließ er die Damen mit der Vereinbarung, um sechs Uhr früh am nächsten Morgen die Fahrt zu beginnen.

An so einem wichtigen Abend gab es noch viel zu erzählen, doch kurz nach zehn Uhr wurden die Lampen gelöscht und es wurde zu Bett gegangen. Am nächsten Morgen war Georg bereits vor sechs Uhr vorgefahren; Charlotte, Mutter und Großmutter waren auch schon startbereit. So wurden dann die Koffer in den Pkw gepackt, und die Fahrt begann in Richtung Sonnenaufgang. Eineinhalb Stunden später stand der Wartburg mit der Reisegesellschaft an der Grenze nach Polen. An der Grenze war um diese Zeit noch wenig Verkehr, so war die Grenze auch schnell passiert.

Die Sonne war längst aufgegangen und wärmte intensiv, obwohl es erst neun Uhr vormittags war. Georg fuhr ein flottes Tempo, als wäre er diese Strecke bereits mehrmals gefahren. Er freute sich auf das erste Picknick irgendwo im Waldstück, denn die Damen hatten einen reichlich gefüllten Korb vorbereitet. Susanne und Wolfgang durften an diesem Tage länger schlafen. Das Flugzeug nach Warschau startete erst um zehn Uhr. So genügte es, wenn sie frühestens um neun Uhr am Flughafen waren.

Und trotzdem war Susanne um sieben Uhr zu ihrem Bruder mit ihrer Reisetasche gegangen. Sie dachte dabei an ihre Mutter mit Großmutter und Geschwister, die bereits unterwegs waren zu ihrem gemeinsamen Ziel, dem Masurenland. Diesmal war es Wahrheit. Es war weder Traum noch Phantasie. Wie würde sich wohl Georg ihr gegenüber beim Wiedersehen verhalten? Seine Briefe waren doch sehr zurückhaltend; ob es die Wirklichkeit war oder nur eine Tarnung? Und Mutter, sah sie noch genauso aus wie damals im Zug? An Großmutter konnte sie sich nicht mehr erinnern.

Kurz vor Marias Wohnung begegnete ihr ein angetrunkener Heimkehrer einer Feier, der ihr beim Vorbeigehen zurief: „Na Süße, so früh auf Achse? Doch egal, wo du dich beeilest, dir wünsche ich eine gute Reise." Susanne drehte sich um und erwiderte lächelnd: „Danke, gute Wünsche kann ich immer gebrauchen." Maria und Wolfgang waren auch seit einer Stunde auf den Beinen, nur Benjamin schlief noch den Schlaf des Gerechten. Sie deckten gemeinsam den Frühstückstisch, während sie sich rege unterhielten, und frühstückten gemeinsam und gemütlich. Auch Benjamin war inzwischen erwacht. Die allgemeine Unruhe in der Wohnung hatte auch ihn erfaßt, und so gehörte auch er zum Kreise der aufgeregten Gesellschaft.

Um halb neun Uhr fuhr das Taxi vor, und zwei Selbonger fuhren und flogen in ihre Heimat. „Wohin führt denn der Flug, wenn ich fragen darf?", äußerte sich der Taxifahrer. „Das dürfen Sie“, antwortete Wolfgang. „Nach Warschau und weiter ins Masurenland.“ – „Ach, in das schöne Ostpreußen. Ich komme aus Angerburg; lange ist es her, doch einmal werde ich auch meine Heimat besuchen. Sie haben sich die schönste Jahreszeit für einen Ostpreußenbesuch ausgesucht; wenn ich daran denke: der Fliederduft im Mai, das Gezwitscher der Wasservögel im Schilf, die vielen Maiglöckchen in den dunklen Wäldern, deren Duft einem zum Träumen verleitet, die vielen Storchennester, welche mit ihrer Anwesenheit die Gebäude vor Blitz schützen. Jetzt muß ich aufhören davon zu schwärmen, sonst vergesse ich, daß ich Euch zum Flughafen bringen soll und fahr mit Euch nach Angerburg durch“, scherzte der Taxifahrer zum Schluß.

Susanne und Wolfgang hatten ihm begeistert zugehört und nahmen es als ein gutes Omen auf. Am Flughafen vorgefahren wünschte ihnen der Fahrer alles Gute, verabschiedete sich und verschwand. Bis zum Abflug waren es noch 55 Minuten, so hatten die Geschwister noch genügend Zeit, um sich am Flughafen umzuschauen, und, nachdem sie die Reisetaschen aufgegeben hatten, taten sie es auch. Dabei stellten sie fest, daß nicht wenige Gäste nach Warschau flogen, obwohl man sonst in den Medien darüber nur wenig hörte.

Indessen wurden die Passagiere für den Flug nach Warschau auch schon aufgerufen. Kurz danach saßen sie im Flugzeug und der große Vogel hob vom Rollfeld in Richtung Osten ab. Nicht nur Susanne, auch Wolfgang war schweigsam und nachdenklich. Und beide dachten daran, was sie wohl in einigen Stunden erleben würden. Erst als sie fast eine halbe Flugstunde hinter sich hatten, schaute Wolfgang seine Schwester an und fragte sie: „Hast du dir diesen Flug vor einem Jahr träumen lassen?“ – „Was soll ich dir darauf antworten, Wolfgang“, erwiderte die Schwester und ergänzte: „Für dieses Erlebnis finde ich kaum Worte, mit welchen ich den Göttern danken könnte. Heimat, Mutter, Großmutter und Geschwister und vielleicht noch mehr. Alles auf einmal zu erleben verlangt schon Standhaftigkeit, um das in der Empfindungsseele an richtiger Stelle einzuordnen.“ Hiermit war die Unterhaltung schon beendet, und es wurde weiterhin geschwiegen.

Und wörtlich verlief die Zeit wie im Fluge. Der Vogel landete in Warschau, und die Passagiere stiegen aus und bewegten sich Richtung Empfangshalle. Eine halbe Stunde später hatten sie ihre Taschen vom Band genommen und gingen in Richtung Ausgang. Jetzt würden sie versuchen, einen Taxifahrer, der Englisch, Deutsch oder Russisch sprach, zu finden. Doch dazu sollte es gar nicht kommen.

An der Ausgangstür der Halle kam ein junger Mann auf die beiden zu und fragte in deutscher Sprache: „Sind Sie die Geschwister Kulinna?“ Erschrocken und verblüfft schauten die Ankömmlinge den Herrn an und bejahten seine Frage. „Mein Name ist Griszick. Ich bin Taxifahrer aus Sensburg und habe den Auftrag, Sie nach Sensburg zu fahren, damit Sie sich mit Mutter und Großmutter treffen können.“ – „Und mit der Schwester doch auch“, fragte Susanne. „Natürlich sind außer den genannten Personen noch eine junge Frau und ein Mann dabei“, antwortete der Herr. „Das ist vielleicht eine Überraschung gleich bei der Ankunft“, bemerkte Wolfgang.

Während der Fahrt erklärte der Fahrer die Sache näher. „Mein Freund hat einen Freund in Berlin, und dieser hatte meinem Freund genau geschrieben, wie die junge Dame aussieht, die ich mit ihrem Bruder abholen soll. Und Sie zu erkennen, war kein Kunststück.“ Bei dieser Äußerung schlug Susanne das Herz doch schneller, denn daß Georg sie so genau beschreiben konnte, hätte sie ihm nicht zugetraut. Der Taxifahrer erzählte viel über Sensburg, und als sie ungefähr dreieinhalb Stunden unterwegs waren, kamen sie in einen hohen, dunklen Wald. „Ab hier sind wir in Ostpreußen“, erläuterte der Fahrer. „Dieser dunkle Wald ist ein Vorgeschmack der Natur für das schöne Masurenland. Bald fangen auch die herrlichen Seen an. Ich werde gern langsamer fahren, damit Sie die Natur bewundern können.“

Und es gab vieles zu bewundern. Nur selten begegnete ihnen ein Pferdewagen, beladen mit frisch gemähtem Gras oder anderen Gütern und noch weniger Kraftfahrzeuge. Auch der erste See im Masurenland ließ nicht lange auf sich warten. Schon nach zwanzig Minuten Fahrt rief Susanne begeistert: „Schau, Wolfgang, das herrliche Wasser dort links mit dem jungen, grünen Schilf am Ufer.“ – „Solche Seen werden Sie jetzt öfter sehen“, entgegnete der Fahrer.

Rund hundert Meter hinter einem Bahnübergang wurde das Taxi von einer Straßenkontrolle angehalten. Es war ein Milizmann mit seinem Motorrad. Höflich verlangte er vom Fahrer die Fahrzeugpapiere, und nachdem er diese überprüft hatte, erklärte er dem Fahrer, daß er ihn mit 40 Zloty bestrafen müsse, weil er das Stoppschild vor dem Bahnübergang nicht beachtet habe. Der Milizmann zog seinen Quittungsblock hervor, doch der Fahrer winkte ab, was bedeutete, daß er keine Quittung benötigte. Daraufhin gab der Milizmann dem Fahrer von den 40 Zloty 20 wieder zurück und verabschiedete sich.

Als Wolfgang später den Taxifahrer auf die merkwürdige Handhabung der Strafe ansprach, sagte dieser: „In diesem System müssen wir uns selbst gegenseitig unterstützen, das bedeutet: leben und leben lassen.“ Darüber konnten Wolfgang und Susanne herzhaft lachen. Mittlerweile waren sie fast vier Stunden unterwegs. Es war trotzdem keine langweilige Fahrt, denn die lange Strecke durch den Wald ließ sie immer wieder etwas Neues in der Natur entdecken. Der Fahrer beschleunigte die Fahrt, doch als ihm ein entgegenkommendes Fahrzeug Licht aufblinken ließ, verlangsamte er wieder die Fahrt mit den Worten: „Schon wieder Kontrolle, haben die heute nichts anderes zu tun?“ Und tatsächlich stand hinter der nächsten Biegung wieder ein Beamter, doch dieser ließ das Taxi weiterfahren, weil der Fahrer ordnungsgemäß fuhr.

Sie passierten das Dorf mit dem Namen Piecki. Der Fahrer erklärte seinen Fahrgästen, daß dieses Dorf vor dem Krieg Peitschendorf geheißen habe, und bemerkte: „Jetzt haben wir nur noch eine Viertelstunde Fahrt und wir sind in Sensburg.“ Nach dieser Bemerkung fing Susannes Herz schneller an zu schlagen, und Wolfgang wurde auch unruhiger. Trotzdem versuchten beide, ihre Unruhe zu verbergen.

Kurz vor einer Bahnunterführung war eine Kreuzung mit dem Hinweisschild nach rechts und der Aufschrift Mikolajki. „Hierlang fahren sie morgen nach Selbongen“, erklärte der Taxifahrer. Danach passierten sie das Ortsschild Mragowo; so hieße jetzt Sensburg, erklärte der Fahrer und ergänzte weiter: „Anfangs hieß es noch Sonsburg, als dann der Rest des Deutschtums verwischt werden sollte, wurde Sonsburg auf Mragowo umbenannt.

Seit einer halben Stunde wurden die Gäste von einem warmen Mairegen begleitet, und man sah förmlich, wie die Pflanzenwelt diesen Regen willkommen hieß.

Wenn im Mai der warme Regen
Auf die trockne Erde fällt,
Ist es Götter reicher Segen,
Der Natur und uns erhellt.

Jeder Tropfen dieser Güte,
Die von oben uns geschenkt,
Ist die Nahrung einer Blüte,
Die Natur und Kosmos lenkt.

Auch die Gräser und die Bäume,
Alles wartet flehend drauf,
Die Erfüllung aller Träume
Ist des Regen nasser Hauch.

Und die Lüfte feucht durchdringen
Mit dem Regenduft im Mai,
Knospen sprießen, Vögel singen,
Alles hofft und ist dabei.

Tiere tanzen, Fische springen
In dem sanften Regenguß,
Durch die Felder Nebel dringen,
Im See baden – welch Genuß.

Darum sollten wir nicht scheuen
Dieses kühle Naß im Mai,
Um es später nicht bereuen,
Denn im Sommer ist's vorbei.

Langsam rollte das Fahrzeug über das Sensburger Pflaster, der Fahrer erklärte seinen Fahrgästen, wo welche Ämter untergebracht seien, obwohl seine Gäste jetzt doch nur an das Wiedersehen mit den Angehörigen und der alten Heimat dachten. „Ihre Verwandten sind auch schon da", bemerkte der Fahrer und deutete auf einen hellen Wartburg, der vor einem Häuschen parkte. Als Wolfgang dem Fahrer die Rechnung bezahlen wollte, sagte dieser: „Das machen wir am Schluß, denn ich werde Sie noch mehrmals fahren und auch nach Warschau zurückbringen."

Er fuhr neben dem geparkten Wartburg und hielt an. Schweigend und regungslos saßen Susanne und Wolfgang im Taxi, als hätten sie nicht die Absicht, auszusteigen. Indes öffnete sich die Haustür, und eine Frau trat aus dem Inneren des Hauses hervor. Prüfend schaute sie zu den Ankömmlingen herüber, blieb für einen Moment stehen, schritt dann langsam, beinahe majestätisch zum Taxi. Sofort erkannte Susanne die Frau aus der Transsibirischen Eisenbahn.

Wolfgang schaute immer noch regungslos der Dame entgegen. Jetzt hielt es Susanne nicht mehr im Taxi, sie riß die Tür auf, sprang heraus und fiel der Frau um den Hals. Keine der Damen war in der Lage, ein Wort zu sagen; sie weinten, schluchzten, küßten und umarmten sich immer wieder. Geduldig wartete Wolfgang, bis sich Mutter und Tochter begrüßt hatten, dann fiel auch er seiner Mutter um den Hals, ohne ein Wort sagen zu können. Mittlerweile waren auch Sophie und Charlotte aus dem Haus gekommen, und lang ersehnte Träume gingen hier und jetzt in Erfüllung.

So eine Begrüßung konnte von außen nur bildlich erfaßt werden. Die Gefühle und Empfindungen der Beteiligten konnten nur durch diese selbst festgehalten werden. Als Wolfgang seine Großmutter begrüßte, sagte diese: „Na, du Lümmel, bist du immer noch so rebellisch oder bist du ruhiger geworden?“ – „Was man in die Wiege mitbekommt, kann man nicht einfach so abwerfen, Großmutter“, antwortete ihr Enkelsohn und lachte dabei. „Bleib nur weiter so, wie du bist“, ergänzte Sophie.

Anna und Susanne waren immer noch sprachlos. Georg stand etwas abseits und wartete, um den Ankömmlingen als letzter die Hand zu schütteln. Als letzte war Susanne dran, und hier nutzte Georg die Gunst der Stunde, um Susanne zu umarmen, sie zu drücken und auf die Wange zu küssen. Susanne hatte am heutigen Tage gegen diese Art der Begrüßung nichts einzuwenden, und, Georg anschauend, scherzte sie: „Nun mal nicht so stürmisch, du Lorbas.“ Erst durch Georgs Umarmung konnte Susanne wieder reden und alle Anwesenden lachten herzlich über Susannes Äußerung.

Endlich hatte auch Anna Boden unter den Füßen und während sie ihre Tochter betrachtete, sagte sie: „Mein Kind, du siehst heute noch genauso aus wie damals in der Eisenbahn. Wie ist so etwas möglich, daß ich dich nicht gleich erkannt habe?“ – „Vielleicht mußte es so sein, Mutti“, antwortete Susanne. Charlotte hielt ihre Schwester bei der Hand, als wolle sie Susanne für immer festhalten. Der Taxifahrer war weggefahren, nachdem er mit dem Gastgeber für den nächsten Tag die Uhrzeit vereinbart hatte. Es war inzwischen sieben Uhr nachmittags, es hatte aufgehört zu regnen und die Sonne stand noch hoch am Himmelszelt.

Für Sophie war dieser Tag sehr anstrengend; sie mußte mehrmals ihre Tabletten zu sich nehmen. Das machte ihr aber nicht viel aus. Die Gastgeberfamilie, ein nettes Ehepaar, die aus dem ehemaligen polnischen Gebieten vertrieben wurde und hier nach dem Krieg eine zweite Heimat fand, hatte im Garten den Tisch mit einem schmackhaften Essen gedeckt. Doch ans Essen dachte noch keiner. Anna konnte es nur langsam fassen, daß dieses Treffen kein Traum war. Sie schaute abwechselnd und nachdenklich immer wieder auf ihre Kinder.

Wolfgang wurde mit dieser Begegnung am ehesten fertig. In ihrem Herzen war Anna zutiefst dankbar, dieses erleben zu dürfen. Diesen masurischen Boden betreten zu dürfen, und das mit ihren Kindern und ihrer Mutter. Und genauso erging es ihrer Mutter. Sophie war mit sich zufrieden und freute sich sehr, dabei zu sein. Ihre Enkelkinder erzählten so viel Gutes über sie, daß sie auch gegenüber ihrer Tochter froh war, die Kinder so erzogen zu haben.

Doch nun war es allerhöchste Zeit, am Tisch Platz zu nehmen, solange die Sonne noch wärmte. Georg stellte kurz davor seinen Freund aus Sensburg vor, der sich mit dem Vornamen Jan zu erkennen gab. Er hatte die Unterkunft, das Taxi und alles, was mit dem Besuch zusammenhing, besorgt. Etwas Deutsch konnte er auch, so konnte er sich auch an der Unterhaltung beteiligen. Vor dem Essen bedankte sich Wolfgang im Namen der Familie bei Georg, bei Jan und den Gastgebern mit einer kurzen, aber herzlichen Rede.

Unter anderem bemerkte er, daß der heutige Tag nicht nur ein Familientreffen sei; es sei auch ein Beweis und eine Bestätigung, daß auf diesem masurischen Boden viele Völker miteinander friedlich leben, arbeiten und feiern könnten. Bei dieser Rede war Georg als Dolmetscher für die Gastgeber tätig. Während des Essens und danach entwickelten sich unter den Anwesenden nette, freundschaftliche Gespräche. Anna und Sophie unterhielten sich mit Susanne und Charlotte, während sich Wolfgang mit Georg und Jan beschäftigte.

Hier fühlte sich auch Georg ungestört, denn er kannte die Sitten dieses Volkes und das Land sowieso. Es wurde die Planung für den nächsten Tag festgelegt, und Jan erklärte den Besuchern, was derzeit in Polen zu beachten sei, damit sie mit dem Gesetz nicht in Konflikt kommen würden. Es war ein schöner Abend; so wurde auch nach Sonnenuntergang noch lange geredet. Gegen Mitternacht gingen Anna und Sophie zu Bett, während die jungen Leute diese Maiennacht genossen und erst schlafengingen, als aus dem nahegelegenen Wäldchen der Kuckucksschrei sie dazu aufforderte. Als am nächsten Tag Wolfgang und Georg erwachten, stand die Sonne schon hoch am Himmel und die Damen hatten längst gefrühstückt.

Nachdem die Damen den Morgengruß der Herren erwiderten, bemerkte Sophie: „Daß Masuren so lange schlafen, ist mir nicht bekannt.“ Und Wolfgang erwiderte darauf: „Zur Rechtfertigung deiner Äußerung, liebe Großmutter, muß ich antworten, daß wir nur vier Stunden geschlafen haben und uns trotzdem munter fühlen.“ Sophie lachte und entgegnete: „Du bleibst selten eine Antwort schuldig.“ Anna schaute schweigend auf ihren Sohn, der jetzt auf sie zukam, um sie nochmals an sich zu drücken.

Es war bereits neun Uhr, und das Taxi stand auch schon abfahrbereit vor dem Haus. Nachdem auch die Herren gefrühstückt hatten, ging es los in Richtung Selbongen. Anna erinnerte sich, daß es nach Selbongen 18 Kilometer seien, was ihr der Taxifahrer bestätigte. Sie fuhr diesmal mit Sophie und Charlotte im Taxi voran, während Susanne mit Wolfgang und Georg hinter ihnen fuhren. Auch an diesem Maientag war das Wetter wie bestellt.

Während der Fahrt erläuterte der Fahrer die hiesigen Verhältnisse. Sophie und

Anna, auf dem Rücksitz, schauten sich nachdenklich die Landschaft an und stellten fest, daß sich in den vielen Jahren auch vieles geändert habe. Nur die Natur war beständig geblieben. Der Fahrer erklärte, daß die Leute hier so viele Jahre wohnen würden und trotzdem mit der Einstellung lebten, von hier irgendwann wegziehen zu müssen. Diese Einstellung konnten die Frauen nicht nachvollziehen, doch um das zu verstehen, müßte man hier leben, erläuterte der Fahrer weiter.

Vor dem Bahnübergang vor Inulzen hielt das Fahrzeug am Stoppschild, und der Zug aus Richtung Allenstein kam auch schon angeschnauft. Es war weder ein D-Zug noch ein Eilzug, und man hatte den Eindruck, es sei noch die alte Lok und die alten Waggons von früher. Mit einer mäßigen Geschwindigkeit fuhr die Eisenbahn an den Besuchern vorüber, der Lokführer lächelte und winkte ihnen zu, während der Heizer mit seiner gehobenen Kohlenschaufel winkte. Die Bilder weckten betont Erinnerungen an die Fahrten Sophies nach Nikolaiken und Annas zur Krankenschwesternschule nach Sensburg.

In Inulzen hielten die Fahrzeuge am Straßenrand. Die Reisenden stiegen aus und schauten über den See nach Selbongen. Die Sonne strahlte, und ein leichter Wind bewegte die Blätter der üppigen Fliedersträucher. Der überschaubare See vor ihnen war glatt wie ein Spiegel. Es wurde nur wenig geredet. Anna stand etwas abseits an eine Linde gelehnt und schaute nach rechts auf das Gut Schnittken. Susanne stellte sich daneben und stellte ihrer Mutter die Frage, ob es dieses Gut sei, wo sie mit Olga zurückbleiben mußte. Anna nickte bestätigend, und jetzt haftete auch Susannes Blick auf dem großen Gutsgebäude.

Sophie sammelte alle ihre inneren Kräfte zusammen und erklärte den jüngeren Leuten den Weg von Selbongen nach Schnittken, den Anna täglich gehen mußte und eines Tages nicht mehr zurückgekommen war. Wolfgang war der einzige Selbonger, der die Lage beherrschte.

Indem kam eine Frau und fragte, ob sie aus Deutschland kämen. Als ihr Wolfgang die Frage mit Ja beantwortete, erzählte sie, daß sie sich auch um eine Ausreise in den Westen bemühten, leider bis dahin vergeblich. Elfmal hätten sie eine Absage erhalten, doch jetzt hofften sie stark, die Genehmigung zu erhalten. Als sie Wolfgang aufmerksam machte, daß sie im Westen so eine schöne Landschaft nicht erwarten könne, antwortete sie, daß, wenn man von der Natur allein leben könnte, sie auch hierbleiben würde. Der Frau für die Zukunft alles Gute wünschend stiegen die Besucher in ihre Fahrzeuge und fuhren Richtung Selbongen.

Bewußt langsam fuhr der Fahrer den Berg hinunter, die Rechtskurve weiter bergab. Hier wohnte doch der Schmied Dembeck, erinnerte sich Anna, nach rechts zum See zeigend. Und weiter ging es, die Rechtskurve bergauf und wieder bergab am See entlang. Als es wieder bergauf ging, stand dort auch schon das Ortsschild mit der polnischen Bezeichnung Zelwagi. Langsam am Schild vorbei rollten die Fahrzeuge ins Dorf. „Das Haus von Kloppotteck ist auch weg“, bemerkte Sophie. Als das Taxi die nächste Linkskurve passierte, bat Sophie den Fahrer, anzuhalten.

Links die bekannten Gebäude, und rechts der Inulzer See. Von der Straße bergab, vielleicht 50 Meter lang, führte ein grüner Weg zum Ufer mit einem kleinen Holzsteg. Vor dem Steg am Ufer an der rechten Seite wuchsen Fliedersträucher, dazwischen lagen Lehm und Steinreste. Der Taxifahrer verabschiedete sich bis um sechs Uhr abends, dann sollte er die Besucher wieder abholen. Charlotte, Susanne und Wolfgang sprangen aus den Fahrzeugen und liefen den grünen Weg zum See. Nur Anna und Sophie schritten langsam und nachdenklich den jüngeren Leuten nach, die bereits ihr Schuhzeug ausgezogen hatten und ihre Füße vom Steg ins Wasser baumeln ließen.

Am Ufer angekommen zeigte Sophie nach rechts auf die Fliederstäucher mit den Worten: „Hier stand es.“ Bei dieser Äußerung wurde sie blaß. Anna, die neben ihr stand, hakte sie ein, um sie zu stützen. Georg holte vom Fahrzeug zwei Decken, die sie mitgebracht hatten, um hier in Selbongen Picknick zu machen. Im Schatten der Sträucher wurde die Decke ausgebreitet, damit sich Mutter und Großmutter setzen konnten. Auch Wolfgang war mit einer Beruhigungsspritze dabei. Es war jetzt windstill, und trotzdem flatterten die Blätter der hohen Pappel unruhig in der Krone. Susanne und Charlotte versuchten, sich an das Holzhäuschen zu erinnern, doch es gelang ihnen nur mühsam. Das klare Wasser, der sandige Grund, die mit Schilf umsäumten Ufer, das war der Inulzer See.

In Wald und Felder eingebettet,
Umringt von Bäumen, Sträuchern, Gras,
Vor Raffer-Menschheit noch errettet
Ruht hier das weite Naß.

Das Ufer rum mit Schilf gesäumt
Schützt Vogelwelt vor Feinden,
Und Inseln mitten eingeräumt
Verschönern Bild des beiden.

Das klare Wasser spiegelt hier
Ein Bild der Landschaft nieder,
Auch unser Bild erkennen wir
In diesem Wasser wieder.

Auch Fische springen hier und dort
Bilden im Spiegel Kreise,
Und Fischer rudern immerfort
nach altgewohnter Weise.

Bei Sonnenaufgang steiget auf
Der Nebel überm Wasser,
Steigt hoch zum Himmelszelt hinauf,
Der Mond wird immer blasser.

Und viele Geister der Natur,
Die hier im Wasser wohnen,
Sind oftmals weisend dem Masur
Ihr Dasein hier betonen.

Wenn dann im Wasser alles starr
Gefroren und gespalten,
Ist unterm Eis das Wasser klar
Und läßt die Geister walten.

Im Frühling dann mit Ach und Krach
Nimmt zu die Kraft der Sonne,
Und alles, was noch starr und schwach,
Ist Opfer dieser Wonne.

Dann tritt das Wasser übern Rand,
Macht Feld und Wiesen fruchtbar,
Und alles, was hier gestern stand,
Ist heute nicht mehr nutzbar.

Doch dieses Schauspiel ist bekannt
Im Land der Seen und Wälder,
Darum wird vorher schon verbannt,
Was nutzbar auf den Feldern.

Und diese Seen schützen auch
Das Land vor Überfällen;
Trotzdem gilt hier der alte Brauch
Das Nachts die Hunde bellen.

Im Sommer dann das kühle Naß
Erfrischet uns beim Baden
Drum freuen wir uns alle, daß
Wir diese Seen haben.

Den alten Wecker hatte Susanne mitgebracht, sie stellte ihn jetzt auf ein Uhr mittags, dann sollte hier Picknick gemacht werden. Nachdem Großmutter sich erholt hatte, wurde sie von ihren Enkelkindern gebeten, über die Vergangenheit dieser Stelle zu erzählen. Dieser Bitte leistete Sophie gern Folge und begann: „Mit unserer Reise hier nach Selbongen haben wir den Grundstein für die Rückkehr zum Ursprung gelegt. Hier können wir uns finden, erleben und wiederfinden. Ein weiser Mensch sagte einmal, der kürzeste Weg zu sich selbst ist der Weg einmal um die Welt. Ganz um die Welt haben wir es noch nicht geschafft, haben aber einiges hinter uns gebracht, besonders ihr, liebe Anna und Susanne, sodaß wir ernsthaft versuchen wollen, diesen Weg zu finden.

Hier können wir unser Schicksal, Vergangenheit und Gegenwart besser verstehen als anderswo. Du, liebe Anna, hast es mir bei Deiner Ankunft aus Rußland so schön erklärt. Du sagtest, dieser lange, grausame Weg wäre ein Weg der Suche nach sich selbst und nach den Geheimnissen des Daseins. Völkerwanderungen gab es immer schon, seitdem wir die Zeiten schreiben. Und wie uns bekannt ist, war unser Masurenland seit langem ein Land, das Schutzsuchenden eine Bleibe war. Obwohl dieses Land keine besonderen Reichtümer besitzt, war es die Nahrungskammer für Millionen Menschen. Und das konnte nur durch harte Arbeit erreicht werden.

Und trotz dieser Zeiten lebten wir in Frieden. Die Natur mit ihrer Pracht hat uns für alles entschädigt. Durch die Charakterkräfte des damaligen Volkes wurden die dämonisch-gefährlichen und zerstörerischen Kräfte überwunden und bezwungen. Nur so konnte damals das Masurenland bestehen, als im Ersten Weltkrieg die Angreifer vertrieben wurden. Danach fühlte sich das Volk sicher, arbeitete von früh bis spät und betete am Sonntag in der Kirche, wohin kein Weg zu weit war. Als die Mormonenkirche entstand, sind einige Dorfbewohner zum Mormonenglauben übergegangen; so konnte jeder frei entscheiden, was er für richtig hielt.

Wir hatten hier einen Kindergarten, und am Sonntag gingen die Kinder oftmals zum Kindergottesdienst in die Mormonenkirche. Der Bahnhof war meist Treffpunkt der Jugendlichen. Die Jüngeren spielten ihre Spiele auf dem Eulenkopf, und so waren die Rollen auch hier verteilt. Es fällt mir nicht leicht, alle diese Dinge hier zu erklären und die Vergangenheit noch einmal hervorzuholen. Doch ich hoffe, wenn Ihr alles das hier von mir gesagt bekommt, ist es auch für Euch verständlicher und begreiflicher, daß viele Dinge nicht so, sondern anders gelaufen sind.

Es ist kein Zufall, daß wir uns heute hier am Inulzer See aufhalten dürfen, um an diesem schönen Maientag über die Vergangenheit zu sprechen. Und es ist auch kein Zufall, daß du, lieber Georg, in der weiten Welt, in einer Millionenstadt, Susanne getroffen hast, die nur einige Kilometer von deinem Geburtsort herkommt. Wenn ich hier vor uns auf diese Fliedersträucher schaue, auf den Platz, wo wir gelebt und gewirkt haben, ist es schon eine fast unbegreifliche Gnade, nach so vielen Jahren, so vielen Kilometern, vielen Erlebnissen und Erkenntnissen, nach vielen Höhen und Tiefen, Leiden und Freuden, uns hier versammeln zu dürfen.

Unser Häuschen, das hier an einer Stelle stand, hat diese Zeit nicht überstanden, und nur der Fliederstrauch deutet darauf hin, daß hier einmal ein Haus gestanden hat. Euer Vater mußte an die Front, um dort zu sterben. Euer Großvater mußte hier zurückbleiben, um hier von Kugeln getroffen zu werden. Damals war ich froh, daß Herr Kruska für Gustav einen Sarg gezimmert hat, damit wir ihn auf dem Friedhof begraben konnten, nachdem wir ihn unter dem Schnee aus der gefrorenen Erde ausgegraben hatten."

Hier machte Sophie eine Pause, denn die letzten Worte von Sophies Erzählung aus der vergangenen Zeit erstickten ihre Stimme. Kurz danach klingelte der Wecker, und es wurde Picknick gemacht. Unter dem Einfluß der letzten Worte von Sophie schwiegen alle, und erst Georg belebte die Besucher, indem er den Korb mit dem Essen hervorholte und anfing, auszupacken. „Alles gute Sachen", bemerkte Georg, während er die Wurstbrötchen auspackte. Eine Kanne mit Kornkaffee war auch dabei. Während des Essens schlug Wolfgang vor, durch das Dorf einen Spaziergang zu machen.

Diesen Gedanken aufgreifend, sagte Georg: „Wie wäre es, liebe Susanne, wenn wir beide einen Spaziergang machen?“ – „Gegen diesen Vorschlag habe ich nichts einzuwenden“, antwortete Susanne, und Sophie ergänzte: „Wenn ihr schon getrennt spazierengehen wollt, dann schlage ich vor, ihr geht hier die Straße zurück Richtung Ortsausgang, hinter dem Ortsschild circa 200 Meter rechts den Weg unter der Brücke hindurch, danach gleich wieder rechts den See entlang, da kommt ihr auf eine kleine Brücke, die wir die Liebesbrücke nannten.“ Das ermunterte die Anwesenden, und alle lachten, nur Susanne wurde etwas verlegen. Aber das sei ganz normal, wie Wolfgang behauptete.

Von der Straße her kam eine Frau mit einem Eimer, um vom See Wasser zu holen. Sie begrüßte die Picknickrunde in gebrochenem Deutsch. Freundlich grüßten alle zurück, und Anna fragte sie, wie lange es her sei, seitdem das Haus hier weg sei. Die fremde Frau antwortete darauf: „Sind Jahre, wieviel, ist mir nicht bekannt. Hat alles der Krieg gemacht. Die Frau aus diesem Haus haben die russischen Soldaten verschleppt, und ist bis heute nicht wieder da.“ Anna wollte etwas sagen, doch die Worte blieben ihr im Halse stecken und es ging nicht.

Währenddessen nahm Georg der Frau den Eimer aus der Hand, füllte ihn auf dem wackeligen Steg mit Wasser und reichte ihn der Dame zurück mit dem polnischen Wort „prosche“. Daraufhin entwickelte sich zwischen der Frau und Georg ein nettes Gespräch. Als die Frau sich verabschiedet hatte, erläuterte Georg seine Unterhaltung den Anwesenden. Er habe die Frau gefragt, ob im Dorf noch deutschstämmige Masuren lebten, die näheres aus der Vergangenheit des Dorfes erzählen könnten, und die Frau habe geantwortet, daß sie eine ältere Frau kenne, der sie Bescheid sagen wolle. Sie habe Georg auch erklärt, wo die Frau wohne.

Nach dem Essen wurde alles aufgesammelt, die Decken zusammengelegt und in den Pkw gebracht. Susanne und Georg gingen nach links, die anderen nach rechts die Straße entlang. Während des Spazierganges erklärte Anna ihren Kindern, wo was war und stattgefunden hatte und erzählte: „Das zerstörte Gebäude links war früher einmal Funk. Es war ein Geschäft und ein Kinosaal, weiter links die Schule, rechts die Straße runter geht es zur Halbinsel. Fast am Ende auf der rechten Seite wohnte Frau Horst, die Lehrerin. Sie erteilte heimlich Deutschunterricht, und dieses unter polnischer Verwaltung, bis sie von einer anderen Deutschmasurin verraten wurde. So machte der Bürgermeister Kontrolle, und die Schüler von Frau Horst flohen durch das Fenster zum See hinaus. Frau Horst kam glücklicherweise mit einer Ermahnung davon.

Wie ihr seht, hatten die Leute immer noch nicht gelernt, miteinander zu leben, trotz der Schicksalsschläge und Zeichen aus der übersinnlichen Welt. Leider wollten die Menschen diese Zeichen nicht verstehen. Als Ende des Jahres 1944 nach Selbongen Flüchtlinge aus anderen Gebieten Ostpreußens kamen, weil sie vor der russischen Front wegliefen, wurden diese Menschen auch nicht immer freundlich begrüßt. Zu oft fiel die Anmerkung „Die Treuburger" oder andere Bemerkungen. Einige Wochen später wurden wir alle vertrieben, und unseren Platz hier haben andere eingenommen, um neu anzufangen.

Oft kamen diese Menschen von weit her und waren auch vertrieben worden. Ob diese Menschen es begriffen haben, ist eine Frage. Denn von uns Selbongern, die wir in ganz Deutschland verstreut sind und noch weiter, hat nur ein geringer Teil begriffen, daß wir auf diesem Planeten nur kurz weilen. Und die Gier nach Geld, Eigentum und Vermögen ist größer denn je. Somit sind heute auch die Selbonger von der westlichen Welt nicht zu unterscheiden. Und hier, auf der rechten Seite, das ist die Mormonenkirche. Auch diese Kirche ist ein stummer Zeuge der Vergangenheit. Links unten hier der Plötzensee, davor die Wackelwiese, auf der die vitaminreichen Moosbeeren wuchsen. Als Kinder haben wir die im Spätherbst gepflückt. Im Winter war das unsere Waffe gegen Erkältungen.

Bei Westwind im Sommer, wenn in der Mormonenkirche am Sonntag Lieder gesungen wurden und die Fenster der Kirche geöffnet waren, konnte man diese Lieder bis auf der anderen Seite des Plötzensees und gar bis am Bahnhof hören. Schön war es, diesen Ton des Harmoniums und des Gesangs zu hören, welcher, von dem Winde getragen, einer Sphärenharmonie ähnelte."

Ob hier wohl noch einmal gesungen würde, fragte Sophie sich und die Anwesenden, und sie gingen weiter in Richtung Wald zum Wigon. Die Linkskurve, die Straße hinunter, dicht am Plötzensee entlang, wieder eine Rechtskurve, danach die Straße bergauf; nun waren die Besucher am Waldesrand. Hier bemerkte Charlotte: „An dieser Straße, von der Schule bis hier, habe ich 192 Linden gezählt. Wenn die alle blühen und die Bienen davon den Staub sammeln, muß es doch auch wie Sphärenharmonie klingen." – „Du hast es verstanden, meine liebe Charlotte", antwortete ihre Mutter darauf und fuhr weiter fort: „Und hier auf der rechten Seite in dem letzten Haus wohnte unser Bürgermeister Friedrich. Von hier aus erhielt unser damaliger Bekanntmacher, Herr Weiß, die neuesten Nachrichten, die er dann mit der Glocke im Dorf ausklingelte und vorlas."

Auf dem Rückweg bogen die Besucher in einen breiten Sandweg nach rechts, um so zum Bahnhof zu kommen. Während die Selbonger durch die Felder spazierten, wunderten sie sich immer wieder, wie schön doch ihre Heimat war, was sie damals gar nicht so wahrgenommen hatten. Eine halbe Stunde später waren sie am Bahnhof angekommen und stellten fest, daß sich seit damals nicht viel geändert hatte. Im Wartesaal stand noch der lange Ecktisch mit den eingravierten Namen aus ihrer Jugendzeit, daneben die lange Holzbank, leider alles vernachlässigt und verlassen.

Im Nebengebäude standen die Türen der Toiletten offen und knarrten wie in einem alten Schloß. Sophie zeigte auf das Nachbargebäude und erklärte: „Dort wohnte der Wachtmeister Beer. Ein langgewachsener Kerl. Wenn der zu einer Rauferei gerufen wurde, benötigte er keine Hilfe, er wurde alleine damit fertig. Er selber hat auch nicht ins Glas gespuckt und meistens war er mit seinem Braunen unterwegs. Wenn er dann nicht mehr ganz sicher auf seinen Beinen war, kniete das Pferd, damit er draufklettern konnte. Danach unterhielt er sich auf dem Heimritt mit seinem Pferd bis zu seiner Haustür."

Vom Bahnhof bewegte sich die kleine Gesellschaft in Richtung Eulenkopf mit den vielen Kadicksträuchern und hohen Kiefern und Erlenbäumen am Tiefsee. Als sie auf der Spitze des Eulenkopfes waren, erzählte Anna, wie sie hier am Ostertag früh den Sonnenaufgang beobachtet hatte, um zu sehen, wie in der Sonne das Osterlamm springen würde. Danach wurde von der Quelle Wasser geholt und sich gegenseitig damit begossen. Noch ein kurzer Besuch auf dem Friedhof, und sie waren am Ausgangspunkt wieder angekommen. Neugierig schauten ihnen einige Dorfbewohner nach, hier kannten sich die Einwohner und wußten sofort, wer hier fremd war.

Wer hungrig war, holte sich noch etwas vom Korb. Die Wirtin hatte genug eingepackt. Wie verabredet kamen auch Susanne und Georg von der Liebesbrücke und schienen es genossen zu haben. „Man muß hier gewesen sein, um euch, liebe Mutti und Großmutti, zu verstehen", rief Susanne schon von weitem und erzählte weiter: „Die alten Weiden am Tiefsee, die müßt ihr sehen, erzählen kann man das kaum. Die langen Äste dieser Weiden hängen von oben weit ins Wasser. Es ist wie in einem Märchen." – „Wenn Georg das gleiche Märchen empfindet, kann ja nichts schiefgehen", scherzte Wolfgang, dabei seine Schwester lieb anschauend. „Dieses Märchenhafte sehe ich als Wahrheit", ergänzte Georg. „Den beiden sieht man an, daß sie die Außenwelt zur Zeit nur wenig interessiert", entgegnete Wolfgang darauf. Als das Taxi kurz nach sechs Uhr da war, fuhr Wolfgang mit dem Taxifahrer zum Kloneck, wo angeblich die ältere Frau wohnte, die über die Selbonger Zeit nach dem Krieg Bescheid wissen sollte.

Die anderen gingen noch einmal gemeinsam zum See, um sich hier barfuß im Wasser zu vergnügen. Es war mittlerweile sieben Uhr nachmittags, und die Sonne stand noch hoch am Himmel. Aus Richtung Schnittken kam ein Ruderboot geschwommen. Aus der Ferne war es noch klein, und die Ruder zu beiden Seiten bewegten sich so regelmäßig und gleichzeitig rauf und runter, als würden sie von einem Automaten gesteuert. Es war aber kein Automat, sondern der Fischer Kaminski, der nach stundenlanger Arbeit beim Fischfang sein Ruderboot nach Hause bewegte. Zwanzig Minuten später war der Fischer mit seinem Boot am Ufer angelangt. Georg und Susanne liefen hin, um zu sehen, welche Fische aus dem Inulzer See gefangen worden waren. Sie grüßten den Fischer, welcher in deutscher Sprache den Gruß erwiderte.

In zwei Kisten im Boot lagen Hechte, Schleie und Brassen. „Guter Fang“, bemerkte Georg, auf die Beute deutend. „Für so viel Mühe könnte es eigentlich mehr sein“, antwortete Herr Kaminski. Georg möchte wohl Fische kaufen und sie der Wirtin in Sensburg mitnehmen, doch Herr Kaminski erklärte, daß er hier nicht verkaufen dürfe. Er mache sich sonst strafbar. Die Beute müßte an die Sammelstelle in Nikolaiken abgeliefert werden. Sie unterhielten sich noch mit dem Fischer, der ihnen mitteilte, daß er auch auf die Ausreise in den Westen wartete. Als er erfuhr, daß die Damen auch aus Selbongen stammten, wurden Erinnerungen wach, und eine lebhafte Unterhaltung zog sich über eine Stunde hin. Dem Fischer alles Gute wünschend verabschiedeten sich die Besucher und gingen zu Anna und Sophie, die am Ufer auf einer Decke Platz genommen hatten.

Wolfgang war inzwischen mit dem Taxi vom Kloneck zurück und verkündete, daß die Frau sie für morgen zum Mittagessen eingeladen hatte. Diese Einladung wurde von den Anwesenden einstimmig begrüßt, und während die Sonne ihre Nachtwanderung begann und sich am Horizont hinter den Wolken senkte, brach die Gruppe auf, um nach Sensburg zurückzufahren. Die Eindrücke, die sie heute erfahren und gesammelt hatten, waren für alle überwältigend. Auf dem Wege nach Sensburg wurde der nächste Tag besprochen; man wollte alles sehen.

Während des Essens am Abendtisch äußerten Susanne und Georg, daß sie nach Lindendorf fahren möchten, um sich dann am Abend mit allen in Sensburg zu treffen. Dieser Vorschlag wurde so abgesprochen, daß vormittags nach einem Stadtbummel in Sensburg alle zum Essen nach Kloneck fahren wollten; danach würden Georg und Susanne nach Lindendorf fahren, und abends wollten sich alle wieder am See in Selbongen treffen. Aufgekratzt durch das Tagesgeschehen gab es viel zu erzählen, und es wurde wieder ein langer Abend.

Der nächste Vormittag verlief planmäßig. Die Damen hatten sich einige Kleinigkeiten in der Stadt gekauft, und pünktlich um ein Uhr nachmittags war die Gesellschaft beim Kloneck eingetroffen. Als Sophie in der älteren Dame ihre Schulfreundin Erna erkannte, gab es ein herzliches Begrüßen und Wiedersehen nach so vielen Jahren. Der Duft der Königsberger Klopse aus der Küche lockte auch gleich den Besuch zu Tisch. Der Nachtisch in Form von Schokoladenpudding mit Vanillesoße war der krönende Abschluß dieses Festmenüs. Die Besucher sparten nicht an Lob in Richtung Erna. Nach dem Essen hatten sich Susanne und Georg für einige Stunden verabschiedet, die anderen wurden von Erna in den Garten gebeten, wo die Besucher im Schatten einer Rotbuche Ernas Erzählungen lauschten. „Wie ihr seht, bin ich hier fast alleine als Einheimische zurückgeblieben. Da meine Tochter einen Polen geheiratet hat, bin ich gern bei ihr hier geblieben. Mittlerweile haben wir zwei gesunde Enkelkinder, wie Ihr seht, und wir sind auch sonst mit unserem Leben zufrieden.

Mein Schwiegersohn ist Angestellter bei der Oberförsterei in Pfeilswalde, somit leiden wir keine Not. Und so ganz viel braucht man auch nicht, um zu leben. Nachdem du, Sophie, ausgewandert bist, war erst mal Pause mit Auswandern. Die Behörden hatten sich etabliert, und neue Gesetze bestimmten das hiesige Leben. In den Anfangsjahren gab es noch hier und dort Querelen, doch mit der Zeit gerieten auch die Kriegsgeschehnisse immer mehr ins Vergessen, und das Leben miteinander fing an zu wachsen und zusammenzuwachsen.

Offiziell wurde uns zwar verboten, Deutsch zu sprechen, doch im Hause haben wir unsere Sprache gepflegt. Anfang der fünfziger Jahre wurde es wieder unruhig. Bei einer Hochzeit auf dem Wigon waren Milizbeamte erschienen. Alle jungen Männer mußten sich mit erhobenen Händen an die Wand stellen und wurden durchsucht, angeblich nach Waffen. Diese Schikane sollte der deutschen Jugend zeigen, wer hier das sagen hat. Solche und ähnliche Schikanen wurden aber auch immer weniger, und nun ist alles vorbei. Oft waren solche Einfälle die Idee einzelner Personen, die überall unbeliebt waren.

An den Unruhen waren oft auch westliche Agenten und Radiosendungen schuld. Sie schürten Haß und Unzufriedenheit unter der Bevölkerung. Denn mittlerweile hatten alle gemeinsam einen Feind, das war die kommunistische Regierung. Zwischen der heranwachsenden Jugend gab es auch noch Differenzen und Auseinandersetzungen bei Festen und Veranstaltungen. So mußte denn oftmals die Miliz eingreifen. Gott sei Dank, daß wir diese Zeiten hinter uns haben.“

Ernas letzter Satz klang Anna im Gedächtnis nach. „Was wir hinter uns haben, wissen wir, und wir mußten es durchleben. Aufgrund dieser Tatsache sollte zumindest unsere Generation mit ihrer Erfahrung für die Zukunft ein Vorbild sein“, äußerte sie und stellte weiter die Frage: „Sind wir das denn? Ist dieser Scherbenhaufen, den wir der jungen Generation hinterlassen haben, ein Vorbild? Hier bedarf es keiner besonderen Intelligenz, um die Tatsachen nüchtern zu betrachten. Allein mit Gesetzen und Verboten wird eine ordentliche Zukunft wohl kaum bestehen können. Was tut denn die Politik, die Wirtschaft oder die Religion, um dieser Jugend ein Vorbild zu sein?“

„Hier bei uns auf dem Kloneck ist die Welt noch relativ in Ordnung“, führte Erna ihre unterbrochene Erzählung weiter. „Verschiedene politische Organisationen und Verbände, oftmals auch einzelne Fanatiker, versuchten, in dieser Region Unruhe zu schüren. Der Prozeß des Zusammenwachsens wäre viel schneller vorangegangen, wenn nicht die Hetzkampagnen von außen gewesen wären. Aufgrund dieses Hetzens, dieser Radiosendungen und von durchgeschleusten Agenten hatten sich auch in Selbongen Gruppen gebildet, die nachts staatliche Einrichtungen sabotierten und dafür später mehrere Jahre im Gefängnis unter Folter verbringen mußten.

Nach Entlassung durften sie großzügigerweise in den Westen ausreisen. Diese jungen Menschen wollten für die Freiheit kämpfen und sie opferten sich für eine Freiheit, die keine war. Können diese Menschen denn ihr Leben aufbauen, nachdem ihre Jugend zerstört wurde?“ An dieser Stelle nannte Erna die Namen junger Männer aus Selbongen und Lindendorf, die Anna und Sophie bekannt waren, und fuhr dann weiter fort: „Ende der fünfziger Jahre sind die meisten Familien aufgrund der damaligen Familienzusammenführung in den Westen ausgewandert. Für mich war es eine schwere Zeit. Meine Tochter hatte sich hier für einen polnischen Staatsbürger entschieden und geheiratet.

Aufgrund dessen bin auch ich hier geblieben. Der Graben zwischen Deutschen und Polen war damals noch sehr breit und tief, es waren gerade zehn Jahre nach dem Kriege. Ihr könnt Euch vorstellen, was wir uns von seiten beider Verwandtschaften und Bekannten anhören mußten. So war ich zuletzt auch froh, daß wir allein zurückgeblieben sind und unser Schicksal allein schmiedeten, was uns, Gott sei Dank, gelungen ist. Mein Schwiegersohn ist Angestellter bei der Oberförsterei in Pfeilswalde, und meine Enkelsöhne sind gesund und klug, was mich als Großmutter besonders freut. Und irgendwann werden die Grenzen geöffnet, dann haben auch die jungen Leute ihre Freiheit, denn mir genügt unsere hiesige Freiheit, hier in meiner Heimat.“

„Das finde ich richtig“, bemerkte Wolfgang und fügte hinzu: „Wenn ich diese Gegend hier sehe, das satte Grün, den Wald, die Pflanzen und die Tiere, alles mitten in der Natur, allein für sich wohnen, singen, schreien und schimpfen können, wie und wann es mir danach ist, die frische, gesunde Luft. Und auf der anderen Seite die Hochhäuser in der Stadt, wo man zufrieden ist, ein Stück vom Himmelszelt zu sehen oder auch nicht und dazu noch hohe Miete zahlen, damit man sich auf der beschränkten Fläche bewegen darf. Wenn man das alles berücksichtigt, dann frage ich mich schon, wo die Freiheit und welche Freiheit für mich und meine Familie von Bedeutung wäre.“ Zufrieden nickte Erna Wolfgang zu und fühlte sich in ihrem Dasein, besser gesagt, in ihrem Hiersein bestätigt.

Während dieser lebhaften Unterhaltung bemerkten die Anwesenden kaum, daß sich die Sonne hinter dunklen Wolken verzogen hatte und wie aus heiterem Himmel ein Gewitter aufzog. Schnell zogen Gastgeber und Besucher auf die Veranda um und schauten den krachenden Blitzen, dem Donnern und dem heftigen Regen zu.

Tiere, Pflanzen und wir auch
Sehnen uns nach Regen,
Jeder Baum und jeder Strauch
Braucht den nassen Segen.

Tagelang und noch viel mehr
Hat es nicht geregnet,
Käme er doch endlich her
Uns und Felder segnend.

Eines Tages dann ganz schnell
Wolken ziehn vorüber,
Aus der Weite blitzt es hell
Und es donnert wieder.

Immer näher rückt die Macht
Das Naturereignis,
Bis es laufend blitzt und kracht
Ohne einem Gleichnis.

Plötzlich ist das Schauspiel fern
Übers Land gezogen,
Und die Sonne zeigt uns gern
Hoch den Regenbogen.

Während des Gewitters servierte Erna frischgebackenen Streuselkuchen auf der Veranda. Gegessen wurde aber nicht, solange es blitzte und donnerte. Dieser Brauch wurde immer noch beibehalten, daß während eines Gewitters nicht gegessen wird. Anna und Sophie erinnerten sich an frühere Zeiten, wenn es am See geblitzt und gedonnert hatte. Manchmal krachte es die ganze Nacht. Charlotte und Wolfgang waren sprachlos über dieses Naturwunder. So nahe wie heute hatten sie so ein Gewitter noch nicht erlebt, und wenn, dann war es in ihrer frühen Kindheit gewesen, an die sie sich nicht erinnern konnten.

Eine halbe Stunde später waren die dunklen Wolken weit weg und ein bunter Regenbogen über Wesselowen kündigte die Sonne an. Erna wünschte einen guten Appetit, und der noch warme Streuselkuchen verschwand zusehends vom Blech. Nach dem Kaffeetrinken wurde noch eine Weile geplaudert, danach bedankte sich Sophie im Namen aller für die herzliche Aufnahme bei Erna mit folgenden Worten: „Liebe Erna, leider ist die schöne Zeit bei dir für uns zu Ende. Und so schnell wie dieser Aufenthalt verlief unser ganzes Leben. Du danktest uns für die materiellen Kleinigkeiten, die wir dir mitgebracht hatten, aber das, was du uns in den Stunden, wo wir bei dir waren, gegeben hast, ist nicht mit Geld zu bezahlen. Es ist Zufriedenheit, Hoffnung und Zuversicht. Wir haben uns über unsere oft traurige Vergangenheit unterhalten und trotzdem haben wir während dieser Unterhaltung viel gelacht. Aber diese Stimmung kann nur hier in der Natur entstehen, bei so einer Gastgeberin, wie du es bist, liebe Erna.

Die Vergangenheit hat uns alle gelehrt, daß ein jeder von uns ein Individuum ist und Frieden nur dann bestehen kann, wenn wir in unseren täglichen Gesprächen nicht Nationen oder Religionen nennen, sondern den Menschen, jeden Menschen gesondert für sich, sei es im positiven oder negativen Zusammenhang. Das ist das, was uns vom Tier unterscheidet. Den übersinnlichen Kräften sei gedankt, daß wir heute hier sein durften, und in der Hoffnung, daß es nicht das letzte Mal ist, wünschen wir dir, liebe Erna, sowie deinen Angehörigen, die heute nicht hier sein konnten, alles erdenklich Gute für die Zukunft und wollen uns in guten Gedanken bei dir verabschieden. Du und diese Umgebung hier bleibt uns für immer in guter Erinnerung. Vielleicht erleben wir es, daß bald die Grenzen zwischen Ost und West wegfallen, doch nach Zinnowitz lade ich dich jetzt schon herzlich ein, denn über die Oder sollte es auch jetzt schon keine Schwierigkeiten geben."

Erna wollte noch einiges dazu sagen, doch Sophies Worte waren ihrem Gefühl so nahe, daß sie nur ein „Danke schön" herausbrachte. Nach dem Abschied gingen die Besucher durch den Wald in Richtung Wigon, um dann durch das Dorf zur verabredeten Stelle am Inulzer See zu gelangen, von wo sie am späten Abend von Herrn Griszick abgeholt werden sollten. Es war ein herrlicher Spaziergang, den man in Worte kaum fassen könnte. Die Bäume, Sträucher und Gräser dufteten und dampften nach dem Gewitter, als wären sie soeben gebadet worden und könnten nun wieder wachsen. Das Gezwitscher der Vögel begleitete die Spaziergänger und versetzte diese in eine fröhliche Stimmung. Sie alle waren noch beeindruckt über den herzlichen Empfang und die Gastfreundschaft von Erna.

Am Wegesrand entdeckte Wolfgang ein Büschlein Maiglöckchen, welche alle dann bewunderten. Zum Pflücken waren sie aber zu schade und durften somit weiterblühen.

Rauschend steht er da im Land,
Dunkel, hoch und schweigend,
Seine Weite bis zum Rand
Der Geborgenheit sich neigend.

Darin die vielen Seen hier,
Welche die Schöpfung ihm gegeben,
Nähren Pflanzen, Mensch und Tier
Im Masurenland das Leben.

Tannen, Fichten, Haselstrauch
Und die hohen Kiefern,
Seither uns nach altem Brauch
Haus und Wärme liefern.

Wenn der Feind dich auch mit Scheu
Versucht hat zu vernichten,
Wächst du immer wieder neu
Kiefern, Tannen, Fichten.

Knapp eine Stunde später saßen sie an altbekannter Stelle am Inulzer See. Georgs Wartburg war auch bereits hier, nur die Insassen waren irgendwo untergetaucht. Das Wasser im See war nach dem Regen wie angewärmt. Hier und dort sprang ein Fischlein aus dem Wasser, und Bleßhühner belebten das junge Schilf. Aus Richtung Schnittken kam ein Ruderboot immer näher. Als dieses nur noch einige hundert Meter vom Ufer entfernt war, erkannten die Besucher Susanne und Georg darin. Nun winkten sie auch schon fröhlich, und fünf Minuten später waren alle beisammen. Georg fuhr das Boot zum Fischer, der ihm dieses geliehen hatte. Susanne strahlte eine außergewöhnliche Zufriedenheit aus. Auch Georgs Verhalten gegenüber Susanne war ein anderes als noch vor einigen Stunden.

Als die beiden zum Fahrzeug gingen, um Sitzdecken zu holen, schauten Charlotte und Wolfgang ihre Mutter an, als wollten sie eine Frage stellen. Aber bevor die Frage gestellt wurde, antwortete Anna mit leichtem Schmunzeln: „Wir kennen das, es ist schön, verliebt zu sein.“ Sie hatten es verstanden und freuten sich mit den beiden. Danach wurde auf den ausgebreiteten Decken am Ufer Platz genommen, und Susanne erzählte über Lindendorf, den kleinen und den großen Maiz, über den großen Berg am Maiz, der Rossocha genannt wurde, über die Ruhestätte von Frau Wiechert am großen Maiz im Walde und über viele andere Stellen im schönen Ort Lindendorf.

Als sie fertig war, deutete Sophie auf die untergehende Sonne mit den Worten: „Schaut euch dieses Schauspiel der Natur an. Gibt es denn schöneres, als das hier zu betrachten“, dabei an die Verse von Goethes Faust I denkend, der da schreibt:

Die Sonne tönt nach alter Weise
In Brudersphären Wettgesang,
Und ihre vorgeschriebne Reise
Vollendet sie mit Donnergang.

Ihr Anblick gibt den Engeln Stärke
Wenn keiner sie ergründen mag,
Die unbegreiflich hohen Werke
Sind herrlich wie am ersten Tag.

Andächtig hörten alle diese weisen Worten Goethes, dabei die Sonne betrachtend. Ganz hoch oben zogen Kraniche in Richtung Osten und vervollständigten mit ihrem Geschrei die Abenddämmerung im Masurenland.

Plötzlich klingelte der Wecker. Verwundert schauten alle auf Susanne, woher das Geräusch kam. Diese lächelte und brachte aus ihrer Handtasche den alten Wecker zum Vorschein mit den Worten: „Auch hier will er nicht in Vergessenheit geraten, der mich durch so viele Jahre, so viele Kilometer stets begleitet und mich nicht nur an meine Pflichten, sondern auch an die Vergangenheit erinnert. Hier wird mir deutlich, warum Olga Bromowna ihn mir so ans Herz gelegt hat. Diese Weisung will ich gerne weiterhin verfolgen."

„Dieser Wecker, liebe Susanne", ergriff Sophie das Wort, „war für dich immer schon wichtig. Als Dreijährige wolltest du schon wissen, wo die Zeiger stehen müßten, wenn deine Mutti nach Hause kommen würde, wenn diese außer Haus war. Wenn ich dir das gezeigt hatte, bist du immer wieder zum Wecker gelaufen, um zu schauen, ob es bald so weit sei. Dabei warst du immer enttäuscht, daß die Zeit so langsam verging. Wenn wir den Wecker für den nächsten Tag stellten, mußtest du mit deinen damals noch kleinen Fingerchen mitdrehen. Als Olga mit dir das letzte Mal hier war, bist du ins Zimmer gelaufen, um den Wecker zu holen."

Danach erzählte Susanne noch, wie der Wecker sie in Tschersk weckte, als sie allein war und bei klirrendem Frost nur schwer aus dem Bett kam, und wie die Lehrerin zu ihr hielt, wenn sie zu spät zum Unterricht erschien. Wenn im Zimmer oft auch Minustemperaturen herrschten, der Wecker wurde nicht müde, seinen Gang fortzusetzen.

Als Susanne in ihrer Erzählung eine Pause einlegte, nutzte ihre Großmutter diesen Augenblick, um noch einige Worte zu sagen: „Hier an dieser Stelle will ich uns allen noch einmal bewußt machen, welche Bedeutung unsere Reise hierher für uns hat. Für eure Mutter und mich ist es die Reise in die Vergangenheit. Hier erleben wir unsere Herkunft zum zweiten Mal. Wir werden hier erinnert, woher wir kommen, um zu wissen, wohin wir gehen sollen.

Für euch ist es mehr, es ist für euch nicht nur die Vergangenheit, es ist vielmehr die Reise in die Zukunft. Durch diese Erlebnisse hier erweitert sich eure Erkenntnis. Die wahre Bedeutung der Reise und dieser Zeit, die wir hier verbringen, werden wir erst in unserer zweiten Heimat in einigen Wochen innerlich spüren und verstehen. Und das Verstehen wird uns Kraft geben, den unerwünschten Mächten, die uns täglich begleiten, Widerstand zu leisten.

Wir sollten auch nicht vergessen, daß solche naturprächtigen Gebiete diesen Mächten besonders als Zielscheibe dienen. So ist es kein Zufall, daß Hitler gerade hier im Masurenland seinen Unterschlupf, das Hauptquartier, wählte, von diesem Land aus seine mörderischen Vorhaben in die Welt schickte und verwirklichte. Es gab im Masurenland keine Konzentrationslager – dafür hatte sich das Böse persönlich hier niedergelassen.

Nicht anders erging es dem prachtvollen Naturgebiet auf der Insel Usedom, wo das Schöne für den Bau der todbringenden Raketen in Peenemünde genutzt wurde. Und der Erfinder dieser Todesinstumente, Wernher von Braun, mußte vor seinem Ableben bekennen: „Wir fahren zum Mond und können hier auf der Erde die Krankheiten nicht bezwingen.“ Und wenn wir diese Dinge erkennen und frühzeitig die Gründer verdammen, statt zu ehren, dann wäre schon viel für die gesamte Menschheit getan. Die Sonne war längst untergegangen und die kleinen Wolken waren verschwunden. Hinter der Halbinsel, am klaren Himmel im Westen, stieg der Mond immer höher.

Susanne, die sich etwas abseits niedergelassen hatte, beobachtete den Mond eine Weile und war dabei ganz in sich gekehrt. Der Rest der Gesellschaft lachte und scherzte, von heiteren Gesprächen begleitet. Und jetzt sah sie wieder ganz deutlich die Silberstraße, von der Halbinsel her über den Inulzer See, fast bis an das hiesige Ufer. Vertieft in das Bild, das sie nachts so viele Male begleitete, vergaß sie die Welt um sich herum. Erst als Wolfgang seine Schwester beim Namen rief, schaute sie sich zur Seite um. „Also doch kein Traum?“ – „Nein, Schwesterchen“, antwortete Wolfgang und faßte sie liebevoll am Arm. „Das hier ist die Wirklichkeit.“

„Seht Ihr auch die Silberstraße so deutlich, wie ich sie sehe“, fragte Susanne. Alle schauten in die von Susanne angezeigte Richtung und sahen den sich im Wasser spiegelnden Mond tatsächlich wie eine Straße. „Das ist die wahre Silberstraße“, flüsterte Susanne, „und ich dachte, es wäre wieder nur ein Traum. Und dieser Traum war mein nächtlicher Begleiter über viele Jahre, durch Länder und Kontinente, und der alte Wecker wachte darüber, daß ich dieses Rätsel der Silberstraße erst hier und heute an der richtigen Stelle in Selbongen erfahre.“

Während Susanne sich mit den anderen über die Lösung des jahrelangen Geheimnisses unterhielt, war Georg, unbemerkt von den anderen, verschunden. Obwohl die Sonne längst untergegangen war, war es auch an diesem Maiabend warm, und das Surren der vorbeisegelnden Maikäfer erinnerte an vergangene Zeiten. Plötzlich tauchte im Schein des Mondes auf dem Wasser ein Ruderboot auf und war auch gleich bei den staunenden Besuchern am Ufer. Susanne erkannte als erste in dem Insassen ihren Geliebten.

Am Ufer angekommen sprang er aus dem Boot, verbeugte sich vor Susanne mit den Worten: „Ich bitte Sie, mit mir eine Fahrt auf der Silberstraße entlang zu riskieren.“ Ein fröhliches Gelächter ertönte am Ufer und die Glückliche stieg mit Georg in das Ruderboot. Während sie vom Ufer ablegten, rief Georg den Zurückgebliebenen zu: „Sollte es euch langweilig werden, so fahrt nach Sensburg, wir kommen nach.“

Doch es war zu schön und fast unmöglich, bei so einem warmen Maiabend von hier wegzufahren. Mittlerweile war auch Herr Griszick aus Sensburg gekommen, um seine Fahrgäste abzuholen. Auf Wunsch der Gäste wartete er gerne noch ein Stündchen. Mit einem Spaziergang durch das Dorf, dabei den Duft der sprießenden Bäume genießend, beendeten die Besucher diesen Tag und ihren Besuch in ihrer Heimat Selbongen. Zum Abschluß noch einmal die nackten Füße ins Wasser, und da waren auch schon wieder die Verliebten mit dem Boot zurück. Mit einem kurzen Gedicht, gefühlvoll von Sophie ausgesprochen, verließen die Besucher den See.

Heimat, du hast uns empfangen
Im Masurenland so schön,
Viele sind hier fortgegangen
So auch wir die mußten gehn.

Zigmal blühte hier der Flieder,
Selten einer kam zurück,
Und wir sehen dich hier wieder
Unserer Träume großes Glück.

Wir sind froh und ziehen weiter,
Schöpfungskraft, schütz dieses Land,
Bleib dem Volke hier Begleiter
Führ auch uns mit deiner Hand.

Diese Mondscheinfahrt nach Sensburg an ihrem vorletzten Tag im Masurenland gefiel den Heimatbesuchern besonders. Doch leider war diese Fahrt schon nach kaum zwanzig Minuten beendet. Ans Schlafengehen dachte noch keiner, Gäste und Gastgeber waren sich einig, solche schönen Abende gab es nicht immer, und wenn, dann waren es nur wenige im Jahr.

Als alle im Garten beisammen waren, verkündete Susanne der Verwandtschaft, daß sie sich mit Georg verlobt habe, und zwar nachmittags auf der Verlobungsinsel. Und da sie keine Silberringe besaßen, sei Georg auf die Idee gekommen, abends die

Bootsfahrt an der Silberstraße entlang zu machen. Hier gab es riesigen Beifall, und Susanne und Georg freuten sich, die Glückwünsche der Anwesenden entgegennehmen zu dürfen.

Georgs Freund Jan aus Sensburg versuchte, mit seinem mühsam erlernten Deutsch Charlotte zu unterhalten, und diese war eifrig dabei, das Gespräch fortzuführen. Anna hatte neben Susanne Platz genommen. Sie war über die Nachricht der Verlobung gerührt und freute sich, jetzt mit den Verliebten darüber zu sprechen, ob es auch Pläne für die Zukunft gäbe, denn in Berlin trenne sie die Mauer, und wie lange das noch sein würde, sei die große Frage. „Mach dir bitte keine Sorgen, Mutti“, äußerte Susanne. „Da es Wolfgang gelungen ist, so wollen wir in der Hoffnung leben, daß auch Georg irgendwann einen günstigen Tag erwischt. Wir haben uns die Treue versprochen, auch wenn es Jahre dauern sollte.“

Susanne erzählte ihrer Mutter und Großmutter weiter über den kleinen Benjamin und über Maria, wie sorgfältig sie den Kleinen pflege. Auch über ihr gutes Verhältnis zu Maria, womit sie ihre Mutter aufmunterte, die sich nun auch als Großmutter ganz stolz vorkam. Bei dieser Gelegenheit lud Wolfgang seine Mutter und Großmutter nach West-Berlin ein. Diese Einladung wurde von den Damen gern angenommen. Sie freuten sich jetzt schon darauf, obwohl noch nicht sicher war, ob sie die Erlaubnis erhalten würden, nach West-Berlin reisen zu dürfen. Sophie meinte, man solle erst einmal abwarten. Bis die letzten Gäste ihre Betten aufsuchten, war Mitternacht vorbei.

Gleich nach dem Frühstück fuhren Georg, Susanne, Anna und Sophie nach Nikolaiken zum Gottesdienst. Wolfgang und Charlotte blieben diesmal in Sensburg, um sich hier ein wenig umzusehen. Während Charlotte mit Jan in die Stadt ging, blieb Wolfgang heute im Garten der Gastgeber, um alles in sich zu ordnen, wie er das nannte.

Die Gottesdienstbesucher bewunderten während der Fahrt noch einmal die strahlend weißen Birken am Straßenrand mit den frischen, grünen Kronen, die während der Fahrt über der Straße eine Brücke bildeten. Als sie durch die breit geöffnete Eingangstür die Kirche betraten, wurde Anna und Sophie ganz warm ums Herz. Sie waren wieder in der Vergangenheit, bei ihrer Trauung, ihrer Konfirmation, bei der Taufe ihrer Kinder oder Enkelkinder.

Die Predigt wurde natürlich in polnischer Sprache gehalten, so verstand nur Georg den gepredigten Text. Dafür kannten Anna und Sophie die gesungenen Lieder in Deutsch. Und sie sangen tüchtig mit. Die Orgelklänge dieser Kirche waren so wunderbar, daß man einfach mitsingen mußte. Genauso die Glockentöne aus dem hohen Kirchturm, sie waren kilometerweit noch deutlich zu vernehmen. Als sie nach dem Gottesdienst die Kirche verließen, mußten sie auch hier feststellen, daß alles anders war als damals. Sie kannten niemand aus den Reihen der Gottesdienstbesucher.

Über Rhein ging es jetzt zurück nach Sensburg. Unterwegs wurde am Kanal eine kleine Pause eingelegt. Als ein Dampfer mit Touristen auf dem Kanal fuhr, erkannte Anna, daß sie mit demselben Schiff vor über dreißig Jahren von Nikolaiken nach Lötzen gefahren war. „Aber der Steuermann war doch ein anderer", scherzte Georg zu Annas Feststellung. Gut gelaunt fuhr die kleine Gesellschaft weiter in Richtung Rhein. Noch ein kurzer Aufenthalt in Rhein, und weiter ging es in Richtung Sensburg.

„Da es hier noch wenig Kraftfahrzeuge gibt, macht das Fahren noch Spaß", bemerkte Georg. Nur selten kam ihnen ein Fahrzeug entgegen. Während der Fahrt erfreuten sich die Gäste des schönen Anblicks der masurischen Landschaft. In Sensburg angekommen genossen die Besucher die saubere Luft im Garten der Gastgeber. Kurz nach fünf Uhr nachmittags waren alle wieder beisammen. Es wurde noch gepackt und gemütlich geplaudert. Am nächsten Tag um acht Uhr sollte es dann wieder Richtung Westen gehen. Wolfgang und Susanne würden mit dem Taxi nach Warschau fahren, und die anderen wieder mit ihrem Wartburg nach Berlin.

Nach dem Essen erhob sich Sophie von ihrem Platz mit der Bitte um etwas Aufmerksamkeit. Die Blicke aller schauten in Richtung Sophie, die mit ihrer Abschiedsansprache auch gleich begann: „Meine Lieben, jetzt sind wir an diesem Punkt angekommen, an dem wir nur selten vorher gedacht haben. In unserer Vorfreude dachten wir immer nur an unsere Ankunft und den Aufenthalt. Und das ist auch richtig so. Man sollte nicht an die Abreise denken, bevor man angekommen ist. Wie wir alle erfahren konnten, war unsere Vorfreude berechtigt. Die Vielfalt der hiesigen Natur hat unsere Erwartungen weit übertroffen. Durch diese Natur in der jetzigen Jahreszeit hat die Begegnung zwischen Mutter und Kindern, Großmutter und Enkelkindern eine außergewöhnliche Bedeutung an Gefühlen, Erlebnissen und Erkenntnissen gewonnen.

Dieses Zusammentreffen auf unserem Heimatboden bleibt in uns für immer haften. Und wenn wir es zu schätzen und zu würdigen wissen, wird uns das Schicksal auch in Zukunft solche Möglichkeiten schaffen, wo wir gemeinsam unsere Erfahrungen, Erlebnisse und Erkenntnisse so austauschen können, wie es hier der Fall war und ist. Ganz besonders freut es mich, daß wir alle diese kostbare, kurze Zeit dieses Aufenthaltes für weise und geistig kluge Gespräche nutzten und nicht für sinnloses Reden und Geplauder verschwendeten.

Euch jüngeren Leuten muß ich meine Bewunderung und Achtung aussprechen, daß Ihr trotz eurer jungen Jahre den Sinn des Lebens, andere Menschen zu achten, in euch verewigt habt. Daß diese Tugend besonders in der heutigen Zeit keinem von euch geschenkt wird, brauche ich hier nicht betonen. Um so schwerer ist es, sich damit zu befreunden, wenn man ein Studium absolviert hat. Doch gerade dann müßt ihr wissen, daß gerade ihr diejenigen sein solltet, die mit gutem Beispiel vorangehen.

Ihr wohnt alle in Berlin. Dort könnt ihr täglich das arbeitende Volk, sei es am Straßenbau, auf Baustellen, bei Reinigungsarbeiten oder in Geschäften, die vielen Menschen im Pflegedienst und anderen Dienstleistungen am Menschen, sehen, wie sie alle unsere Gesellschaft tragen, und trotzdem auf euch schauen; wenn auch ihr zu diesen Menschen hinschaut, wird es euch gut gehen.

Wenn Ihr euch dessen bewußt seid, daß jeder von uns ein Individuum ist und als dieses nackt auf die Erde kommt und nackt von der Erde geht, dann sind meine Worte nicht schwer zu begreifen. Wir müssen nur verstehen, daß wir im Universum alle Kreaturen sind, die sich voneinander nicht unterscheiden, weder durch erworbene Titel, absolviertes Studium oder andere Erfindungen. Besonders du, lieber Wolfgang, bist gefährdet, dir einzubilden, daß du durch deinen Beruf und Titel etwas Besseres wärst. Hüte dich davor, mein Junge."

Nach diesen Worten seiner Großmutter schmunzelte Wolfgang und bemerkte: „Daß ich ein Individuum bin, Großmutter, habe ich doch oftmals bewiesen." – „Natürlich, Wolfgang, und ich wünsche mir, daß du auch weiterhin so bleibst. Solltet Ihr euch einer Partei anschließen, so überlegt gründlich, wem Ihr Eure Seele verschreibt, denn aus der Vergangenheit haben wir gelernt, daß arbeiten, dienen und gehorchen nicht alles ist. Man sollte auch den Verstand und die Gefühle in Anspruch nehmen und damit im nahen Umfeld, am besten gleich in der Familie anfangen. In dieser Hinsicht habt ihr in eurer Mutter eine kluge Beraterin, sie ist sämtliche Stufen des Verstandes und des Gefühls hinauf- wie hinuntergegangen", erläuterte Sophie; dabei schaute sie ihre Tochter an, die ihr zustimmend zunickte. „Wenn wir schon bei der Familie sind, so bitte ich dich, Wolfgang, im Namen unserer Runde Maria mit eurem kleinen Benjamin herzlich zu grüßen und alle guten Wünsche von uns zu übermitteln, und möget Ihr recht bald Marias Heimat Lindow besuchen können, damit auch sie ihre Heimat so genießen kann, wie wir es hier durften.

Euch, Ihr Neuverliebten, wünschen wir, daß ihr bald die Mauer überwindet. Dir, liebe Charlotte, daß sich deine Wünsche erfüllen mögen, und uns beiden, liebe Anna, wünsche ich, daß wir gesund wieder in unserer neuen Heimat mit dem herrlichen

Ostseestrand Zinnowitz ankommen. Dieser Aufenthalt mit euch hier im Masurenland gehört zu den angenehmsten, aufregendsten und erlebnisreichsten in meinem Leben. Und noch einmal an euch alle: Im wirklichen Leben zählt immer der Mensch, keine Nationalität, keine Religion, keine Ämter und keine Titel, immer nur der Mensch. In der Hoffnung, daß wir alle gesund unsere neue Heimat erreichen, beende ich meine Rede und dankeeuch fürs Zuhören."

Der anschließende Beifall stärkte Sophie in ihrer Einstellung. Ob Sophies Wünsche alle in Erfüllung gehen werden, wird die Zukunft früh genug zeigen. Es war auch dieses Mal spät geworden. Charlotte hatte sich mit Jan für ein Treffen in Berlin verabredet, und Susanne und Georg hatten in Zusammenarbeit mit Wolfgang auch einen Plan gefaßt. Wie dieser Plan aussah und ob er zustandekommen wird, werden die kommenden Monate oder Jahre zeigen. Und vielleicht haben Susanne und Georg in Selbongen nicht nur die Verlobung gefeiert, vielleicht werden sie auch in Selbongen heiraten.

Alles das wird die Zukunft zutage bringen. Bevor die Gäste ihre Betten aufsuchten, bedankten sich alle persönlich bei den Gastgebern, denn diese hatten sich die größte Mühe gegeben, ihre Gäste zufriedenzustellen, und das wußten alle Anwesenden zu schätzen. Am zweiten Pfingsttag, um acht Uhr früh, gleich nach dem Frühstück und einem mit Tränen begleitetem Abschied, fuhren Susanne und Wolfgang mit Herrn Griszick zum Flughafen nach Warschau und die anderen in Richtung Westen nach Berlin, dem Sonnenuntergang entgegen. Die Silberstraße blieb in Selbongen; ob auch Susannes Träume hier zurückblieben, ist die große Frage, und auch diese Frage sollte irgendwann eine Antwort finden.

Der alte Wecker wird Susanne auch weiterhin begleiten. Wie lange noch, bleibt zunächst auch noch ein Rätsel.